新　潮　文　庫

どくとるマンボウ青春記

北　杜　夫著

新　潮　社　版

6548

目次

どくとるマンボウ青春記

珍しく沈んだ書きだし

青春とは、明るい、華やかな、生気に満ちたものであろうか。それとも、もっとうらぶれて、陰鬱《いんうつ》な、抑圧されたものであろうか。

むろん、さまざまな青春があろう、人それぞれ、時代に応じ、いろんな環境によって。

ともあれ、いまこうして机に向っている私は、もうじき四十歳になる。四十歳、かつてその響きをいかほど軽蔑《けいべつ》したことであろう。四十歳、そんなものは大半は腹のでっぱった動脈硬化症で、この世にとって無益な邪魔物で、よく臆面《おくめん》もなく生きていやがるな、と思ったものである。まさか、自分がそんな年齢になるとは考えてもみなかった。

しかし、カレンダーと戸籍係によって、人はいやでもいつかは四十になる。あなたが二十七歳であれ、十五歳であれ、あるいは母の胎内にようやく宿ったばかりにしろ、いつかはそうなる。従って、四十歳をあまりこきおろさないがいい。そうでないと、いつか後悔する。

人間というものはとかく身勝手なもので、私は五十歳になれば五十を弁護し、六十になれば六十を讃美《さんび》するであろう。

そして、今はもはや若からぬ私が、「青春記」なる題を記して、すぐさま連想したのは、草の芽もふかぬ寒々とした河原の光景である。土手は枯れ伏した草と霜柱におおわれ、眼下には見るからに冷やかな川が流れている。

その多摩川の土手を、黒いマントをはおり朴歯《ほおば》をはいた痩《や》せ細った一人の高校生が歩いてゆく。貧乏神にもう一人貧乏神がとっついて、乾《ひ》からびて、骨ばって、何日もものを食べておらず、栄養不良と厭世《えんせい》病と肺病にとっつかれているような風貌《ふうぼう》である。それこそ「カントよりも哲学的な」と芥川龍之介が言った旧制高校生の姿であった。

その浮世離れした姿と前後して、中学三年生くらいの少年が歩いてゆく。彼は冬の河原に越冬している昆虫を採集にきたので、ときどき石をどけたり、土手を掘ったりして時間をつぶす。そのため貧乏神の高校生は瞑想《めいそう》にふけるようにゆるゆると歩いているのだが、ずっと先へ行ってしまう。

しかし、中学生はやがてふたたび彼の姿を見出《みいだ》す。高校生は一本の樹木の根元に腰を下ろして、今から思えばレクラム文庫らしい本を開いているのだ。中学生はそれを横目で見て、かたわらを過ぎてゆく。

そして中学生がまた昆虫採集で時間をつぶしていると、高校生がのろりぶらりと追い越してゆき、ついでまたその読書している姿を土手に見出すという状態が、何回も繰返された。その中学生というのはこの私である。

昆虫好きで自然科学の本はいくらかは読んでいるほか、まったく子供で無知な私の目に、その高校生は一種次元の高き存在として映った。おそらく彼は哲学なんていうものを読み、「治安の夢にふけりたる　栄華の巷《ちまた》低く見て」深遠な瞑想にふけり、幽鬼のごとく冬の野をさ迷っているのにちがいない。

そのとき私の心には、まったく未知のものに対する混乱と不可解と、そして漠とした畏《おそ》れとかすかな憧憬《どうけい》の念とが浮んだ。これこそ物事の始まりではなかろうか。子供から青春期へ移ろうとする目に見えぬ胎動ではなかろうか。

漠とした憧憬。

Nur wer die Sehnsucht kennt,
Weiß was ich leide.

憧《あこが》れを知るもののみ、
わが悩みを知らめ。

私はわざと、かつての旧制高校生がやたらと好んだこの語句を、独逸国《ドイツ》の文字にて書き記す。そうしたほうが、あの黴臭《かびくさ》くうす汚れた時代が髣髴《ほうふつ》としてくるからだ。

憧れにも各種ある。ほそい少女のうなじに対する憧れ、轟音《ごうおん》を発するスポーツカーに対する憧れ、いずれは甘い子供の時代を離れてなにか難しそうな世界へはいっていこうとする怖れに似た憧れなど。

しかし、私の憧れの芽生えは、もっと巨大な刺激、末期を迎えた戦争のためにおしつぶされた。

レイモン・ラディゲが『肉体の悪魔』の冒頭でなんと書いているか。

「戦争が多くの少年にいかに影響を及ぼしたか、……つまりそれは、四年間の長い休暇であったのだ」

学徒動員で行っていた工場生活、それは決して遊びではなかった。太い鉄材を運ぶには肩の皮膚をすりむいたし、旋盤にむかって油まみれになっているさまは、平和な時代の学生がボーリングに興じているのとはおのずから異なるものがあった。

しかし、そこには英語や数学や物理の授業や試験はなかった。なんの自覚もない中学生にとって、一体どちらが好ましいと思われるか。それに、旋盤という機械にしろ、これは受験のために英単語を覚えるより遥《はる》かにおもしろいものである。たとえば「突っきり」といって、ほそいバイトで鉄棒をちょんぎるには、かような文章を書く以上の技術が要る。

私たちは米英撃滅の念に燃えた小さな産業戦士のはずだったが、反面、戦争の与えた自堕落な休暇を愉《たの》しんだことも争えない。いずれ、玉砕するために少しも生命《いのち》を惜しまぬことと、いまこの瞬間にできるだけ怠けようとする魂胆とは、ちっとも矛盾しないのである。

見廻りの教師がくると、私たちは切削油の弁を全開にした。するとおびただしい油の飛沫《ひまつ》が四方八方にとびちり、私たちの姿を油だらけにしたが、教師はこわごわ遠くからそのさまを眺め、胸が一杯になって、すぐさまどこかへ行ってしまうのだった。

もっとも失敗したこともある。あるとき私は足に怪我《けが》をした。たかの知れた怪我だったが、ポケモン（ポケット・モンキーの略）と呼ばれる背の低い友人が言った。

「これは重傷だ。すぐ医務室へ行かないと生命にかかわる」

それから、こうつけ加えた。

「おれもここが膿《う》んで重傷だ。一緒に医務室へ行こう」

医務室はがら空きで、看護婦が一人だけいた。私は手当てを受け、少しベッドで寝てゆけと言われた。ポケモンも手当てを受け、巧言を弄《ろう》してこれまた隣のベッドに寝てしまった。

と、青天の霹靂《へきれき》、だしぬけに教師が現われたのである。奇妙な、どこの方言かわからぬ言葉をしゃべるその老教師は、本当に心配して駈《か》けつけた模様であった。

「おめえ、大丈夫け。痛むのけ？」

「少し痛いです」

と、私は答えた。

次に老教師は、いくらか疑わしそうにポケモンに向って尋ねた。

「おめえも痛むのけ？」

ポケモンはとっさの間に、私と同じ返事をするのもバツがわるいと考えたのだろう、こう答えた。

「少し痒《かゆ》いです」

「なに、かゆい？　それは癒《なお》りかけの証拠じゃ。おめえ、ごろごろ寝て怠けるのでねえ！」

重症のはずのポケモンはとびあがって、たちまち私たちの視野から消え失《う》せた。

——一度、何人かの仲間だけが、小さな分工場に派遣されたことがある。それは本当は時計屋で、しかしその親父《おやじ》は裏に小さな工場を作り、軍需工場の下請けをやっているのであった。そしてそういう小工場にいると、私たちはそれまで考えもしなかった戦争の裏の世界を知った。親父はごっそり儲《もう》けているようであった。工員が千円以上の給料をとっていた。私たち学徒の報奨金は月二十五円なのである。しかも、そのあおること（やたらと働かされること）、私たちは真実、生命の危険を感じた。

空襲警報のときだけが、私たちの息抜きであった。防空壕《ぼうくうごう》が手狭なため、学徒だけは近くの愛宕山《あたごやま》に待避してよいことになっていた。その場所で私は、のちのちまで忘れることのできない、滑稽《こっけい》で同時に怖《おそ》ろしい体験をした。

あるとき、警戒警報の発令でさっそく愛宕山へ逃げてゆき、空襲警報のサイレンが鳴ったあとも、空はのほほんと平穏なので、私たちはそこらで勝手に遊んでいた。早春で、もう蟻《あり》が地上を動いていた。私はその蟻の列に小さな石を投下して遊んでいた。

彼方《かなた》の空に、高射砲の弾幕がはられだした。いよいよ敵のB29の編隊はやってきたようだ。私は近くの防空壕の一つへ向おうとして、ひょいと次のような光景を見た。

そこに、一人の友人と小男がむきあって、なにか棒を押しあっている。小男は鉄兜《てつかぶと》の上に防空頭巾《ずきん》をかぶり、その他の身支度も万全を極め、その棒は火叩《ひたた》きか掛矢らしく、なんとなく七ツ道具を背おった弁慶のようにも見える。もっとも大げさな身なりをはぎとれば貧弱な小男にちがいなかったが。

友人は逃げた。小弁慶は追いすがり、凄《すさ》まじい恰好《かっこう》で棒をふるってこれを打ちのめそうとした。まさしく活動大写真大活劇の場面である。私は走り寄って、これを引きわけようとした。すると、相手は私にもむしゃぶりついてきた。とどのつまり、私たち二人は防空壕の中へ引きこまれたが、そこには何人かの警防団員がいた。

血相を変えた男が叫ぶのは、おそろしく常軌を外れた言葉であった。この学生どもは、空襲警報が鳴ったのに外で遊んでいる、なんたる非国民、敵機がきて慌《あわ》てて防空壕にはいろうとするのはなんたる非国民、即刻憲兵隊に引渡せ、というのである。

私はこの男は狂人だと思った。ところが、警防団員たちはいずれも彼にヘイコラし、私たちを本当に憲兵隊に引渡しかねない言動をとった。この男は愛宕山の神官だったのである。

私はもう一つ、似たような経験をしている。自分の家が空襲で焼けたあと、しばらくまだ田舎のおもかげのあった小金井の親類の家に厄介になった。そこから調布の駅へ行こうと思い、不案内な道を歩いてゆくと、いつの間にか、鉄条網で囲まれた地帯の中にはいりこんでいた。詰所があったので、道を訊《き》こうとすると、いきなりバラバラととびだしてきた男たちによって逮捕されてしまった。その民間人である彼らは、ここは軍の秘密基地だと言い、おまえはスパイに違いない、憲兵隊に引渡すと怒鳴った。それが冗談や閑《ひま》つぶしではなく、私ははっきりと彼らの一人の目に狂気のいろを見てとった。

私にわかることは、その男にしてもふだんは、まともな、健全な、むしろ善良な一般市民だということである。本物の狂人には彼らのルールがあり、精神病者と身近に暮してみれば、彼らの大部分が、世間一般の人から怖れられるような存在でないことがわかるだろう。しかし、本来は正気の人間が狂うのは始末に困る。そうして、戦争中こうした例がそこらじゅうに転がっていたのである。

これらの事件から、私はのっぴきならぬ教訓を学んだ。一つは、賢からぬ人間が権力らしいものを握ると実に怖ろしいこと、もう一つは、喜劇と悲劇、滑稽と悲惨が極めて接近しているか、或《ある》いは表裏だということである。あの神官の、大仰な、とてつもない、棒をふりまわす身ぶりは、このうえなく滑稽なものではなかったか。同時に、その光景を思いだすとなにかしら背筋がゾッとする。

チャップリンは少年時代、家の近所にあった屠畜場につれていかれる羊の群から、一頭が逃げだすのを見た。みんながそれを追いまわし、ぶつかったり転んだりした。それは正真正銘の喜劇であった。しかし羊の身にとっては、のっぴきならぬ悲劇である。チャップリンの多くの作品のおかしさ、もの悲しさはこうして生れる。

話がとんだが、私たちはその分工場をうまうまと脱出し、元の本工場へ戻ることに成功した。昼休み、工員が女工員と戯《たわむ》れているさまを私たちは見た。そこで、さようなみだらな環境は、純真な学徒にとってとても堪えられぬ、と教師並びに工場当局に訴え出たのである。本当は、さような環境を大喜びする年齢であったはずなのに、私たちはせい一杯の悪智慧《わるぢえ》をふるったのだ。

報告と調査の集会が、本工場の一室で行なわれた。そこで私は、後年のホラ吹きぶりを早くも思わせるテクニックを使用した。

「……とても口にするのもはばかられるような……ええ、ぼくにはとても言えません」

怠けることは怠けたが、私たちはなんのためらいもなく「葬《ほうむ》れ米鬼」「一億玉砕」の念に捉《とら》われていた。そういう私たちが廻し読みをした本に『昭和風雲録』がある。ここでは単にその序の一節を抜き書きするにとどめよう。

「世上に如何《いか》に浮薄なる饒舌《ぜうぜつ》が充《み》ちてゐるとも、静夜露の降る時、瞑《めい》して耳を澄ませば、心あるものには、一筋に向ふ滔々《たうたう》たる歴史の流れを自ら聞きとることが出来るであらう。それはまた過去幾千年、われわれの祖先が身を以《もつ》て拓《ひら》いて来た大道である」

私たちは、小さな子供で何もわからなかった五・一五事件を、二・二六事件を、昭和維新の観念を、この本で読んだ。そして、この廻し読みされてボロボロになった本には、なにか不思議な運命の手が加わっているようであった。

壮士ぶって詩吟を吟じていた気持のよい一友人が、三月十日の夜間大空襲で死んだ。彼と共にあったこの本は当然焼けたと思われた。すると、その前日に別の少年が彼からその本を借り、まだ現存していることがわかった。そういうことが実に三、四回繰返された。ちょうど本を持っているはずの誰かの家が罹災《りさい》しても、その本はふしぎに他の者の手に移っていた。

『昭和風雲録』の意味はどうあれ、とにかくそこには私に未知だったことが書かれていた。それが私に、もっとほかの本をも読んでみたらと、誘いかけた。

幸い、一月に繰上げの上級学校の試験があり、私は旧制松本高等学校に合格していた。おし迫った戦局から、そのまま中学の動員先で働いているものの、考えてみれば、私はかつて多摩川の土手で見た貧乏神のごとき高校生と同じ身分になっているのであった。父は疎《そ》開《かい》し、兄は兵隊に行っていた。奉公人もいなくなっていた。がらんとした家の中に、母と私と妹だけが暮していた。

唐突の衝動によって、私は父の書斎から、自分に読めそうな本を捜し、今は自分が起居している兄の部屋に運んだ。それまであまりにも大量にあるため、かえって疎遠で近づきがたかった書物を。その中にはレマルクの『西部戦線異状なし』なども含まれていた。結局その当時、私はレマルクまで読み進めなかった。もし読んでいたらどのような感想を抱いたか、いま考えてみてちょっと興味がある。

とにかく、その日本が負けかかっていた春、私はだしぬけのエネルギーを発揮し、朝早く起き、蓄音機にカッコー・ワルツをかけ、そのリズムに合せて廊下の雨戸を開けた。先に述べた二十五円の報奨金にしろ、私たちには多すぎた。なにより買うものがない時代だったからである。空爆が激しくなる前、友人の少ししゃれた連中は、それでベートーヴェンなどのレコードを買っていた。私はといえば、広沢《ひろさわ》虎造《とらぞう》の浪曲のレコードを買った。カッコー・ワルツにしろ、私にしてみればせいぜい一杯芸術的なのであった。

私はその春を期して、ナニワ節よりは芸術的であるカッコー・ワルツを聞き、工場から戻ったなら今まで縁遠かった書物を読み、旋盤の技術しか知らぬ身から、憧れていた高校生に変身しようと思った。

ところが私は、読書するよりも、もっとくだらぬ外形にまず時間を割いてしまった。帽子に、夢にまで見た白線(旧制高校生は白線帽が特徴であった)を巻き、それに醤油《しょうゆ》と油をつけて古めかしく見せようと努力した。次に、一人の友人から当時には貴重なものであった地下足袋とひき換えに、でっかい朴歯《ほおば》の下駄を獲得した。それには普通の鼻緒がついていたが、私はどえらい苦心ののち、直径四センチもある鼻緒を自ら作りだし、これを朴歯にとっつけた。旧制高校生の敝衣《へいい》破帽というのはむろん彼らなりの裏返されたおしゃれで、いつの世にもわざと異様な恰好をし、一般の世人とは区別されたがる人種がいるのと同様である。

私はそのとてつもない太い鼻緒に、更に墨くろぐろと、「憂行」と大書した。憂行《ゆうこう》とは、おそらく『昭和風雲録』辺りから由来した、右翼的で感傷的な、つまり「混濁の世を憂《うれ》い行く」という意味くらいの雅号のつもりであった。ちなみに、憂行生なら号になるが、憂行では意味をなさない。しかし私は、素晴しい雅号をつけたつもりで内心大得意で、ゴム版を彫って憂行の印を作り、これを自分の持物、友人に出す手紙などに、片端からベタベタと押しつけた。

そんなくだらぬことに時間をかけているうち、戦局のほうは遠慮会釈《えしゃく》もなく切迫していた。まず動員先の工場が焼けた。そして私は、平生なら滅多に見ることのない焼死体をこの目で見た。それはほとんど真黒に炭化しているように見え、一部がぱっくりと口を開いて、そこからなまなましい肉の色が覗《のぞ》いていた。そういう死体が、その辺りに三つあった。

しかし、すでに大きな麻痺《まひ》が私たちを包んでおり、その瞬間は格別の心の動揺とてなかった。仲間の一人が言った。

「ちぇっ、飯が食えねえや」

そして、いくらか離れた箇所へ行って、弁当を開いた。

次には、五月二十五日の夜間空襲で私の家が焼けた。いま思い返せば地獄の体験であったが、そのときは日常茶飯事に自分が遭遇したくらいにしか考えなかった。といって、私は火の粉が目に入り、翌朝まで半分盲《めくら》となった。

猛火が迫ってきて、いよいよ逃げようとしたとき、私は停電でまっ暗な家の中から、数冊の昆虫の図鑑類と以前に買いだめておいた虫ピンのはいった小箱を運びだし、庭に積んであった砂利の山の下に埋めた。それらは焼け残ったが、平和な時代になって私は何百回となく愚痴をこぼした。それまで私の蒐《あつ》めた昆虫標本は百箱に達していたし、その中には一生採集をつづけても手に入りにくい珍種もかなりあった。それらの珍種だけでも小さな箱に入れておいてなぜ持ちださなかったのか、と。だが、その時代に標本はいかにも不似合であったし、虫ピンはそれ以上に貴重な、もう永久に手に入り難いものと思われたのだ。今でも私はデパートの採集用具売場で、いくらも売っている虫ピンを見ると、なんともいえない気になって舌打ちをする。

焼跡では、病院のガレージだけが原形を留めた。私は焼ボックイで、その扉に自分らの移転先を、「右に転進す」と記し、友人宛《あて》に「おれは死なんよ」などと書き、そのあとに得意の「憂行」の文字を記した。

ずっとのちの話になるが、父は茂吉という歌人であったので、その弟子に当る人がそのときこの焼跡を見にきたらしい。すると妙な文句が書き残されており、妙な署名がしてある。病院は脳病院である。そこで、その人はこの字はてっきり精神病患者が書いたものであろうと考え、そのように平和な時代になってからある短歌雑誌に発表した。それを読んだとき私は精神科医になっていたが、苦笑もせずに呟《つぶや》いた――「ごもっとも」。

たしかに愛宕山の神官のみならず、私たち全体が少しくおかしくなっていたようだ。

だが、そもそも青春とは、いくらか狂った時代でもあるのではなかろうか。

その年に合格した者が、上級学校に入学――といっても同じく工場動員ではあるが――するのは八月一日と決められた。しかし、もし上級学校からそちらの動員先に編入すると通知がきた者は、早目に行くことを許されていた。

そこで五人ほどの悪友が集まり、上級学校の証明書というのを偽造した。詐欺者《さぎしや》そこのけに、インチキなガリ版を刷り、インチキな印形らしきものを手で描いた。いずれ本土決戦で死ぬのはかまわぬにしろ、その前にいくらかでも白線帽をかぶる生活をしてみたかった。

　こうして、私は松本高校の思誠寮にもぐりこむことができた。そこには動員に行けぬ病人と、上からの落第組《ドッペリ》と、浪人からの入学者がいた。そして、彼らはやはり中学生ではなかった。死とは何ものかという真剣な思索や、自分らは戦争というものを単に観念的にしか受けとめていないのではないかなどという議論が活潑《かっぱつ》に行なわれていた。そして軍人《ゾルダート》のことを、さも軽蔑《けいべつ》した口調で「ゾル」と呼び、反戦論に近いものも私は聞いた。

　もっとも反面、中学生以上に彼らがだらしのないことも確かなようであった。滅多にゲートルもはかず、朴歯でガランガランと歩いていた。一寮生に召集令状がきたが、その男はアルプスの山中に姿をくらましていて、一騒ぎあったことも覚えている。

　一寮生は、だしぬけに凄《すご》く真剣な顔でこう言った。

「おまえ、Mボタンにジェントルマンと書いてあるのを知ってるか？　Mボタンにだけそうあるのだ」

　私は自分のズボンを調べてみた。すると本当にgentlemanと記してあった。その男は、それについて哲学的考察を十分間しゃべった。私が高等学校にはいって最初に学んだ学問は、Ｍボタンの文字のことだったともいえる。

夜、すべてを焼いてしまった私は——寝具といくらかの衣服はあらかじめ松本へ送ってあったが——親類の家から貰《もら》ってきた唯一《ゆいいつ》の本、茂吉の一冊の歌集を開いた。そして、おっかないやりきれない父であった茂吉は、だしぬけに尊敬するに足る歌人として私の前に再出現した。実に奇妙な気持である。

やがて寮は、食糧不足のため閉じられてしまった。私は父の疎開先である山形へ行った。そして父が散歩に出かけた留守に、父の歌集をひそかに取りだし、小さなノートに筆写した。

松本に帰ることになり、上山《かみのやま》の駅で切符を入手するため何時間も立っているうち、大学生らしい青年と話をした。彼は若い高校生である私に、できるだけ多くの本を読めとすすめてくれ、たまたま茂吉の歌のことを話しだした。私は知っている範囲でそれに応じた。すると彼は滔々としゃべりだし、たいそうな茂吉ファンであることがわかった。

このときの体験以来——もっとも前からそうではあったけれど、私は自分が茂吉の子であることをことさらに隠す、あるいは茂吉のことを第三者として話す習性を抱いた。

昭和二十年八月一日、新入生たちはヒマラヤ杉に囲まれた古風な校舎のある松本高等学校の門をくぐった。そして一場の訓辞のあと、校舎とは縁を切られ、そのまま大町のアルミ工場へと送られた。

この動員生活は、仕事そのものからいえば中学のそれと変りがなかったものの、やはりどこか異なっていた。自分らは子供の中学生ではなく、白線帽をかぶった高校生であるという、気負った自覚のようなものがあったからであろう。

新入生を指導してくれる上級生はいなかったものの、しかし何人かの落第組がいた。このドッペリ生は、旧制高校の伝統をせい一杯に私らに伝えてくれた。大体ほかの学校では落第生は小さくなっているはずだのに、高校では彼らは大きな顔をし、堂々たる指導者なのであった。彼らは寮歌を教え、集会《コンパ》を開くことを教えた。その多くは観念的な形骸《けいがい》で、今の世にもってきたら噴飯物であることも確かだが、それでもやっぱし何ものかが含まれていたと言ってよい。

部屋の消燈《しょうとう》は九時であった。しかし、廊下の電気はつけられていた。すると学生たちのかなり多くが、防空暗幕のはられたこの廊下に本を持って出ていって、固い板敷の廊下に坐《すわ》り、ほの暗い電球の下で読書をした。あの古びた光景を憶《おも》いだすと、私は現在、自分があまりにグウタラしているような気もするのである。

私もその仲間に加わり、借り物の本を読んだ。何を読んだか覚えていないが、あるときは英語の参考書を開いていたのを記憶している。一人が英語の本を読んでいるのを見、感服したが私には参考書しか読めなかったのだ。なにせ英語は私の中学四年のときから受験課目から外され、英語の教師は急に小さく身をちぢこめてしまっていた。それどころか、昭和十六年十二月八日を過ぎた或《あ》る一日、中学の下級生が英語の試験のためリーダーを開きながら道を歩いていると、一人の大人がいきなりこの本を叩《たた》き落し、敵国の言葉を学ぶ売国奴と罵《ののし》ったこともあったほどだ。

すでに、新型爆弾が広島に投下されていた。やがてそれは原子爆弾というものであり、まことに想像を絶した威力を有することが伝えられ、次の目標は松本であろうとのデマがとんだ。その怪光線は白い布によって反射されるから、警報が鳴って防空壕《ぼうくうごう》に避難するときにはシーツをかぶれ、という指令も発せられた。

しかし、私たちは原子爆弾よりも、まず空腹のために悩まねばならなかった。工場で出される大豆入りの盛りきりの飯だけでは、労働にはそもそも無理であった。自炊の態勢も整っていなかった。家から持参した食糧は、せいぜい炒《い》った大豆くらいのものであった。

これは戦後にかけて非常になじみぶかい食品であったが、この炒り大豆を食べ、水を大量に飲むと、理論上、胃の中でふくれあがる。それはすぐれた効果といえるが、反面、しばしば下痢をするという効果をも有していた。

ある一日、私は手ひどい下痢にやられ、作業を休み、寮の一室に寝こんでいた。それまで外界からの刺激によって半ば夢中で暮してきたものの、そうして一人で寝ている身になってみると、正直いってだらしのない坊ちゃん育ちの私には、ひどくこたえた。家を離れたのも初めての体験なら、その家もすでになく、家族の者もばらばらに疎開したり親類の家に世話になっている。否《いな》、日本国自体がすでに危ない。連日の空襲でもっと生命をおびやかされていた東京では、私はけっこう意気軒昂《けんこう》としていた。それが、一応平穏な信州の田舎の寮で一人きりで寝ていると、なんだかひどく心細く、このまま死にたくないなどと大仰なことすら考えたものだ。

当時、大町の町で食べられるものといっては、トコロテン屋が一軒店を開いているだけであった。いかに淡きトコロテンとはいえ、十杯も食べれば少しは腹が満たされようと考えられるが、これはもっと面妖《めんよう》な食品であった。五杯も食べると気持がわるくなってくる。そのくせ一向に胃腑《いのふ》は満足した気配を示さない。怪体《けったい》にも不届きな食品なのであった。

一度、珍しく豊富にトマトが配給になったことがある。一人当り三箇ほどあった。ところが私はトマトが食べられなかった。決して食わず嫌いではない。むかし、私の兄は食物の好き嫌いをきびしく一人の叔父に矯正された。それを食べるまで、叔父は食卓の向うに坐って、じっと兄を監視していたそうだ。その体験を今度は兄は幼い弟に実行した。兄は十一歳年上で半分親父《おやじ》のようなものである。そこで私は死物狂いでトマトを呑《の》みこもうとするのだが、結局、どうしても喉《のど》を通らずに吐いてしまうのであった。

そのときも極度の空腹にもかかわらず、私は二箇のトマトを友人にやった。一番小さな奴《やつ》に塩をしこたまつけて、かぶりついてみた。すると、あれほど条件反射的に嫌悪《けんお》の対象であったトマトが、するりと喉を通ってしまった。私は友人にやったトマトを、うらめしそうに見やったほどだ。

山登りにしてもそうだが、疲労が極限に達しもう駄目だと思っていると、それが一皮むけて、その下にもう一つの体力と気力が存在していることがわかる。われわれはいざぎりぎりに押しつめられてみないと、そのことにいつまでも気がつかない。

しかし、たかが嫌いなトマトを食べたのを一事件と思ったりしたのは、なんという贅《ぜい》沢《たく》だったことか。やがて私は、そのことをつくづくと身に腹に痛感することになる。

八月十五日、空はぎらぎらと晴れあがり、盛夏という言葉がぴったりする暑い日であった。

私たちは天皇の御放送を聞くため、広場に整列していた。二発目の原爆の投下、ソ連軍の侵入のことから、当然それは最後の一億総蹶起《そうけっき》をうながす勅諭であろうと推察された。

しかし、そうではなかった。ひどいラジオの雑音のため、はじめ私には何もわからず、だしぬけに前にいた友人の身体《からだ》がゆらぎ、嗚咽《おえつ》を洩《も》らしはじめたことから、それがただならぬものであることが直感された。

放送は終った。私たちは肩をたれ、うつむいて、ほとんどの者が泣きながら、ばらばらに解散していった。

そのとき、思いがけず、もとより大声ではなかったが、あちこちから「万歳」の声が湧《わ》き起った。工場で働いている朝鮮人労働者のあげる叫び声である。

のちに、私は「文芸首都」という同人雑誌に入ったが、そこには朝鮮の作家がかなり出入りしていた。私はその人たちから、いかに日本が過去、朝鮮に対して横暴にふるまったかを聞くことができた。彼らが万歳を唱えたのは当然である。

しかし、そのときは私は何も知らなかった。朝鮮は日本の一部で、彼らは同胞であると信じていた。その同胞が日本の敗戦に対してあげる歓声を耳にして、呆然《ぼうぜん》として、ただひたすらに口惜《くや》しかった。

あくまでも青い空、そこから直射する強烈な陽光、しらじらとした砂地に似た地面、その地面を涙でぼやけた目で懸命に見つめながら、なおあちこちであがる抑圧された歓声の声を聞くまいと努めながら、私は心底から虚脱してふらふらと歩いた。

初めに空腹ありき

こうして二十年以上経《た》っても鮮明に網膜に残っているのは、信州のひえびえとした大気の中にひろがる美しい山脈《やまなみ》である。殊《こと》にその秋の私の心象を映してか、夕暮の光景ばかり思いだされる。

西方のアルプスの彼方《かなた》に日が落ち、松本平を薄もやがおおい、山々はうす蒼《あお》く寒々とした影となって連なっている。草の実はいつ知らず地にこぼれ、タデもカヤツリグサも、根元々々にかぼそい虫の音をひびかせながら、うら枯れかかって霜を待っている。——そうしたもの寂しい光景だ。

それは当時の空腹感と密接な関係があったと思われるし、空腹だったからこそ、山々はひときわ清浄に崇高に目に映じたもののようだ。

終戦から一カ月経ち、九月二十日、学校は再開された。私たちは今度こそ勉強を業とする学生として、ヒマラヤ杉の立ち並ぶ校門をくぐり、伝統ある思誠寮に入寮したはずだ。

しかし、いくらも授業はなかった。半分は旧練兵場を畠《はたけ》にする作業だったり、休講も多かった。教師もまた飢えているのだった。

毎度の雑炊《ぞうすい》がだんだんと薄くなっていった。それに箸《はし》を立ててみて、箸が立つときは喜ばねばならなかった。そのころ最大の御馳走《ごちそう》は、固い飯のカレーライスだったが、それも米ではなく、コーリャンの飯であった。はじめ米とまぜて赤白ダンダラだったものが、ついにコーリャンだけの赤い飯になってしまった。

食卓には大根などの漬物も出た。四人に一皿で、ちらと見てそこに十四切れあるとすると、なんとか体面を損わず、ごく自然に四切れを食べられないものかと、私は痛切に考えた。大根にはいくらかのビタミンがあろう。そして当時の私たちにとって、「栄養失調」という概念は今の世なら癌《がん》に当るのであった。

まさしく浅ましかったが、この浅ましさはずっと私につきまとった。後年になっても、私がセックスよりも食欲を上位に置くのは、当時のゆるがしがたい体験からきている。

終戦後、私は山形の父の疎開《そかい》先に同じく世話される身となった。農家だったから、飯も白米である。その真白い飯を、嚙《か》みもせず喉をつるりと通すときのあまりのうまさに、私は呆然とした。といって、「あまり食べるな」と父にきびしく命じられていたから三杯しか食べなかった。遠慮しないように言われても、三杯で箸をおいた。「居候《いそうろう》三杯目にはそっと出し」という川柳はなるほど名作だなと思った。

笹巻《ささま》きを、私たちの住んでいる土蔵に沢山もらったことがある。モチ米を炊《た》いてムスビのようにして、笹の葉で巻いたもので、黄粉《きなこ》をつけて食べる山形地方の食品である。みんなの前で食べるのでないから遠慮する必要がなかった。私はそれをむさぼるように食べ、またむさぼるように食べた。腹がくちくなると、はじめて笹の葉の微妙な匂《にお》いが実感されてきた。そしてむかし、私を育ててくれた松田という死んだ婆《ばあ》やのことなどが思いだされた。彼女は『楡家《にれけ》の人びと』の中で下田の婆やとして描かれた柔和な婆やで、よくこの笹巻きを作ってくれたりしたものだ。私はもう一つ笹巻きの笹をむきながら、だしぬけに涙をこぼした。そのあとで、笹巻きについて数首の短歌を作った。

高等学校の寮歌では、青春とは、よく涙とか理想とか追憶とか戦いとか苦悩とか創造だとか歌われる。私の場合には、まず空腹があり、そのあとでようやく涙や追憶や創造が出てきたようだ。

ともあれ、学校が再開されたその秋は、畠のネギを盗んできたり、柿《かき》を盗みに行ったり、そんなことばかり思い出される。盗むことを私たちは「パクる」と言った。「包む《パッケン》」からきた言葉らしいが、こういう高校生用語、あるいは松高用語はいくらもある。意外な食物を前にすると「ゴーユー」と声が掛けられたが、豪遊のことらしい。「ズク」という信州弁は「まめ」くらいの意で、うんと働いたりすると、「あいつはズクがある」というふうに使う。これにドイツ語のガンツ（まったく、徹底的に）がくっついて、ゴンズクなどという不可解な用語が生れたし、ズクマンとも言った。

「ゴンズク出して、これだけネギをパクってきた」

「おれんとこには、乾燥芋をこれだけ家から送ってきた」

「ゴーユー」

家のない私には、家から食糧は送られてこなかった。その代り、松本に二、三人の父の知合いの方がいて、父に対する尊敬から、息子の私をも食事に招いてくれた。私は茂吉という父を持ってずいぶん損をしたように思ったし、実際に神経も使ったが、反面、このような面目ない恩恵を受けている。私はそういうお宅で浅ましく餓鬼のごとく食べた。

といって、現在の私は、過度の煙草《たばこ》と酒の害により、実におどろくべきほど食欲がない。或る週刊誌に、いろんな人が自分の一週間の献立を載せ、それを高名なドクトルが評する欄がある。たいてい「刺身なんて低栄養で」とか「リンゴよりもっとカンキツ類を」とか「メロンなんて老人食です」とか叱《しか》られていて、確かにその指摘は正しいのだ。ところで私がそれを見ると、どの人の献立も栄養のとり具合も私のよりはマシである。たまたま私の番がまわってきた。私も医師ではあるしドクトルに叱られるのは真平《まっぴら》だと思い、平生の二倍の御馳走を羅列した。ところが、そうしたインチキをしてもなおかつ、ドクトルの批評はこうであった――「これでは慢性的自殺です」

世の栄養学者が、終戦後、慨嘆のあまりよく気がおかしくならなかったものだと思う。その冬には一千万人の餓死者が出ようと新聞に報道されたものだ。栄養学の知識も糞《くそ》もなかった。

そのくせ一千万人の餓死者はついに出なかった。計算によると、確か一千万死ぬはずだったのが、人間の生に対する執着、しぶとさは、計算を裏切ったのだ。この場合、計算が裏切られて本当によかったし、実際、計算なんてものは当てにならない。その証拠に、われわれは試験でかくかくの点を取ったと計算していると、予想に反して見事に落第してしまうのである。

ともあれ、私たちはまだ買出しに行ったり盗みまで働く才覚があったが、戦争中の疎開児童の手記（中公新書『疎開学童の日記』）は哀れである。お芋とか粗末な食事に対し、「たいへんたいへんおいしかった」と書かれてある。何回も何回も、何に対しても「たいへんたいへんおいしかった」と記している。

もっとも、私たちだって我ながら哀れと思うことがあった。一人の友人が道端で、進駐兵の捨てた三分の一くらいの煙草（高校生はラーヘンと動詞で呼んでいた）の喫《す》いがらを拾ってきた。それを四人でまわし喫いしたが、あまりに上等で強かったため、メマイと喜びに畳の上にひっくり返った。今の世では、なんのこともないキャメルであったが。煙草を喫う場合、口から煙を吐くと、「あ、惜しい」とか「もったいない」と言われた。喫いこんだまま煙を内臓にゆきわたらせるか、あるいは吐いた煙を鼻から再吸入する器用な男もいた。

やがて私たちは、進駐軍から煙草を買うことを覚えた。はじめ、キャメルでもラッキーストライクでも二十五円であった。しかし東京では二十円で買える由《よし》だ。私は苦労をしてそう伝えた。トゥエンティと言っても相手は首をかしげ、トゥエニィと言わないと通じないのであった。むこうはこう言った。

「それじゃ東京まで行って買ってこい。汽車賃にいくらかかる」

このセリフは実に憎々しかった。英語ができぬため、このアメ公の言葉をひっくり返し、相手をギャフンと言わせられぬのが、いっそう口惜しかった。

あるとき、一友人が松本駅で米兵から煙草を買おうとしきりに交渉していると、一人の日本人がつかつかとやってきて、

「日本人ならそんな国辱的な真似《まね》をするな。煙草が喫いたきゃこれをやる」

と言い、十何本かの手巻きの煙草をくれた。私たちは大いに喜んだが、いざ喫ってみると、とても喫えたものではなかった。なんだかナスのヘタやら木の葉やらを乾かしたものらしかった。

寮の会議室には一つの大火鉢があった。その灰をほじくり返すと、おそらく松本高校創立以来の、かちかちになった短い喫いがらが出てきた。私たちはこれをキセルにつめ

て喫った。おそろしくいがらっぽかったが、まだナスのヘタよりもましな味がした。

よき時代の旧制高校生には、まず内面への沈潜（これが得意の言葉であった）があり、ついで外界があったのだが、私の場合、どうしてもコーリャンの飯だのナスのヘタの煙草のほうが先にくるようだ。

といって、まるきり精神面での胎動がなかったわけではない。それはまず上級生という形をとって私の前に現われた。どんなにか彼らは偉く見えたろう。私が名前しか知らぬ、カントとかヘーゲルとかキエルケゴールとかいう人物にも彼らは直接習ったことがありそうだったし、シェイクスピアやゲーテやドストエフスキイなどとも友達づきあいをしているかのようだった。共同社会《ゲマインシャフト》とか止揚《アウフヘーベン》とか理性《ロゴス》だとか情熱《パトス》だとかいう面妖《めんよう》な言葉を発した。むろん彼らをバカにしているのではない。彼らはあきらかに理想をもち、情熱をもち、見るも汚ならしい現実社会に背をむけ、ひたすらに何ものかを求めようとしていた。たとえそれが精神の思春期の錯覚であろうとも。

私たちは彼らに感服し、自分らも彼らのようになりたいと思った。いいにせよわるいにせよ、これが旧制高校の伝統とかいうものであろう。

まず私は自分がこの世の偉大な書物をちっとも読んでいないことにびっくりし、闇雲《やみくも》に読みはじめた。友人の持っている本、図書室の本、なんでもござれであった。なにしろみんな私の知らぬ本ばかりであったから。生れてはじめてゲーテを読んで驚き、河合栄治郎を読んで驚いた。

尊敬する上級生の一人をつかまえ、

「あなたは何主義ですか。ぼくは人格主義です」

などと口走ったことがある。

カントを読んではいよいよ最大限にびっくら仰天した。なんとなれば、書いてあることが神明にかけて理解できなかったからだ。そのくせ私は、「カント曰《いわ》く」などと言うようになった。

ともあれ、私は毎月、二、三十冊の本を読むようになり、そうしてみると私はこれまでにかなり多量の本を読んできたことになるが、そしてその内容をみんな覚えていれば人はたいてい発狂するか頭が重くて困ってしまうものだが、うまい具合に我々は片端からそれを忘れてしまうようだ。

こうしていても、私は過去に読んだ書物の文句を、ひょっくり思いだしたりもする。たとえば「悪魔はわれわれを誘惑しない、彼を誘惑するのはわれわれである」とか、「目を閉じよ。そしたらお前は見えるだろう」などの箴言《しんげん》である。だが、一体なんの書物にあったのか、一体誰が言った言葉なのか、とんとわからぬ（おせっかいな編集者注。前者はジョージ・エリオット、後者はサミュエル・バトラー）。

敗戦後の社会は混乱していた。学校内も混乱していた。軍隊に行っていた上級生も戻ってきていて、やがて彼らは松高内の軍国的色彩を排し、自治の獲得をめざし、校長をはじめ三教授退陣を迫る運動を起した。

私たち一年生は上級生の話を聞き、感奮した。どんなにか私たちは感激家だったことだろう。むろん教授らはわるく、高校生は正しいのだ。実際、この世で高校生くらい清く正しい存在はないとまで私たちは思っていた。

若者に感激性がなくては困る。それが彼らの取柄で、かけがえのない貴重なものだ。といって、私はいま当時をふり返り、私たちの多くが単なる感激屋だったことや、付和雷同性を多分に帯びていたことも認めざるを得ない。しかしながらそのとき私たちは心底から感奮したのであり、なかんずく一人の男などは、自分らが歴史に残る純粋無雑な改革をやっているのだと信じこんでいた。その男とは誰あろう、この私である。

生徒大会が開かれ、偉い上級生が次々と登壇し、演説をぶった。こうした高校生仲間でカシラだつ人間には二種ある。一つは頭の切れる理論派で、もう一つは弊衣《へいい》破帽の情熱派である。

今しも、どっしりと体格のいい人物が熱弁をふるいだした。彼こそいわゆる高校オンチの代表者であり、たぐい稀《まれ》な熱血漢であった。ただ、燃えたぎる青春の血こそ何人前も所有していたが、演説の内容となるといささか語彙《ごい》に乏しいといわねばならなかった。

彼は、

「鬱勃《うつぼつ》たるパトスをもって……」

と腕をふりあげた。一分もすると、また、

「ウツボツたるパトスをもって」

と吠《ほ》えた。

こうして彼は長からぬ演説の中で、実に三十回ばかりも「ウツボツたるパトス」と吠えたもので、以来パトスと渾名《あだな》されるようになった。

このパトス氏ほど、黴臭《かびくさ》いが懐《なつか》しい旧制高校生を思い起させる人物はない。いろんな奇行が伝わっている。彼はずっと前から松高に在学し、戦時中まだ空襲も始まらなかったころ、浅間温泉に下宿していた。そして夜な夜な裏山に登っていって、大きな焚火《たきび》を作り、山賊と称して大声に唄《うた》をがなった。麓《ふもと》から見ると、妖《あや》しい火は見えるし、異様な声は伝わってくるしするので、警官を先頭に警防団員がものものしく登ってきた。これにはパトス氏も狼狽《ろうばい》して釈明に努め、その場はそのまま帰されたが、ふと気づくと警官がひそかに尾行してくる。パトス氏は反射的に脱兎《だっと》のごとく走りだし、浅間の町じゅうを駈《か》けめぐってついに警官をまき、下宿に逃げこんだ。しかし落着いて考えてみると相手は浅間署の警官であるし、このまま浅間に住んでいることはどうも危ない。あたかもちょうど彼は下宿の婆さんと喧嘩《けんか》していた折だったので、ついでに下宿を夜逃げすることにした。そこで二階の窓から荷物をつりおろして脱走したのであるが、ただ逃げるのもおもしろくないと、部屋の白壁一面に墨くろぐろと婆さんの悪口を書きなぐった。パトス氏はもともと論理的頭脳の持主ではない。それが高校生用語を闇雲に連ねて烈々たるパトスをもって書いたため、その文章はとても意味が判じられなかった。翌朝、これを発見した婆さんは、腰を抜かさんばかりにたまげて警察に届け出た。やってきた警官がこれを見ても、やはり意味が不明である。そこで警察はこの学生は左翼と睨《にら》み、松本の友人の下宿にころがりこんでのうのうと寝ていたパトス氏はたちまち逮捕され、留置場にぶちこまれてしまった。警察では彼に作文を書かせようとした。「純客観的に自己を述べよ」という題だったが、パトス氏は「人間が完全に客観的に自分を見られるものか」とこれを拒否した。警察では仕方なく「少しは主観をまじえてもよい」と言うと、やはりパトス氏は「そんなすぐ動揺するようないい加減なことではますます書けん」と、やはりこれを拒否した。警察ではいろいろ調べたが、左翼のサの字も出てこないので釈放せざるを得なかった。

戦後になっても、あるとき彼はいきなり自殺を思いたち、だしぬけに汽車に乗った。汽車の中で旅廻りの一座に会い、突然の義俠心《ぎきょうしん》に駆られ自殺を思いとどまると、その小劇団に入座した。そして『出家とその弟子』の坊主《ぼうず》となって出演したが、あまりに下手糞だったので一日でクビになってしまった。高校生が挨拶《あいさつ》代りに「バーッキャロー」と叫ぶが、バカヤロウと言われてこの人物くらいニコニコして悦に入ってしまう人もいないのだった。のちに彼は仙台の大学にはいった。一年遅れて同じ大学にはいった私は、パトス氏に会うのを愉《たの》しみにしていた。ところが彼はもう行方をくらましていた。大学というところは自分の思っている学校とは違う、という理由らしかった。たまたま松本を訪れると、彼がよく遊びに行っていた家の奥さんが、心配そうな顔で一通の封書を示した。大学をやめて上京するというパトス氏の手紙である。それには、「おお地球はまわる、右手にはペン、左手には女」とか書かれていた。とにかく彼はあらゆる意味でパトス氏であった。そして私も、自分は理論家にはとてもなれぬから、せめてパトス氏の十分の一のパトスを身につけようと考えたものだ。

学校問題は、新校長を迎え、しかし客観的にみるとどうも竜頭蛇尾に終った。すると上級生は、今度は松高の伝統ある駅伝を復活させた。

ただでさえ腹の空《す》いている時期に、エッサエッサ走ることさえ常識外であるのに、この前準備、デモンストレーションが大変なものなのであった。

私の属する理乙の応援歌は「オタマジャクシは蛙《かえる》の子」の替歌で知られるアメリカ南軍の歌の更に替歌で、

もーしも理甲が勝ったなら
電信柱に花が咲き
描いたダルマが踊りだし
焼いーた魚が泳ぎだす

という文句であったが、これをタイコを叩《たた》き、輪になって手を叩きながら喉《のど》一杯に怒鳴らねばならず、精力を消耗すること非常なものであった。手のすいた者は、授業や畠《はたけ》作りのアルバイトの総サボを決行し、買出しに行って選手に食べさせた。

ところで、むかしから並々ならず駈けっこののろいことで知られる私は、選手選出の駈けっこでゴンズクとパトスをもって走ったため、なんと選手にされてしまった。当日、松本に於《お》ける吉原のような存在である横田という町から学校までを走った私は、うしろの組に抜かれかかり、文字通り死ぬ思いをした。以来、私は一切駈けっこはやらない。人が走っていてものろのろと歩く。原稿だって人の何分の一しか書かぬのである。

更に上級生は、ストームなるものを寮に復活した。ストームにもいろいろあるが、その一つは説教ストームである。真夜中、寝ている下級生を叩き起し、なんのために入寮したのかとか高校生活の意義だとか質問を発す。どのように答えても、バカヤローの怒声が返ってくる。つまり、それまでの一般世間の常識、価値概念をすべてくつがえし、高校生としての自覚に目ざめさせるのである。これはやるほうにも相手を即座にやりこめるだけの頭脳を要するけれど、やられるほうはネボケマナコだし、寝巻一枚でふるえていなければならぬし、十人の説教強盗にはいられたよりも災難だ。

ただのストームというのは、やたらに騒々しい、単細胞の権化《ごんげ》のごときデタラメのエネルギーの発露である。深夜、朴歯《ほおば》をはき、ホウキをふりまわし、せい一杯の声でデカンショをがなりたてながら、寮じゅうの廊下をねって歩く。いや、とびはねてゆく。朴歯で廊下を蹴《け》り、あるいは手に持って打ちあわせ、ホウキ、ボウ切れでそこらじゅうを叩き、いかにしてもっとも凄《すさ》まじい音響を立て、惰眠をむさぼる奴輩《やつばら》を覚醒《かくせい》させるかという狂宴である。

いま追想してみると、なんたる天下一品のバカ騒ぎ、よくもまああんな真似をしたものだと我ながらあきれかえるが、当時は易々とその熱狂の渦の中に巻きこまれたもののようだ。また、こちらは寝ていて、幸いストームに室内に侵入もされず、目覚めて様子をうかがっていると、ストームの騒音が次第に遠ざかってゆき、やがて一番外れの寮の辺りで、「ヨーイ、ヨーイ、デッカンショ！」という唄声が遥《はる》か彼方《かなた》から伝わってくると、なにか哀愁を帯びてもいるようで、やはりいいものだなと思ったりしたものだ。

このデカンショは、デカルト、カント、ショウペンハウエルを意味すると伝えられていたが、いろんな説があり、篠山《ささやま》地方の「みつ節音頭」のはやし言葉「ヤットコセ」を

「デカンショ」と変えたという説、また同じ篠山の糸つむぎ唄、

デコンショ　デコンショで半年暮す
あとの半年泣いて暮す

からきているなどの説もある。後者のデコンショとは「でございましょう」の意で、苦しい生活を訴える悲哀の唄であり、およそ威勢のよいデカンショ節とは反対のものの由だ。

更に、蒲団《ふとん》むしと称される野蛮なる行為が存在した。これは太平楽に寝ている者の上に、もう一枚の蒲団をすっぽりかぶせ、その上で数人、ときには十人もの者が乗っかり、

嗚呼《ああ》青春の歓喜より　はえの力は生《あ》れ出《い》でて
燦爛《さんらん》高き天《あめ》の座に　生命《いのち》の群のわななけば
聖歌を聞くやえのきばの　木梢《こぬれ》に星は瞬《また》きぬ

という寮歌のリズムに合せて、乱暴にもとびあがり、踏みにじるのである。
これをやられると、とっさに腕で頭を防禦《ぼうぎょ》し、怖るべき乱舞が終ってくれるのを待つ

より手段がない。一番だけの歌詞で済んでくれればよいが、二番にでも移られようものなら、まったく半死半生になる。

かくのごとく、旧制高校の伝統ある寮とは、うかうか安楽に寝てもおれない場所であった。こうした場合、蒲団むしでもなんでも、やられるよりやるほうの側に立ったほうが得である。かくて私は、ゴンズクを出して、犠牲者よりも首謀者側になることが多くなっていった。中学時代、おとなしく気弱で人のかげに隠れていた私は、愚かしきパトスによって、徐々に頭角を現わすようになったのである。私は未《いま》だに憂行と自称していた。松高時代、私はずっと憂行で通用し、大学にはいってからも松本を訪れると、憂行さんとしか呼ばれないので、さすがに気恥ずかしかったものだ。

寮歌を歌うときは、指揮者がまず、

「大松本高等学校思誠寮寮歌！」

と吠える。

すると、他の者は、口々に腹の底からの力をこめ、「ソウ！」とか「セー」とか掛声をかける。

「ああ青春《せいしゅーん》！」

「セー」

「アイン、ツヴァイ、ドライ！」

そして、そこらじゅうをどよもす凄まじい大合唱。

なんだか人間社会より動物園を思わせる雰囲気である。ヒットラーの演説、それに対する「ハイル！　ハイル！」という群衆の歓声を、われわれは今でも手軽にレコードで聞けるが、その熱狂の度合は似たようなものだ。

この寮歌が多くは勇壮で、またその歌い方が一音一音にやたらと力を入れる独特のもので、音痴でも歌えるという特色があった。

もっとも、「春寂寥《せきりよう》の洛陽《らくよう》に　昔を偲《しの》ぶ唐人の　傷《いた》める心今日は我……」という『春寂寥』や、「夕暮るる筑摩《ちくま》の森をそぞろ行く……」という『夕暮るる』などのもの悲しい逍遥歌《しようようか》もあり、こうした独唱がかすかに枯野の涯《はて》からひびいてくると、胸がじいんとしてくるのだった。

『春寂寥』にしても『夕暮るる』にしても浜徳太郎氏の作曲である。そして寮歌集を開いておどろくことに、初期の寮歌の大部分が氏の作曲で、実に何年もにわたるのである。氏については伝説があり、氏は年じゅう寮のオルガンだけを弾いていて予定通り落第する。二年つづけて落第すると「凱旋《がいせん》」といって放校になってしまうから、次の年にはちょっと勉強して進級する。こうしてわざと六年間の高校生活を送り、その間の寮歌の大半に名曲を作ったということだ。浜氏は現存しており、クラシック・カー・クラブの会長である。

その冬、下宿難解消のため、松本の次の駅の南松本にある工場の寮を借り、新しく思誠寮西寮というのを開くことになった。まともな連中は多く元の東寮に残った。少し頭のへんな者が、さながらアメリカ西部を開拓する移民団のような意気ごみで西寮へ移ることに決めたが、私はもちろんその中にまじっていた。

警察の馬力を借り、汚ない荷物を山と積み、もっと汚ない連中が一里の道をガラガラと押していった。町なかでは、市電の車掌まで首を出してこの光景を見て笑った。荒れはてたバラック造りの新寮に着いたころ、もはや夜になっていた。しかし馬力はその夜のうちに返すことになっている。新寮では食事も出ない。腹ぺこのまま、また暗い道を口をきく気力もなく引返した。

私は罹災《りさい》後新しく手に入れた朴歯をはいていたが、ベラボーな高歯と自家製の太すぎゆるすぎる鼻緒のため、路上でひっくり返った。片方の鼻緒が切れた。しばらく片チンバで歩いたが、ちぎれるようにはだしの足が冷たく痛かった。そのうちもう一回転倒して両方とも鼻緒が切れ、足こそたまらなかったが、前よりは歩きよくなった。

かように苦労して移った寮に、私たちは一日しか暮せなかった。食糧がなくて、どうにも寮を閉めねばならぬというのである。とどのつまり、そのまま休校になってしまった。十二月二日のことで、食糧事情の目安がつくまで実に四カ月間の休暇ということになった。

まだ私には帰るべきわが家がなかった。ともかく帰京して親類の家に厄介になっていると、数日後、兄が家を見つけたという朗報がはいった。

兄夫婦と共に私はその家に移ったが、最初の日には実に心細い思いをした。壁は落ち、水道はなく、障子戸は開かないし閉じない。戸のガラスもなく、時代劇に出てくる素浪人の住む裏長屋に似ていた。それよりも大きからぬ茶筒に入れた米がすべての米だというこことだった。火鉢もなく、炭もなく、掘炬燵《ほりごたつ》に外で木切れを燃したオキ火を入れ、それがとぼってしまうと、あとは寝てしまうより仕方がないのであった。

この家で、私は多く留守番をして過した。兄たちは親類の家にあずけておいた荷や貰《もら》い物を運んだり、買出しに行ったりして不在がちであった。

東京では闇市《やみいち》が繁栄していた。当時の日記には、「十六匹のイワシを五円で買った」とか、「ホウキとザルで四十何円とられた」とか、「値段がわからぬので二貫目のネギを三十二円で買わされた。あまり高いので兄たちに後ろめたかった」とか、「ドーナッツ五つで十円とられた。これはけっこううまかった」とか、他の高校生特有な感傷的内省的な日記にまじって、闇市の値段が頻《しき》りと出てくる。幾回も「とられた」と書いてあるのは、あまり高価なのでびっくりし憤慨していたらしい。

そのほか借りた本を読んだり、セーターにびっしり湧《わ》いたシラミを鍋《なべ》で煮たり、またもや朴歯にもっと太い鼻緒をこしらえたり、戦災後に採集した虫を調べたりして私は暮していたようだ。外へ出ると、焼け残った神田の大橋図書館へ通った。中学時代の友人を尋ねたり、貧乏神の高校生の思い出のある多摩川へ行き、枯れた土手に半日寝ていたりした。

交通機関の混雑も甚しいものがあった。朝夕には制限時間があって、その時間内は切符を買うことができなかった。国電の中でもみくしゃにされるのはまだいいとして、このとき危殆《きたい》に瀕《ひん》するのが私の得意の朴歯であった。私はしばしばひっくり返りそうになり、また本当にひっくり返りもし、実にしばしば鼻緒を切っている。電車の中で足から外れた朴歯がどこか無数の他人の足の間に消えてしまって参ったこともあれば、真暗な夜道でまたしてもひっくり返り、このときは朴歯の歯がどこかへとんでしまい、マッチをつけて捜していると、マントをのせて地面に置いた荷物に通行人が突きあたり、「行路病者だ」とか騒いだこともある。

私の大事な朴歯は実用には不向きであるようだったが、私はだんぜんこれを離さなかった。マント（松本の知人に貰ったものであった）も手離さなかった。これこそ世俗を越えた高校生の象徴であり、たとえいくらひっくり返ろうと、内心の高揚した満足感には代えられないのであった。しかし、多摩川に行ったときも、私は胸をはって土手を降りようとして、やはりものの見事にひっくり返り、鼻緒を切った。

人間、内容もないのに得意になるとこういう目に会う。その冬、私はなんだか外出するたびに、一々ひっくり返ってばかりいたような気さえする。

いつになっても学校が始まらず、休暇も長期戦となったため、父は私を山形に呼ぶことにした。もちろん兄の家の食糧難を助けるためである。

一月の末、私は東京を発《た》った。前もって切符を入手した私が夜七時二十分の汽車に乗るために昼ころ上野に行くと、呆然《ぼうぜん》となるような長蛇の列で、目的の汽車に乗れないのはもとより、十一時の汽車に乗れたのが僥倖《ぎょうこう》なくらいであった。

当時の上野駅は、敗戦の象徴のごとき観を呈していた。地下道には浮浪者がごろごろ横たわり、その何人かは一晩のうちに息をひきとり、半日も大混雑の中で汽車を待つ旅行者は、まわりに群がる浮浪児に奪われぬよう、ひそかに持参の握り飯にかぶりつくのだった。ちょっとした旅行をするにも、そういう食糧を用意すること、超満員の汽車に窓から乗りこみ、通路に坐《すわ》ることもならず一晩を過さねばならず、僻地《へきち》に探検にゆくほどの覚悟が必要であった。

そのようにして着いた山形は、私にとっては極楽といってよかった。父の弟がやっている山城屋という旅館で、私はふたたび米にわずか混ぜものをした飯を食べることができた。父自身は、大石田の素封家であるNさんという方の好意を受け、大石田に再疎開《さいそかい》をした。

私のほうは、山城屋の屋根裏部屋に住み、毎度々々、ドンブリに山盛りの飯を与えられた。その上山町にきて狂喜したのは、牛肉を肉屋でいくらも売っていることだった。私はちょいちょいそれを買い、火鉢の小鍋で煮て食べることができた。干柿《ほしがき》の大きな束も買ってきて、一人で食べた。

「これは甚だゼイタクのようであるが、ここで体を作らんと、とても松本へ行ってからの活動にさしさわるだろう」

と、当時の日記に記している。

それよりも、いま思い返してみてあきれることに、私はこのような恵まれた食生活をしながら、なおかつ空腹の念から離れられなかったようだ。むろん空腹といっては嘘《うそ》になる。ここ半年の間に養われた心理的な空腹感なのである。それにはドンブリ一杯の飯でもまだ足りなかった。もう食べられぬという思いをしてみたかった。

それで私は、朝、昼、夜の飯をわざと全部食べず、少しずつとっておいて、それででっかい握り飯をこしらえた。夜ふけになって、いつもの二倍の牛肉を煮た。隠し持っていた軍隊の餅《もち》の粉みたいなのをといて、餅を作った。餅を食べ、牛肉を食べ、特大の握り飯にかぶりつくと、さすがに胸がむかついてきた。しかし、胸がむかつこうが苦しくなろうが、私は言いようもない満足感にひたされたのである。

私は食べて寝て、本を読んで、牛肉のうまさについて短歌を作って、宿題である「理性と感性」というレポートを書き、同じく宿題である英文の本を一冊読もうとしていた。それはどこから持ってきたのかもう忘れた『The Invisible Mouse』という小説だか童話であったが、これを読むのが大変で、大げさに言えば、たとえば It is a pen. という文章があるとし、it を辞書で引き is を引き a を引き pen を引かねばならぬテイタラクで、そのナントカマウスとかいう本に何が書いてあったのか結局ちっともわからず終《じま》いであった。

そうこうしているうち、二月十七日、新円発行が発表になった。私はこれで物価も下がると単純に考えていたが、インフレはますます激しくなり、なにより預金封鎖のため、本当はまずまず金に困らぬ身分であったはずの私の家も、月々定められたわずかな引出し額で暮さねばならなくなった。

父はもっと単純であった。元来が彼は貧乏性で金銭に無知で、病院も家も焼けたため、相当の金を持っているくせに、今にも一家が路頭に迷うかのような幻想を抱いていた。隠しようやく新しい雑誌が矢継早《やつぎばや》に刊行され、父はそこに沢山の歌や随筆を書いた。貧乏の涯の持った金だの稿料だのを疎開先の押入れの蒲団の下にぎっしりと押しこみ、このままにしておけば旧円はごとく暗澹《あんたん》とした顔をしていた。そこへ新円切りかえで、このままにしておけば旧円は使えなくなるというニュースである。彼はおそるおそる蒲団の下の札束を数えてみた。十万円もあった。

当時にしては大金である。かなりの土地なり買える金である。しかし父は、これで物価は下ると思ったし、金はなにより大切と思ったし、せっかくの現金をわざわざ預金してしまった。それはそのまま封鎖され、まったく無価値同然となった。

私はそのとき大石田へ行き、その十万円の札束をしっかりと胴巻きに収め、東京まで運ぶ役割をした。周囲の人間がすべて盗賊に見えた。

あのときの金のほんの一部で、せめて闇の缶詰なり買いこんでおいたら、とあとになって私は何十回となく夢想したものだ。これまた形而下《けいじか》の情けない思考だが、さながらミッドウェイ海戦の失敗のあとの司令官のごとく、いくら口惜《くや》しがってもまだ心残りなのであった。

教師からして変である

昭和二十一年三月初旬、ようやく学校が再開されることになった。

私が南松本の新寮――学校内の昔からの寮を東寮、こちらを西寮と呼ぶことになった――に着いた日は、松本に珍しい大雪がつもっていた。

当時の旅にはつきもののリュックザックをせおい、一尺もつもった雪の中をかきわけて歩いてゆくと、むこうに建つ寮がいかにひどいバラック建てで、形容を絶して寒々とし、これからの生活がまた苦難の連続であるかが否応《いやおう》なしに予感されるのだった。

おまけにすぐ試験があった。授業もろくすっぽなかったわけだが、試験もせずに二年に進級させるわけにはいかぬと学校当局は考えたわけであろう。

私は日記に書いている。

「試験というものは、もしそれに積極的に参加する意志のない者にとっては、その人格成長を阻止する罪悪にほかならぬ」

ともあれ、私たちは史上でもっとも学力のない二年生になった。もっとも当時の高校生には『善の研究』『三太郎の日記』『愛と認識との出発』など三種の神器にも似た愛読書があって、その本を読んでおれば、あるいはその何行かを暗記しておれば、高校生らしい顔をしていられたのである。

戦争末期、旧制高校は二年制になっていた。それをこの冬、文相になった安倍能成氏がふたたび三年制を復活させてくれた。

寮は二年が委員となり、一年生を迎える。三年は下宿に出るのが習慣である。私は委員となって寮に残ることになった。ただ、急造の二年生だけではいかにも頼りないというので、特に三年生が二名、顧問のような形で寮で暮すことになった。

委員以外の二年生は退寮した。そして十数名の委員が、がらんとしたバラック寮の中で、新入生を迎える合宿のごとき生活を送ることになった。

ところが、その新入生は四月に入学してこなかった。陸士や海兵、神宮皇学館や上海《シャンハイ》の同文書院などの、閉鎖されることになった軍国調学校からの生徒を転入させるため、この年も、新入生の入学は異例の秋からとなった。

しかし、いま考えてみると、それは西寮に関してはよかったと思われる。いざ新入生がきてからの食糧事情や、或《あ》るいはあの凄《すさ》まじき狂熱的生活を丸一年もつづけようものなら、委員の大半は倒れていたのではあるまいか。

小人数の寮生活は、まずまずであったが、見るからに常識を欠いているような高校生に寮を貸している工場側は、どうにもあぶなっかしいと思ったらしい。そこで監督役みたいな人物がひそかに寮を見まわり、つけ放しのヒーターを隠す、没収するという事件も起った。

寮の最大の誇りは自治である。私たちはその人物をぐるりと取り囲んで詰問《きつもん》し、ついに工場も高校の寮に手出しをするのを中止した。

風呂《ふろ》は、はじめ工場側が貸してくれた。風呂があるというので私たちは大喜びではいりにいったが、これがいかつい金属棒を差しこんである電気風呂で、最初にはいった者が、たちまち電流にやられてしびれてしまった。なあに空腹のせいさと言って、次にはいった者もしびれてしまった。次々と片端からしびれるので、私たちはこの風呂を使用することを中止した。

大体、松高生は入浴には浅間温泉にはいりにゆくのが伝統であった。しかし、西寮から浅間まで行くのは遠すぎる。学校の帰りにはいってくるにしても、冬には、寮に帰りつくまでに身体《からだ》がすっかり冷えきってしまう。従って、私たちは滅多に風呂にはいらなかった。一カ月、二カ月に一回などという豪の者もザラであった。

下着にしても同様である。一カ月、二カ月、同じ下着を平気で着ていた。ある冬の一日、私は下着を洗濯しようと思いたったことがある。水につけシャボンを塗りたくると、水は異様な色になった。とても一遍では洗いきれぬと思われたので、私はよくシャボンが布地にしみこむよう、一日放っておくことにした。すると翌日、洗面器の水は底まで衣類と共にガリガリに凍っていた。面倒なので、春になって溶けるまで待つつもりになり、そのうち洗面器ごとどこかへ消えてしまった。

学校まで歩くと一里余あるので、松本駅まで一駅汽車に乗る。この朝の登校からして一騒動であった。たいてい一人二人、汽車がもう見えてきたころ、マントをひるがえしてドタバタ走ってゆく。ついに間に合わぬ。首尾よく汽車に乗りこんだ連中は、声をかぎりに「バーキャロー」と野次る。こちらも負けずに応ずる。しかし汽車が行ってしまうと、空腹の身で学校まで歩いてゆく気力がなく、とぼとぼと寮に戻ってきてまた蒲団《ふとん》にもぐってしまう。

寮の便所の落書――「汽車せまる固き○○のうらめしさ」

当時の寮の食事は、朝晩が雑炊、昼だけは弁当として持参できるようコーリャンの固い飯であった。握り飯とされるより、たいてい弁当箱代りの飯盒《はんごう》の底に、ちょっぴり入れてもらっていたようだ。これだけの食糧ではもちろん生きていけなかったし、当然私たちは半自炊の生活を送っていた。

うまくしたことに、誰かが買出しに行ったり家から持ってきたりして、完全に飢えるまえになんらかの食糧が手にはいった。最大の御馳走《ごちそう》はやはり米である。これを四合、ヒーターを用いて飯盒で炊《た》く。五、六人でわけて、当時多量に配給になった軍隊の放出物資の乾繰味噌《みそ》をかけて食べる。

蛙《かえる》まで食べた。それも食用になる赤蛙なぞではない。小粒のアマガエルを、誰かが飯盒一杯とってきた。そのあるかなき肉片をヒーターであぶり、醬油《しょうゆ》をつけて食べた。

進駐軍の携帯食なぞをたまたま食べたときのうまさなどは言語に絶する。小さな肉の缶詰もはいっておれば、菓子もはいっていた。三本包みの煙草《たばこ》もはいっていた。こんなうまいものを食べていた米軍にはやはり負けるのが当然であったと考えざるを得なかった。

しかし空腹とは関係なく、信州の自然はおおらかに清浄に拡《ひろ》がっていた。

春、西方のアルプスはまだ白い部分が多かった。三角形の常念岳がどっしりとそびえ、その肩の辺りに槍《やり》ヶ岳《たけ》の穂先がわずか黒く覗《のぞ》いていた。島々谷《しましまだに》のむこうには乗鞍《のりくら》が、これこそ全身真白に女性的な優雅さを示していた。朝、アルプスに最初の光が映え、殊《こと》に北方の山々は一種特有のうす桃色に染るのであった。

当時、私の心には、馬鹿《ばか》げたパトスと共に、女学生よりも感傷的な心が同居していた。学校をよく午前中でさぼり、西寮までの畠《はたけ》の道を沈んだ顔つきでのろのろと歩いた。草が萌《も》え、都会には見られぬ虻《あぶ》がまつわっていた。落葉松《からまつ》の玉芽が日と共にふくらみ、やわらかな針葉をひらいてゆく過程を、私は甘美な寂しさの中で見た。

愛唱するようになった父の歌の中でも、私は殊さら感傷的なものを好んだ。

さびしさびしいま西方にゆらゆらと紅《あか》く入る日もこよなく寂し
おもひ出は霜ふる谿《たに》に流れたるうす雲の如《ごと》くかなしきかなや
猫の舌のうすらに紅き手ざはりのこの悲しさを知りそめにけり

これらの歌は、茂吉の『赤光《しゃっこう》』の中でむしろ駄作の部類である。しかし私にとっては、とにかく「寂しく」て「悲し」ければ、自分の心情にぴったりするのであった。

あかあかと一本の道とほりたりたまきはる我が命なりけり
かがやけるひとすぢの道遥《はる》けくてかうかうと風は吹きゆきにけり
野のなかにかがやきて一本の道は見ゆここに命をおとしかねつも
こころむなしくここに來《きた》れりあはれあはれ土の窪《くぼみ》にくまなき光

こういう「一本道」のような連作を見ると、私はかくのごとき短歌を残した父のために、自分のことは放擲《ほうてき》してガチ勉でもし、一番となって老いてきた父を喜ばせようかと考えたことすらある（むろん、事実はその逆となった）。

高校時代、私が寮報や校友会雑誌に発表した短歌は、やはり次のような感傷的で稚拙なものである。

楢落葉《ならおちば》の音もこそすれあきらめに似しわが歩みここにとどまる
ツアラツストラの没落といふ語句ありきわが身に沁《し》みて心かなしも
夕光《ゆふひかり》のさしくる土手にひしひしと生《い》きの寂しさに我おされつつ
わが心かかづらひつつかそかなるバッタの動き見つむひととき
ひつそりと蠅《はえ》がきたりてわが膝《ひざ》にしばし遊びて去りたるかなや

これが一人でいるときの私であった。そのくせいったん寮で徒党を組むと、突拍子もないことをやらかしたもので、青春、その本体は実に複雑怪奇なのである。

旧制高校というところは、これまた複雑怪奇である。まず、その教師からして変っている。

たとえば学力優秀な先生もいた。その英語の教授は、

「わが国の英語界には三ザブロウというのがおる。一人は岡倉由三郎、一人は斎藤秀三郎……」

そしてもう一人が、かく述べる御本人のケイザブロウなのであった。

彼は母音三角形とかいって、「イー、エー、アー」などという発音を、丸一学期間やらせた。ところが、さように発音にうるさい先生にむかい、dangerousをダンゴラスなどと読む生徒がいるのが、また高等学校である。

この先生が学生に好まれたのは、一体どこまで教えたかをみんな忘れてしまうからである。

「このまえはどこまでやったか」

「十ページまでです」

そこで先生は、十一ページからを何回も何回もやるので、生徒たちは予習をしないで済んだ。

いま思いだしても胸が痛むのは、やはり英語の初老の教授であった。サイヅチ頭で、上からタクワン石を載せておしちぢめたような姿をしていた。この先生が人一倍大食いで、食糧難時代をどうすることもできなかった。

寮では食事の支度ができると、大ダイコを鳴らして知らす。

秋高原に風立ちて　玲瓏《れいろう》澄むや山脈《やまなみ》の
彼方《かなた》に物の響あり　ツォイスの庭の召太鼓

という寮歌があったが、私たちはどうしてもこの「召太鼓」を「飯太鼓」と判ぜざるを得なかった。

腹の空いている寮生は、タイコの響きと共にいっさんに食堂に馳《は》せさんずる。すると、その夜の宿直にきているこの先生が、もはや雑炊に箸《はし》を立ててすすりこんでいるのである。私たちも餓鬼であったが、この先生は大餓鬼であった。

もっとのちになって、寮の祝祭の宴に彼を呼んだことがある。食卓には幾皿かの当時にしては御馳走が並んでいた。するとこの先生は、感激のあまり、出ている食物をみんな詠《よ》みこんだ歌を作った。

彼は教場でも空腹のあまり、ほとんど目をつぶって講義をした。それで、生徒たちが立とうが坐《すわ》ろうが、勝手に教室を出ていこうが、ぜんぜん気がつきはしなかった。

時代がわるかったのである。この先生にしても、ちゃんと飯さえ食べていれば、堂々とした高校の教授であったのだ。のちに聞いた話であるが、まだ食糧難がこなかった時期にある先生が松高に赴任し、教員室で挨拶《あいさつ》してまわっていると、いきなり足元にレンガが一箇《こ》とんできた。餓鬼の先生が投げつけたのである。何事ならんとたまげていると、相手は、

「これはそもそも古代ギリシャに伝わる遊戯で……」

と、ゆうゆうと講釈をしたそうだ。

ある先生――これは排斥された校長だったが――は、上級生に聞くと、謹厳という言葉をそのまま造形したようなキンゲン無比な顔立ちをしていた。それで式のときなど登壇する際、どんな見事な訓話をたれるかと思われるのだが、これが無類の演説下手で、「諸君、いま西の山が白くなっているが、あれは雪ではなく、樹氷なのである」などと言い、またそれが前後の脈絡もなく、忽然《こつぜん》として言われるので、生徒は思わず失笑してしまい、訓話もヘチマもなくなるのであった。

ある教師は、終戦の翌日、生徒たちを整列させておいてこう述べた。

「負けるが勝ち、ということもある」

幼稚園ではあるまいし、この訓話もちょっとひどすぎる。今となって思えば、この文句もあんがい深い意味がありそうに見えるが、そのときその教授はたしかに幼稚園の先生の水準に於《お》いて述べたのだ。

もっとも、生徒のほうだってひどかった。学問のほうもひどかったが、それより教師を脅迫したりした。

あまりこわくない先生の講義が一段落ついたり、ふと講義がとぎれたりすると、まだ終了時間でもないのに、

「やめまっしょ！」

と、私たちは信州弁で叫んだ。人の好《よ》い教師、気の弱い教師はそこで講義を打ち切っ

てしまう。

そもそも高校にはむかない東洋史か何かの先生が赴任してきた。最初の時間、教壇に立つと、いきなり、

「やめまっしょ！」

と、生徒たち全体が叫んだ。そこで先生はおとなしく講義をやめて引返した。

次の時間、また「やめまっしょ！」とやられ、

「どうか講義をさせて下さい」

と頼んだが、生徒はぜんぜん相手にしてくれなかった。

その次の時間は先生も考えた。教室にはいると、生徒のほうを向かず、直ちに黒板にむかって中国の地図を書きはじめた。

すると一人の生徒が、「あ、絵がうめえなあ」と侮蔑《ぶべつ》したように言い、そのまま席を立って教室を出ていった。あとの生徒もぞろぞろと出ていってしまった。——この教師は、一カ月で松高をやめた。

これは私も関係したことだが、新任の教師をからかうにはいろんな手段がある。

その先生が教室へ行ってみると、人っ子一人いず、黒板に、

「この教室は寒いですから、第七番教室に移ります」

と書いてある。先生が急いで七番教室へ行くと、

「都合により三番教室へ移ります」

とある。先生はあっちへうろうろ、こっちをうろうろ、校庭を横切ったりして、懸命に生徒たちがいてくれる教室を捜してまわる。それをこちらは屋上から眺めて喜んでいるのである。

しかし、こうして教師も鍛えられ、次第に威厳のある先生になる。

ある教授の授業は、まことに息がつまるおっかなさをはらんでいた。彼が教場に姿を現わし、やおら閻魔帳《えんまちよう》を開くと、辺りはしんとした寂莫《せきばく》に閉ざされた。本当にクラスじゅうが呼吸をとめるのである。そして、全員がまさに窒息寸前になったころ、彼はようやく一人の生徒を指名する。すると長時間海中にもぐっていた海女《あま》が浮びあがって呼吸するにも似た吐息がいっせいに洩《も》れた。

この先生にしても、はじめからかような威圧感を持っていたわけではない。その告白によると、はじめて松高に赴任して最初の講義のときは、彼自身が軀《み》が震えるような気分であった。教場にはいると、後方の席に自分より齢《とし》を喰っていそうな物凄《ものすご》い髭《ひげ》づらの生徒が腕組みをし目をつぶって坐っている。講義を始めても目を開かない。気味がわるいので、知らず知らずそっとそちらを窺《うかが》う。と、やにわにその髭づらがカッと目を見開いたと思うや、懐《ふとこ》ろからでっかいドスを取りだした。先生はギョッとしてまさに逃げだそうと思った。しかし、その髭づらの生徒は、何の事はなく、単に小刀で鉛筆を削りだしたのであった。

教師にしろ生徒にしろ、いずれがアヤメ、カキツバタなのである。双方ともおどろおどろしく教育しあい、双方ともますます変になる。

ある先生は末端肥大症と噂《うわさ》され、鼻の頭も怪異にふくれていた。そのため松本の東方に聳《そび》えるごつい岩山の名である「王ヶ鼻」と呼ばれていた。あるとき彼が講義をしていると、誰かが「やめまっしょ！」と声を出した。とたんにこの先生はその生徒にむかってハッシと白墨を投げつけ、更に仁王立ちとなってこう叫んだ。

「野郎ども、束になってかかってこい！」

もちろん、もっと紳士である教授もいた。

ある先生はすこぶる紳士であったが、必ず遅刻してくる名人でもあった。すると礼儀正しく、なにゆえ遅刻したかを克明に弁解しはじめるのである。

「実は子供が熱を出しまして、熱を測ろうとしたら体温計がなくこれを借りにやりまして、そこで熱を測るとこれがかなりの熱でして、そこで医者を呼びにやらせますとその医者が留守でして、そこでその医者がどこへ行ったかといいますと……」

この弁解がすこぶる丁寧で十分から十五分もかかる。もともと十五分遅刻しているので、残された授業時間は半分もない。

そのため、彼の倫理の授業はろくすっぽ進みはしなかった。私たちはヒルティの『眠られぬ夜のために』をやらされたわけだが、だいたいこの書物はさすがすばらしい名著で退屈で、長く読むとたいてい眠くなってしまうものである。しかし訳読がちっとも進まぬため、私ですらも眠りこむまでには至らなかった。

わざとおかしな例ばかり書いたが、旧制高校の先生のよい点は、生徒と一緒になって人生を語り、親身になって相談に乗ってくれることであろう。

私が終戦前の六月、はじめて思誠寮にもぐりこんだときも、校庭を畠にする作業の合間に、生徒を集め、人生を論じてくれる教師に接し、非常に嬉《うれ》しかったものだ。

一人の先生はなかんずく熱心であった。ただこの先生には一つの癖があり、ひとしきり人生を論ずると、次には彼の図学の教科書を作ったときの苦心談を始めるのであった。それは確かに立派な書物であったが、かくかくの活字がないので、そのためわざわざその活字を作らしたという話である。出版のことに少し通じていれば、活字を新たに作らすということはさして大事業ではない。しかしそのとき、私はさすが高校の先生だと大いに感服したものであった。

ところがその後、その先生が生徒を集めてしゃべっているので寄ってゆくと、また活字の話をしている。新入生がきたときも然《しか》りである。彼はずいぶんの年数を松高にいたはずだが、その間に一体どのくらい得意の活字の話をしたことであろう。

メダカの染色体で博士をとったのでメダカと呼ばれていた生物の先生がいた。選択課目で生物をとった文科の生徒がいたが、彼の言によると、試験のときこの先生は黒板にただひとこと「鬼」と書いた由《よし》である。はてそんな講義があったかしらんと思ったが記憶になく、仕方なしに日本文学に現われた鬼について記してきた。試験はそれで立派に通った。やはり変り者の教授というべきである。実をいえば、この先生は私のクラスの担任であったのだが、今になって「卒業をとり消す」などと言われると困るので、これ以上わざと記さない。

さて、どこの旧制高校にも名物教授というのがいる。松高のそれは、やはり数学のヒルさんに指を屈さねばならぬだろう。

蛭川幸茂というその先生は、生徒からヒルさん、或《ある》いはヒル公という愛称でしか呼ばれなかった。身なり風体をかまわぬこと生徒以上であった。伝説であろうが、松高に赴任してきたとき、物売りと間違えられ、受付で追いはらわれたと伝えられている。髭づらで容貌《ようぼう》は野武士のごとくである。しかし、その目はすこぶる優しい。旧制高校を愛し、高校生を愛したこと、この先生に比すべき者はあるまい。しかし、言葉はわるく、「おめえ」と言い、奥さんが病気になったときは、「あいつ棺桶《かんおけ》に両足突っこんで首だけ出してやがんだ」などと言うが、そこにまた親しみが湧《わ》くのである。

服装はもっとも悪い。荒縄を帯代りにして着物をしばっていたこともある。私もこの先生をはじめて見たときは乞食《こじき》だと思った。ヒルさんは陸上競技部の部長であったから、校庭で砲丸を投げたり走ったりしている。乞食がなんであんな真似《まね》をしているのか、さすが高等学校というところは変った場所だと思った。ヒルさんはインターハイなどへ行っても、グラウンドでムシロをかぶって寝たりするので、頻々と乞食と間違えられた。

私の在学中、ヒルさんは家がなくて、一時、学校内の弓道場に住んでいた。私はヒルさんに習ったことはないが、先輩から聞くところによると、腹の筋肉がたいそう強く、仰向いて寝たまま腹にのせた皿でも何でも空中高く飛ばしてしまうそうである。まさしく腹芸である。また「ナントカ節」というのが得意で、生徒たちに「やりまっしょ！」(ヒルさんの場合は「やめまっしょ」の反対である)と慫慂《しょうよう》されると、授業中にそれを唄《うた》いだし、時間はそれで終ってしまう。しかし学問はおろそかにしなかった。休み時間になってから、住居の弓道場の外の板壁に白墨で数学の公式を書いておく。生徒たちはそこへ行ってそれを写すのである。

ある中学の校長先生に聞いた話だが、中学の数学の教師が集まってヒルさんに講義をして貰《もら》ったことがある。当然、お礼をした。するとヒルさんは悪いと思ったらしく、返礼の包みらしきものをかかえて校長の家にやってきた。奥さんが、

「そんなことをされては……」

と礼儀上断わると、

「そうですか」

とひとこと言い、また包みをかかえて帰っていってしまったという。

やがて六三三四制ということになり、私たちの二年あとの年代が最後の旧制高校生で、旧制高校は廃止と決った。当然ヒルさんは新制大学の教授となるはずである。しかし彼は、旧制高校生以外を教える気になれなかった。それで、まだしも情熱の抱けそうな小学校の先生となった。田舎の小学校である。

村では、そんな偉い先生が小学校にきてくれるというので、村長、校長以下が出迎えた。荷を積んだ小型トラックが到着した。荷の上にはヒルさんの子供たちが乗っており、その一人は降りたつといきなり道端でオシッコを始めた。そんなことはよいとして、出迎えの村の有力者たちは首をかしげた。肝腎《かんじん》の偉い先生の姿が見えなかったからである。実はヒルさんはちゃんといたのだ。しかし、あまりに汚ない風体をしていたので、引越しを手伝う人夫と間違えられていたのである。

私にはヒルさんの真の人物像の百分の一も伝えることはできぬ。ただ言えることは、実に多くの松高生がヒルさんから他の場所では得られぬ精神面の薫陶《くんとう》を受けていることだ。

高校の教師たちは一風変ってもいたけれど、やはりいい先生が多かったと今更のように思う。

六月初旬――昨年のその頃に私は瓦礫《がれき》の東京を逃れて、水田に蛙《かえる》の鳴く松本にきたのだったが――松本の食糧配給は主食が一日一合一勺《しゃく》となり、学期末の試験も生徒が気の毒というので中止と決り、月末には早々と夏の休暇になった。

その夏を、私はまた父が世話になっている大石田のNさんの家に暮す身分になった。その前に数日を送った東京の兄の家では、柿《かき》の葉のテンプラやジャガイモの葉、カボチャばかり食べているのに、ここでは神よ、輝くばかりの白米であった。

「白米のゴハンは食べればいくらでも食べられる。これは嚙《か》まずにのみこむせいであろう。嚙もうとしてもなかなか嚙んでいられない。嚙まずに呑《の》みこむとなんともいえない」

と、私はすこぶる感激してしつこく日記に記している。

Nさんの屋敷には庭に立派な離れ屋があり、父が階下、私が二階に暮す身分であったから、寮生活に比べると大名になったかのようであった。

父はNさんに気がねして、私に庭の草とりを命じた。私は草くらい生えているほうが情緒があると思ったが、なにせ茂吉の短歌を知ったあとだから渋々これに従い、父が見ていないとすぐやめた。

あるとき私は二階で寮歌を唄い、血潮がのぼってきたので大声を出したところ、父は血相を変えて怒った。これに対し私もムッとして、

「高校を出ていながら高校を理解しない。これは個人の罪であるか社会の罪であるか」

などとそもそも無理なことを書いているところを見ると、私の当時の変ちくりんな精神状態がわかるようだ。更に、

「父はノミの話ばかりする。すなわち、ノミは甚だ利口な動物である。金瓶《かなかめ》でフクロにはいって寝ているとき（父は前の疎開地《そかいち》でノミに喰われぬようシーツを縫い合せた袋にすっぽりもぐって寝た。しかしなおかつノミは侵入した）、朝になって捕えてやろうと大いに楽しみにしているともういない、どうも利口だ、としきりに感心する。ノミのほうが人間より数等えらいようなことを言う。人間、齢《とし》をとると愚にかえるのかも知れぬ」

などと書いている。

しかし、私は父が作歌しているさまをもこの目でつくづくと見た。

室内で父が勉強しているときは私はなるたけそばに近寄らぬようにしていたが、父はときどき私を連れて散歩へ出た。最上川の川辺の草原も歩いた。夕ぐれ、川の面に夕映えが映って、この大河はなごやかな相貌を呈しておだやかに流れた。この冬訪れたときの雪の乱れる中のきびしさとは見違えるようであった。

父はときどき立止っては瞑目《めいもく》した。手帳になにか書きつけることもあった。よく近所の神社の境内へも行った。そういうとき父はサンダワラを持っていて、それを地面に敷

いて腰を下ろし、じっと瞑目した。彫像のように動こうともしなかった。その間、私は好きな昆虫を観察してまわった。狩猟蜂《しゆりようばち》が獲物のクモをひきずってきて、地面に穴を掘り、獲物を埋めてゆくさまを、一時間近くも見守っていた。

そして元の場所に戻ってきてみると、父はまだうずくまっていた。頭をかかえるようにして苦吟していた。そうして、茂吉という歌人が全身をしぼるようにして考えこんでいるさまは、私にやるせないような感銘を与えた。

日記。「夜、親父《おやじ》の肩をもんだり叩《たた》いたりした。手が痛くなって閉口しても仲々もうよいとは言わぬ。しかし、親父が死んだとき後悔しても始まらぬと無理に思ってもんだ。親孝行になったはずだのに、どうも実行が伴わない。今日も煙草《たばこ》を喫《す》うものじゃないと言われ、ハアハアと答えた。どうも困ったものだ。もっとももう一カ月も禁煙している」

しかし私は食物に困らぬ恵まれた境遇の中で、またかなりの本を読んだ。父の疎開させたわずかな蔵書、送られてくる雑誌の他に、やはり父の世話をよくしてくれたIさんの家にかなりの書物があった。

ニーチェを出鱈目《でたらめ》に読み、シェイクスピアとドストエフスキイをほぼ全部読んだ。最後のものにはもっとも惹《ひ》かれた。私は今でもドストエフスキイを世界最大の作家と思っている。ただ最大すぎるので、自分が小説を書くようになってからはわざと読み返さないでいる。最近、ふとしたことで、『賭博者《とばくしゃ》』を読み返し、ずいぶん杜撰《ずさん》な箇所もある小説なのでいささかホッとした。ところがついでに最初の作品『貧しき人々』を読み返したところ、パクローフスキイ老人の息子が死ぬ辺りで涙が出てきてとまらなくなった。『貧しき人々』は名作とはいえ、彼の後期の長篇に比べればちっぽけなものである。こういうおっかない作家はまだ少しく敬遠しておこうと思った。

私にこのころからユーモアの素質がいくらかあったらしいことに、ドストエフスキイのどすぐろいユーモアの部分をわざわざ抜き書きしている。『悪霊《あくりょう》』の中で文豪カルマジーノフ氏が祭で朗読する箇所。

「……ところで主題《テーマ》は？　こやつがまた誰にだってわかりっこないのだ。それはまあ言わば、いろんな印象や追憶や総締めのようなものであった。それにまた癪《しゃく》に触るのは、この接吻《せっぷん》の仕方が一般人類のそれと違っていることである。まず辺りには必ず一面に金雀児《えにしだ》が生えていなければならぬ（ぜひとも金雀児か、或いは植物学の本でも調べなければならぬような草であることを要する）。それから空にはぜひ紫色の陰影《ニュアンス》が必要である……なにか水精《ニムフ》のようなものが藪《やぶ》の中で啼《な》きだすと、突然グリュークが葦《あし》の茂みの中でヴァイオリンを弾きはじめる。彼の奏した曲は en toutes lettres というのだが、誰一人知ったものはない。音楽辞典でも調べなければならない。やがて霧が玉のように渦巻きはじめた。その舞うこと舞うこと、まるで霧というよりは数百万の枕《まくら》といったほうが適切なくらいである……」

　私はずっと、自分は高校時代に短歌と詩を作り、大学にはいってからはじめて小説を書きだしたと思いこんでいた。

　ところがこのたび日記を読み返してみて、驚愕《きょうがく》したことに、この夏に小説みたいなものを書いているのである。しかも三つである。のみならず、それはどうも懸賞小説に応募して賞金を獲得したいがためのようであった。

「『才五郎』のつづきを書くつもりだったが、朝の新聞に新日本社の懸賞募集が載っていたから、急にそれを書くことにした。二十枚以下とある。『虫けら先生』というヒョッとした思いつきで、午後一杯で書きあげてしまった。最初の一、二枚は考え考え一時間もかかったが、中ごろから一瀉《いっしゃ》千里で、はじめなかなか二十枚になりそうもなかったのが、もう五、六枚ないと物足らぬ気がした。読み返してみると、大して感心した代物《しろもの》じゃあない。もっともたった五時間足らずだ。これで千五百円とれば虫が好《よ》すぎるだろう」

　むろんのこと、千五百円はとれはしなかった。

　当時、私がもっとも感心した文章は、漱石の『三四郎』のそれであった。「実に見事だ」「五遍読み返したが完璧《かんぺき》といえる文章である。おれよりよほどうまいのでどうも困る」などと日記にとんでもないことを書いている。『才五郎』などという奇妙な小説の題も『三四郎』からきたもののようだ。

ともあれ、中学時代まで作文が苦手で小説も読まず、あるとき調査表のようなものを書かされたが、隣席の友人が自己の欠点という項に「文学的素養のなきこと」と書いているのを見、それこそおれのことだとそっくり同じ文句を記した私にしては、突然変異ともいうべき事柄だったことは間違いない。

これもやはり高等学校のもたらす妖《あや》しき魔力であろうか。

——そうこうしているうち、休暇は終った。今度こそ新入生を寮に迎え、私たちは全力を尽して活躍しなければならぬのであった。それがどのような活躍であったかは、次の章を見ればわかる。

小さき疾風怒濤《シュトゥルム・ウント・ドランク》

世の中にはいろいろ都合のよい文句がある。たとえばウィリアム・ブレイクは次のごとく言っている。

「愚行を固執すれば賢者となるを得ん」

更に、

「過度という道こそ叡智《えいち》の殿堂に通ずる」

これらの箴言《しんげん》こそ、私が見つけだして得々となり、ボロっちい西寮での生活をやりおせた呪文《じゅもん》のようなものであり、守り言葉でもあった。

学校内の東寮は、まず地域的に恵まれていた。炊事のおじさんも高校生贔屓《びいき》の信頼できる人だったし、万事に伝統が住みつき、たとえば部屋の天井に墨で人の足跡がついていたりした。これはなんのこともなく机を積重ねてその上に仰向けになって足形をつけたものだが、はじめて見る新入生はギョッとし、それだけで高校の寮にはいったことが実感されたものだ。

それにひきかえ、工場のバラック寮を借り受けた西寮には何もなかった。食糧もその日ぐらしだったし、すべて新しく作りださねばならなかった。頼るものはゴンズクとパトスだけで、しかもそれはいくらか狂気じみている必要があった。

寮は学生の自治である。総務委員長がおり、総務が三人おり、あとに文化部、生活部、炊事部の委員がいる。

新入生は時間を決めて松本の駅に降りることになっていた。これを東寮、西寮の委員が迎え、西寮入りの新入生は二年生に率いられて歩いて寮までやってくる予定であった。総務の一人であった私は留守番役をしていた。ところが待てど暮せど、連中が戻ってこない。ようやく遥《はる》か彼方《かなた》から、タイコの音と寮歌が伝わってきたが、それがどうしても人間の声ではない。モモンガアが咽喉癌《いんこうがん》にかかったような、ひどくかすれた絶叫である。実に委員たちは、駅から一里ある西寮まで、間断なくすべての寮歌をがなりつづけてきたもので、完全に喉《のど》をつぶしてしまったのである。新入生はまだ寮歌を知らぬ。それを十数名の二年生だけで、彼らを感激させるに足る迫力を出そうとした涙ぐましい結果なのであった。

こんなことはほんの序の口である。私たちは新入生にデカンショのストームを教えこんだ。一里の夜道を歩いて、東寮に夜討ちのストームをかけに行った。説教ストームももちろんやった。すると一人、胆《きも》っ玉の太い男がいて、「バカヤロウ!」と怒鳴りつけられると、ぎろりとその声の方角を睨《にら》むのだった。私もこの男に睨まれて少しこわかった。みんなこわかったらしく、この男は次年度の総務委員長になった。東寮は東寮でまた深夜ストームをかけてきた。そんなことで私たちはろくすっぽ眠れなかったが、新入生にしてみれば、とんだ精神病院みたいなところへはいってきたものだとさぞかしたまげたことであろう。

更に私たちの睡眠を奪ったのは、いわゆる「ダベリ」であった。高校のコンパには二種あって、一つは俗に「快調コンパ」と呼ばれ、レーゼ・ドラマをやったり隠し芸をやったりして愉快に騒ぐのである。もう一つが「ダベリ・コンパ」で、駄弁《だべ》るという言葉はむだ話をするというくらいの意味だが、ここで人生の問題などをあれこれと論議しあうのである。旧制高校のもっとも有意義な点はこのダベリにあったろう。

コンパが終ってからも、一年前の私たちのように純真な新入生が、些細《ささい》なことから深《しん》奥《おう》なことまでを含んだ人生問題をひっさげて部屋にやってくる。こちらも真剣になって応じ、午前三時、四時になるということはざらであった。いま思い返せば、たとえば神は在るのか、いやあのアルペンの残照の中には在るのかも知れぬなどという、たわいもない、しかしあくまでひたむきな論議ではあった。

とはいえ、さように睡眠時間が少なくてはなかなか学校へ出られない。それに加えるに、またしても寮の食糧事情が急迫してきた。

石にでもジャガイモにでもしがみついても、せっかく開いた西寮を維持してゆくのが私たちの至上命題であった。いまや委員たちは総務も文化部も炊事部も区別なく、学校へ行く代りにリュックザックを背おって、カボチャを買出しにゆくのが日課となった。といって、悲壮感もうらぶれた心境もなかった。自分らが寮を背おっているのだという、高揚された使命感だけがあった。夕刻、私たちはカボチャを一杯つめたザックをかついで、内心得意で、最後のエネルギーをしぼって寮歌をがなりながら帰ってくる。すると、残った委員や下級生たちが、窓から顔を出して、一斉に「バッキャロー」と迎えてくれる。もちろん罵倒《ばとう》しているのではなく、賞讃《しょうさん》してくれているのだ。私たちは満足感で一杯となり、いっそカボチャと討死してもかまわぬような心境になるのであった。

それよりも困ったことは、前学期末に行なわれなかった試験がすぐあるということだった。ほとんど学校へ出ていない私たちはお手あげである。すると総務委員長が少なからず乱暴な名案を出した。

「委員は試験を総サボしろ。どうせ受けても合格点は取れっこない。それより全員受けなければ、学校側も事情を考えて善処してくれるにちがいない」

この委員長にはその呼称にふさわしい貫禄《かんろく》があった。春に文乙とか理甲とかに別れた類劇というのを学校の講堂でやったが、このとき彼はシラノ・ド・ベルジュラックに扮《ふん》し、まずシラノらしく見える演技をやった。つまり、かの偉大な鼻の人物のごとく、押しだしも堂々としておれば口も達者な男であった。

　彼は寮運営にもっとも力を尽していたから、それに比例してもっとも学校へ行っていなかった。それだもので、かような試験総サボ案を打ちだしたのかも知れぬ。

　委員たちは、一、二の例外を除き、この案にみんな賛成してしまった。そのときはもっともらしい高邁《こうまい》な理由をつけたものだが、要するに出来もしない試験を受けるよりカボチャの買出しに行っていたほうがまだしも楽であるというのが真相に近い。ところで一度試験を休むと、他の試験の際の点が三割引きされるというのが定《き》まりであった。つまり平均点で八十点を取っていても合格点の六十点を割ることになる。寮の委員で八十点以上もの平均点を取れた者がいたであろうか。

　そのため、のちの話になるが、学年末の試験のあとの落第会議のときは深刻なものがあった。もちろん会議は秘密の扉の奥で行なわれていて外部にわかるはずはないが、それがわれわれの場合、半ば筒抜けといってよかった。

　会議が長びき、教授たちがときどきオシッコをするため外へ出てくる。するとそこには、わが総務委員長が立っている。彼は一部の教授たちに絶大の信用を有していた。そこで先生は声をひそめ、

「いま○○君と××君が危ない。まさに楽観を許されない」

「先生、がんばって下さい」

「うむ」

むろん学問にきびしく合格点に足らぬ者はどしどし落第さすべしという教授もいたが、高等学校の場合、むしろ出来のわるい生徒を見どころありとして可愛《かわい》がってくれる先生も多かった。従って落第会議は白熱するのである。また別の先生が出てきて、

「××君はすんでのところで助かった。〇〇君が崖《がけ》っぷちだ」

「先生、がんばって下さい」

なに、そういう総務委員長自身、合格点に遥かに及ばなかったのだ。彼はクラスでどん尻《じり》にでんと腰をすえていた。しかし彼あって西寮がなんとか維持できたことを学校当局もよく承知しており、彼を落第させることはようできなかった。それに釣られて、他の本来なら落第するべき委員たちもずるずると及第してしまった。

彼こそまことに立派な総務委員長だったというべきである。ただ、彼が英語、ドイツ語などに於《お》いていかような信じがたい点数を取っていたかは、個人のプライヴァシーを侵害することになるため、ここには記さない。

さて、この秋ほど各種の行事が引きつづいたことはなかった。その一つはインターハイの復活である。

各運動部もようやく再建され、復活第一回インターハイに備えて練習をしていた。しかし、はじめはその水準はひどいものであった。

そもそも昨年の秋、戦争中にできた松本医専が野球の対抗試合を申し込んできたことがある。松高はまだ野球部が再建されていなかった。そこでとりあえず元野球部員が野球ができそうなものをよせ集めて試合を開始した。わが軍の投手は、哀れ、前半戦をもたずしてノックアウトされた。すると次にはユニフォームも着ない、スパイクならぬ運動靴をはいた投手がマウンドに登って投げはじめた。のみならず、キャプテンは見物に集まった私たち松高生にむかってこう叫んだ。

「おいみんな、誰でもピッチャーの経験のある者はすぐに投球練習を始めてくれ」

お粗末も極まれりというべきである。

しかし、それから一年を経て、各運動部はどうやら形を整えているようであった。私は子供のころからピンポンが好きであったから、卓球部の練習を覗《のぞ》きに行った。するとわずか六、七名の部員が、二台の台を用いて、四人でクロース・ボールを打っていた。私はそういう本格的な練習を見るのは初めてで、さすが卓球部だ、と思った。

そのうち試合形式の練習となり、私も冗談にちょっとやらして貰《もら》ったところ、なんと私が勝ってしまった。次の相手も破ってしまった。当時の私はショートしか知らず、打つのはてんでダメだが、その代りいくら打ちこまれても壁のようにはね返す技術を持っていた。するとキャプテンが言った。

「君は強い。卓球部にはいってインターハイに出てくれ」

これまたお粗末極まる話である。

もっともこのキャプテンというのが、フォームこそ非常に派手でいかにも上手《うま》そうに見えるが、試合になると実にもろかった。夏休みに、彼の村で親睦《しんぼく》卓球大会があった。彼が出かけていって見事なフォームで練習を開始すると、村人から横槍《よこやり》が出た。これは素人《しろうと》の大会なのだから、玄人《くろうと》の選手は遠慮してくれというのである。ところが彼はおれだって村人だと言いはって強引に出場し、しかも信じがたいことに見っともないことに、一回戦で負けてしまったという。

こういう選手らしからぬ選手のよせ集めである卓球部は、意気ごみだけは盛んにインターハイに出かけていった。ユニフォームもなく、各自勝手のシャツ姿であった。結果は見るもみじめである。他の学校のダブルスの試合を見ていると、サーブを出すときに相棒の選手にサインを出している。ところが私たちはこのサインなるものを知らなかった。そこで慌《あわ》ててサインを作って試合に臨んだが、なにせ急造なためサインを間違ってますます混乱する始末で、私たちは全敗した。

しかしそのとき優勝した富山高校との試合で、私ははじめて一セット取った。相手のスマッシュを壁のごとく反対側のコーナーにはね返し、相手の選手は何回か転倒した。

すると先輩らしいのが入れ智慧《ぢえ》をし、相手は今度はあまり打ちこまずボールを高くあげてきた。私はそれを打てず、結局負けてしまったが、勝敗は別としてたまげたのは各校の応援団の物凄《ものすご》さであった。ある応援団長のごときはとてつもない大ウチワをふりまわし、そのため試合中のボールが空中で動いてしまうという有様であった。

インターハイは麻薬に似たところがある。この熱狂した雰囲気にひとたび接すると、よし次の年は、とどうしても考えてしまう。私はインターハイが済んだら卓球はやめるつもりでいたが、ついつい空腹の中で練習をつづけ、次年度の卓球部のキャプテンとなり、更には校友会運動部の総務に選ばれる羽目になった。どうも憂行という号と、並外れて汚ない私の服装から、ひとかどの男と思われてしまったらしい。

かくて、私のエネルギーはいくらあっても足りぬということになった。現在、私は七十歳の老人のごとくグウタラしているが、どうも生涯のエネルギーの大半を高校時代に使いはたしてしまったとしか考えられない。

そうこうするうちに、寮にとっては最大の行事である記念祭が近づいてきた。

各部屋に飾りつけをし、一般公開をする。夜には各寮の劇をやる。ここで問題になるのは、西寮は町から離れていて、果して東寮のように市民たちが観《み》にきてくれるかということであった。

そこで私はまたもやのしゃばり出し、対外宣伝部というものをでっちあげた。寮生のうちとりわけファイトもあり瘋癲《ふうてん》である連中をかき集めた。そしてフウテン・フィルハーモニーと称する楽器はカンカラとタイコしかない楽団を組織し、毎晩のようにフウテン踊りなる裸ダンスを練習した。そして記念祭の前日には市中にジャンボン行列なるものを繰出したが、これはちょっと詳説しておく価値がある。

高校生には長髪族がかなりいた。一人の男は肩の下まで髪をたらしていたが、彼が町を歩いていると子供たちがぞろぞろついてきて、「男かな、女かな」と首をひねっていたこともある。私のいた理乙のクラスには特別の二人の長髪がおり、一人はたくましく雄ライオンと呼ばれ、もう一人はタテガミが短いので雌ライオンと呼ばれた。この雄ライオンが西寮の委員をしていて、もちろん対外宣伝部に参加した。そこで彼を「瘋癲居士《こじ》」と命名し、記念祭の準備中に殉職したことにし、キョウカタビラを着させて借りてきた棺桶《かんおけ》の中に突っこんだ。坊主《ぼうず》を一人作った。これは本当にカミソリで頭を剃《そ》ってしまった。棺桶を荷車に積み、墓地から盗んできた卒塔婆《そとば》（ああ、悪いことをしたものである）を押し立てて、みんなでナンマイダナンマイダと唱えながら行列してゆくのである。

駅前や縄手の大通りなどの人の集まる場所で、棺桶を地上におろす。もちろん周囲は黒山の人だかりである。そこで対外宣伝部長の私が一場の演説をぶち、かような殉職者まで出した西寮の記念祭を目の黒いうちは見逃すことなかれと説く。

次に坊主が進み出る。棺桶の蓋《ふた》をとり、死者に引導を渡す。

「ああ瘋癲居士、猛眠猛食、猛然として瘋癲道に邁進《まいしん》せしが……」

と述べてゆき、最後に、

「喝！」

と怒鳴る。

すると見よ、キョウカタビラの瘋癲居士は、「ウォーッ」と一声わめくや蘇《よみがえ》り、長髪をなびかせて異様な踊りを始める。瘋癲フィルハーモニーはカンカラと蛮声で狂想曲を奏しだし、半裸体のダンシングチームは瘋癲居士と入りまじって大乱舞を開始する。

この乱舞が最高潮に達したころ、突如、勢いよく踊っていた瘋癲居士は「アーッ」と叫んでバッタと倒れる。みんなが医者よ薬よと騒ぎまわる。するとちゃんと漢方医が用意されていて、瘋癲居士の脈を取り、

「皆の衆、お気の毒じゃが御臨終じゃ」

と告げる。

そこで一同は瘋癲居士をふたたび棺桶の中へかつぎこみ、ナンマイダナンマイダアと次の場所へと行列してゆく。

今こうして書いていて、この着想、この演出、我ながらちょっとしたものだとも思う

のである。TとYという変ちくりんなブレーンがいたことが幸いだったが、この二人は現在ぞんがい真面目《まじめ》な仕事をしている。

ただ一人、記念祭に全責任を有する総務委員長は、その日が近づくまで実に渋い顔をしていた。なぜなら、エネルギーのありそうな連中はすっかり対外宣伝部に取られ、肝《かん》腎《じん》の寮内の飾りつけなどがなかなか進捗《しんちょく》しなかったからだ。

私は私で多忙を極めた。自分の部屋の飾りつけを作らねばならず、町じゅうに貼《は》る何十枚というポスターをほとんど一人で書かねばならず、あまつさえ私が総務をしている三寮の寮劇にアクターとして出演することになっていた。有島武郎《たけお》の『ドモ又の死』であるが、その若さまと渾名《あだな》される瀬古の役をどうしてもやれと演出家から押しつけられてしまったのだ。これではまったく寝る閑《ひま》もない。

劇のはじめに瀬古は「一本のガランスを尽せよ……」とかいう歌をうたう。これを誰かが作曲し、私は懸命にそれを覚えこもうとしたが、困ったことに私は滅多にない音痴なのであった。私が歌うたびに演出家は情けなさそうに首をふった。

「そりゃ歌じゃなくナニワ節だよ」

いよいよ本番となり、この歌をうたうとき私はストリップをやるよりもみじめな苦痛を感じた。客席に失笑が湧《わ》いたら、そのまま舞台に穴を掘って消え失《う》せるつもりだったが、べつだんそういうことは起らなかった。私の歌があまりに下手糞《へたくそ》すぎたので、演出上わざとやっているのだと誰もが思いこんだらしい。

それよりもこの劇の圧巻だったのは、ドモ又が丸坊主になる場面であった。当然ここはカツラでもかぶるべきなのだが、私たちはカツラを入手することができなかった。それで本当にバリカンを用いて坊主にすることにした。稽古《けいこ》のときはそれをやるわけにいかない。まあ二挺《ちょう》のバリカンで二人がかりで髪を刈ればこのくらいの時間で済むだろうと大ざっぱに計算していた。

さて、坊主になると宣言したドモ又は舞台から引っこんだ。あとには私ともう一人、アトリエを掃除しながらいくらかの会話を交す。できるだけゆっくりやったが、まだドモ又は現われてこぬ。もう一回掃除をし、とうに即席の台詞《せりふ》も尽きてしまった。一体どうしたのか。バリカンが髪にひっかかって動きが取れぬのではあるまいか。全身から冷汗が出てきた。

と、次の瞬間、ドモ又が舞台に姿を現わした。事情を知っている私でさえ、吹きださずにいるのがやっとであった。それはトラ刈りもトラ刈り、形容を絶したトラ刈りで、頭はだんだら模様となり、刈り残された長い毛があちこちに突出していた。しかし、これが思いもかけぬ効果を生んだ。観客席は割れかえり、その爆笑の渦はなかなか収まらず、そのためしばらく芝居がつづけられなかったほどだ。まあ、本当に髪を刈ってしまったたけの成功は収めたわけである。

一寮の劇、ストリンドベルヒの『父』においても、ちょっとした事故が起った。いよいよ頭のおかしくなった主人公が室内でノコギリをほうり出す。するとこのノコギリが部屋の壁に当ったが、なにせ紙一枚の舞台装置であるから、紙を突きやぶり、半分ほど壁にめりこんでしまった。これを舞台裏にいた男が狼狽《ろうばい》のあまり、そっと舞台に押し戻せばいいものを、そのままずるずると舞台裏へ引き入れてしまった。この劇では狭窄衣《きょうさくい》を必要としたが、これはわざわざ長野の精神病院へ借りにいった。現在の精神病院では狭窄衣などまず用いない。こう記していても、やはり時代の流れを感ずる。

部屋の飾りつけでは特筆すべきものはなかった。みんな他のことでへたばりきり、手から足から抜いてしまったことは争えない。「光は東方より」というのは、ひどいことに東宝の映画の広告ビラが一枚貼ってあるだけであった。「もっと光を」というのは、瀕死《ひんし》のゲーテの人形が煙突ほどもある煙草《たばこ》の「光」をくわえているもので、「ゴビ（ミ）の砂漠」というのは寮中のゴミをかき集めたものにすぎなかった。ただ一つ、ゴンズク《エッセン》を出したと思えるのは、松本市中の食物屋だの本屋だのの看板や、汽車の行先を記した金属札など数十点を集めた部屋で、松高生がよく行った「太平堂」の立看板も並べてあり、「太平堂のおばちゃん、済みません、記念祭が済んだらすぐ返します」と記されてあった。

記念祭は、深夜のファイアー・ストームをもって幕を閉じる。

終戦の年の秋も、松高生はファイアー・ストームをやった。ところがその頃は治安維持というのがうるさくて、警察に届けるばかりか、進駐軍のCIEの許可を必要とした。そこで英語のできそうな文甲の生徒を連れて交渉に行ったが、その男はファイアー・ストームを「ダンス・パーティ・アラウンド・ザ・ファイアー」と言った。米兵は何のことやらわからず、簡単に「OK」と言った。

ファイアーを囲んでデカンショを踊る。そのあと数多くの寮歌を声の嗄《か》れるまでがなる。するとこの半月、学校にはもとより行かず、読書もせず、記念祭のためのがさつで慌《あわただ》しい準備に全エネルギーを使い果してきた身に、なにはともあれ、いかなる愚行であったにせよ、自分たちはせい一杯全力をふるったのだという満足感と感傷がこみあげてきた。委員の大半は泣いた。

その夜、私は長いことブランクであった日記に、かなりキザにこう記している。

「記念祭に求めていたものはついにあった。やはりあったのだ。あれだけの感激がまだこの胸の中によみがえってこようとは想像できなかった。……窓の外に野分を聞く。信《し》濃《な》は冬に入らんとしつつある。灯の下で、落葉の上で、これからモリモリ本を読むことを誓う」

そうこうしているうち、私たちにとって大の苦手の学期末試験がきた。むかしの高校生ならわざと落第して高校生活を長くつづけようなどという余裕があったが、戦後すぐにはどこの家庭も一様に貧乏であり、一年余計に学校をやるということは大変なことなのであった。

それにしても、すこぶる恬淡《てんたん》な男も存在した。試験用紙を一目見て、これはダメだと直感すると、そのまま席を立って朴歯《ほおば》の音をガタガタいわせて教室を出てしまうのである。新米の教師などは試験用紙をくばり終ったと思うと、二、三人がガタガタと出ていってしまうので、自分が何か大変な失態をやったのではないかとギクリとしたらしい。一人の西寮の委員は、元八王子のアンちゃんで、ナントカ組にもはいっていたというヤクザくずれであった。コンパではよく仁義をきってみせた。この男など完全に試験を賭博《とばく》と見なしていた。ヤマがはずれれば、サイコロの丁半がはずれたようにいさぎよく退場するのである。

一方、調子のよい男もいた。彼は明日の英語の試験の勉強を始める。まずリーダーを開き、冒頭の部分を二、三ページやり、次にばらりと中ほどを開いて二、三ページをやり、次に末尾をちょっぴりやり、「ああ、済んだ、済んだ」と言って安らかに寝てしまうのである。もちろん試験はできはしない。

まだ戦争中のなごりが残っていた時代であった。戦争中の大本営発表には「戦艦一隻《せき》轟沈《ごうちん》、同一隻中破、航空母艦一隻大破」などと戦果があげられたものだ。その調子のよい男も、試験の結果を部屋の板戸に大きく書き記していた。

「数学、中破。動物、大破。ドイツ語、轟沈」

カンニングという行為も、上級生の話によると、かなり猛烈に行なわれたようだ。何人かであちこちにヤマをかけてきて、ヤマの当った生徒がその答案をまわすのである。それも「おい、早くまわせ」「バリバリバリ（答案用紙を手渡す音）」という具合の、教師を教師とも思わぬやり方だったそうだが、私のクラスはぞんがい真面目であった。

とても手の出ぬ問題に、詩やらイタズラ書きをする行為もありふれていた。またそういう答案に点をくれる先生も存在したからである。もっとも小学生なみにダルマの絵を描き、手も足もでぬなどという幼稚なものでは駄目で、一応教師を感心させる必要があった。

松高生の間で語りつがれた化学の試験の名答案に、「問題を見てピクリンサン、腋《わき》の下にはアセチレン……」と出題の薬品名を折りこみ、最後を「どうかスコンク、クレゾール」で収めたアッパレなものがある。

私も切羽づまって物理の試験にこれを用いた。

（問題）半径60㎝、抵抗10^6ｅｍｕの一巻きの円形コイルの軸上で、コイルの中心Oから80㎝の距離Pに、強さ１００ｅｍｕの点磁極がある。このコイルに向つて磁極を近づけ、点Oから軸上45㎝の所に移すとき、コイルに流れる全電気量は何クーロンか。

(答)電磁感応ニヨリ、こいるニ電気ガ流レルガ、コレハ最モヨク知ラレタ公式ニヨツテ式ヲ立テ(物理学ノ本ヲ見ラレタイ)、上記ノ数値ヲ代入シ、多少数学的ニコレヲヒネクリマハスコトニヨリ、答ヲ得ルハ容易ナコトデアル。先生自ラコレヲ試ミラレタイ。

更に別の問題には、

恋人よ
この世に物理学とかいふものがあることは
海のやうにも空のやうにも悲しいことだ

で始まる長詩を書いた。

教授はこの答案に合格点に一点足らぬ五十九点をくれたが、あるとき出会うと、「同じ答案ばかり見るのはつらいから、君、もっと書いてくれよ」

以後、私は物理の試験はすべてこのデンで合格点を貰《もら》うようになったが、自分でもっとも気に入っているのは、「磁場」という説明問題である。私には一行もそれについて書く知識がなかったが、たった一つ、参考書に載っていたなにか波模様の図だけが思いだされた。

とりあえず私はその図を描いた。答案の余白は一杯あって、それだけではサマにならない。そこで私は「拡大図」と書いて、その図を少しく拡大した。次に「超拡大図」を描き、「超々拡大図」を描き、「超々々拡大図」を描いたら余白はなくなった。

数学の、やはり意味すらもわからぬ問題に対して記した短歌は次のようなものである。

問題を見つめてあれどむなしむなし冬日のなかに刻《とき》移りつつ
怠けつつありと思ふな小夜《さよ》ふけて哲学原論をひた読むわれを
時によりできぬは人の習ひなり坂井教授よ点くれたまへ

人は私がずいぶん記憶力がよいと思うだろうが、実はこれらの答案は教授たちがおもしろがって保存しておかれたので、ここにこうして記すことができるのである。私はかようなインチキ答案により、苦手の物理と数学に合格点を貰ってしまったため、なんとか高校を卒業できたとしか思われぬ。

もっとも気の好《い》い先生はほかにもいた。コンスタントと私たちは呼んでいたが、つまり白紙の答案にも二十点とか三十点とかをくれる先生がいて、「あの先生のコンスタントは四十点だ」というと、あと二十点ぶん答案を書けば合格点に達してしまう。或《あ》る先生のごときはコンスタントが六十点で、彼に関する限り誰も落第点を取ろうにも取れないのであった。にもかかわらず毎年のように落第したり凱旋《がいせん》したりする者が出たのは、やはり平気で十七点とか六点とか、もっとあからさまに0点などという悪魔も落涙するような点をつける先生もいたことと、私たち全体がよほどできなかったせいであろう。

卒業期に、或る三年生と某教授が酒を飲んで口論を始めた。三年生は宣言した。

「おれは松高を卒業する。いまや、おれとあんたとは対等なはずだ」

教授は気味わるく答えた。
「なに、まだ落第会議は済んでおらん。じゃ○○君、また四月に松高で会おうな」
ちなみに、当時の物資不足を象徴するように、試験の際の答案用紙はすべてかつて一度使われたワラ半紙の裏が用いられた。問題がわからず、といって教室を出てゆく気にもなれず、つれづれなるままに用紙を裏返すと、そこにはいつの頃のかわからぬ先輩の鉛筆の文字があった。採点もされていた。三十点などという答案をくばられると、その試験の結果が不吉に予想されるのであった。

ともあれ、新入生の入寮にはじまる、まさに幼き狂瀾怒濤《きょうらんどとう》のごとき生活は、こうして一学期間経《た》った。もの凄《すご》く長かったようにも思えるし、あんがい須臾《しゅゆ》の間とも感じられる。この期間、私たちは何者かに憑《つ》かれていた。またそういう狂態を演じていなければとても寮を維持できなかったであろう。

東寮の寮生はもっと余裕があったから、西寮は瘋癲《ふうてん》ぞろいだと称して、内心バカにしていた（このフーテンという言葉も近ごろ流行しているが、旧制高校のフウテンとはいささか意味が違う。ギョッなどという言葉も一時流行したが、旧制高校生もよく「ギョッ」「ギョーッ」と言った。これはゲーテをギョエテと訳されたことからきている）。しかし、瘋癲でなければ住めない寮でもあったことは事実だし、私はこのフウテンという言葉が好きで、キエルケゴールの『憂愁の哲理』という本をもじって「瘋癲の哲理」という一文を草したりした。

しかし議論をするとなると、東寮の進歩的で理論派の委員にはかなわなかったから、私はもっぱら韜晦《とうかい》の術に出た。私は言ったものだ。

「マルクスってなんだい？　え、左翼？　ああ、軍艦遊戯で左のほうを守る奴《やつ》のことか」

瘋癲《ふうてん》寮の終末

試験が終り、十二月の末、寮生がボツボツと帰省しだし、それでもまだ三分の一くらいが残っていた夜、忘れがたい事件が起った。

泥棒事件と火事事件が一夜にして突発したのである。このドロボーのことは前に別の文章でちょっと触れたことがあるが、ここに詳細に述べる。夕刻、すぐ近くの南松本駅に友人を送りにいった寮生がドヤドヤと帰ってきたとき、寮の裏口のうす暗がりにあやしい男がひそんでいるのを発見した。引立ててみると、ふところから兵隊靴が一足ぼろりところがり落ちた。

靴は足にはくもので、木下藤吉郎でもなければ懐《ふとこ》ろに入れるものではない。現世のことにうとい寮生も、彼をドロボーと判断するに困難ではなかった。

そこでとりあえず一室に引き入れた。まだ若い貧相な男だったし、兵隊靴一足しか盗《と》っていなかったし、私たちはむしろ同情的であった。

「炬燵《こたつ》にはいれよ」

何遍かすすめたが、ドロボーは入口近くにべたりと坐《すわ》ったまま動こうとせぬ。そこでおせっかいにも私は彼を後ろから抱きかかえ、炬燵まで運ぼうとした。と、相手はその手をパッとふり放すや、ピョコンと蛙《かえる》のごとくとびあがった。私は一メートルをとびすさり、とっさに拳闘《けんとう》のかまえをし、

「やるか！」

と叫んだ。

しかしドロボーはいきなり抱きかかえられたため反射的に驚いたのにすぎず、ふたたびへなへなと坐ってしまった。そのため私の大げさなかまえは空ぶりに終り、あとで皆の失笑を買った。寮の回覧雑誌のゴシップ欄に「拳闘の好きな男、ドロボーに不戦勝のこと」などと書かれたのである。

その間に、一人の寮生は、「人間というものはそもそも弱いものだ。親鸞《しんらん》はこう言っている……」などとドロボーに説教をし、気の毒だから許してやろうという意見に皆は支配されかかった。そこに現われたのが総務委員長である。彼は私たちの中では現世のことにまだ通じていた。彼の意見で一応警察に届けたところ、さっそくやってきた警官は懐中電燈《でんとう》で外を見廻っていたが、たちまち獲物をごっそりつめた大風呂敷《おおぶろしき》を発見した。うっかり許していようものなら私たちの靴は大半奪われてしまうところであった。

大体が旧制高校生というのは世間知らずであった。殊《こと》に相手が高校生というと、それ

だけで気を許してしまう。以前、一年生のくるまえ、どこかの高校の生徒というのが松高にやってきた。寮の委員で、あちこちの高校の寮を視察してまわっているというのである。私たちは彼を西寮に迎え、かなりの時間話しあった。ついで彼は東寮に泊った。余分の蒲団《ふとん》などないから、一寮生と同衾《どうきん》である。

これが高校生とは真赤な偽りで、あちこちの高校の寮から時計などを奪うドロボーであった。更に信じがたいことに、男ではなく女であった。彼女がどこかよその学校で逮捕され、女性であることが判明したとき、さすがの私たちも呆然《ぼうぜん》とした。なかんずく彼女と同衾して寝て、それでも女と気づかなかった寮生などは長いこと冷やかしの種とされた。今の世でこそ男だか女だかわからない連中はごろごろしているが、終戦後のその当時はまさしく一つの怪談といえた。

閑話休題、私たちが靴を盗まれかかったその夜ふけのことである。

私は階下の一室に友人と二人で寝ていた。ハッとして目が覚めた。天井から火の玉が炸裂《さくれつ》するように降ってくるのである。それも赤い炎の色ではなく、なにか青白い白熱した鬼火に似た火の玉であった。

「火事だ！」

二人は同時にとび起きた。ついで私のとった行動は次のようなものであった。寝巻姿にはだしのまま、私はもう一棟の寮にむかって、「火事だあ！」と絶叫しながら走った。

夜中は水道の水はむろん凍っている。水のある炊事場へ行こうと思ったのである。その間も他の者の起きでてくる気配がせず、私は恐怖に魂も凍る思いであった。ようやくバケツに一杯の水を持って馳《は》せ戻ってきたとき、もう一人の友人は外で地面に溶け残った雪をがりがりひっかいていた。

彼のとった行動はこうである。彼は青白い火花を見て、電気がショートしたのだと思った。そこでとっさに電源のスイッチを切ろうとして廊下にとびだした。この間、彼はズボンをはき、私のほうはとうに炊事場へ駈《か》けていったのである。彼は電源を捜そうとして、廊下に吊《つ》ってあった大ダイコに頭をぶちあて、ものの見事にひっくり返った。しかし気丈に起き直って、階下の電源を切った。それから水を求めて、戸外の雪をやたらとひっかいた。そこに私が戻ってきたわけである。

私たちは部屋にとびこんだ。まだ青白い火花がとび散り、まさに天井板に燃え移ろうとしている。バケツの水を投げあげると、火のほとんどが消えた。

どうも原因が上らしいというので、私たちは二階へ行った。すでに多くの者が起きだして、しかしちゃんと服を着て、くだんの一室に集まってきていた。覗《のぞ》いてみると、その部屋の畳の一枚が半分ほど真赤に焼けて陥没している。そこに一人の寮生が仁王立ちになり、

「水をかけちゃいかん、水をかけちゃいかん！」

と、わめいている。

実は彼は翌朝帰省することになっていて、弁当にと夜中に飯盒《はんごう》で飯を炊《た》きだした。ヒーターに飯盒をかけ、その上にマントですっぽりテントを作ると、早く炊きあがるというのが彼の理論であったが、そうしながらついウトウトと寝入ってしまった。

と、マントがパッと燃えあがった。慌《あわ》ててもみ消そうとすると、下のアルミニュウム製のヒーターがぐにゃりと崩れ、それが火を発して青白い怪光をとばしだした。

戦争の余波はまだ心理的に抗《あらが》いがたく残っていた。戦時中、テルミット焼夷弾《しょういだん》に水をかけると火が拡《ひろ》がるからかけてはならぬと言われたものだ。逆上したその男はとっさにその焼夷弾のことを連想したのであろう。そこで必死にみんなを押しとどめて叫んだのだ。

「水をかけちゃいかん！」

しかし、水はすでに到着していた。それでも彼があまり血相変えて叫ぶので逡巡《しゅんじゅん》していたが、そのままでは火は燃えひろがる。

そこで一人が、

「まあ一杯かけてみよう」

と、ザブッとバケツの水をかけたところ、火は一遍に消えてしまった。

この事件はいまこうして語ると半ば笑話じみているが、汽車に乗るというので夜中にヒーターにマントをかけて飯を炊いていたということ自体、どことなく哀れである。またイの一番に下から水をかけて天井板に燃え移ろうとした火を消した私にしても、その功がちっとも認められず、みんなが服を着ている中で寝巻姿でガタガタ震えていたため、評判はとみに下落した。一方、徒《いたず》らに地面の雪をひっかいた男は、とっさに電源を切ったのは実に沈着な行動だったと讃《ほ》めたたえられ、タイコにぶつかって転倒したことまでアッパレ武勇伝として讃めたたえられたのである。

ともあれ、すんでのところで火事を起しかけたというので、この事件はむしろ寮を貸している工場側や学校当局の間で問題となった。くだんの寮生を退寮させろというのが学校側の言いぶんであった。しかし、寮の自治精神をおしたてて、私たちはこの案にがんとして応じなかった。

私は明瞭《めいりよう》に思いだすが、そのとき寝巻にはだしで凍った地面の上を走った私の心には、心底からの恐怖が湧《わ》いた。その年の秋だったか、私は松本の市中で映画を見ていて、近所に火事があったことがある。ばかに近そうなので、私は映画館を出てみた。そして遠からぬ夜空に、火の粉の奔流がおしのぼるのを見た。このときも私はこわかった。そのくせ戦争中には、その何百倍もの規模の大火災を見て、怖ろしいなどとは露ほども感じなかった。もっと別種の昂奮《こうふん》に捉《とら》われていた。――こわいものをこわいと思わないような心理状態は、やはり真実こわいものだと今になって私は考えるのである。

この火事事件は一つの象徴のようなものであった。つまり馬車馬のようにガムシャラに西寮で生活してきたものの、私たちはもはや疲れきっていたのである。翌年、三学期が始まってからの寮には、なにか惰性と沈滞と放埒《ほうらつ》のムードが漂っていた。

部屋の乱雑さなどは言おうようがなかった。蒲団は度重なるフトンむしによってビリビリに破れ、それがたいていは万年床で、黴臭《かびくさ》い臭気を発していた。高校の寮が汚ないのは常識だが、といってこれは度を越していた。

ある部屋はなかんずくひどかった。四人の万年床が炬燵をかこんで敷き放され、そこらじゅうに飯盒やらヒーターやらかけた茶碗《ちゃわん》やら山刀やら自炊の七ツ道具が散乱していた。おまけに芋のシッポ、かじりかけ、蜜柑《みかん》の皮などがあっちこっちにほうり投げてあり、それを彩《いろど》るに、映画のポスター、炭のかけら、火吹き竹、缶から、新聞紙のちぎれたやつ、鼻紙、雑誌、何にするのか得体のわからぬ丸太ン棒などがゴロゴロしており、畳の夕の字も見ることができなかった。

ある部屋では、そういうことのないよう、あらかじめゴミ捨場を作った。入口の側の窓の下をゴミ捨場と決め、紙屑《かみくず》だのカボチャの種子などをポンポンほうった。それが次第に山をなし裾野《すその》を拡大してきたため、窓際《まどぎわ》の二人は少し移転しなければならなかった。次には反対側の窓際にむかってガラクタを捨てた。そこも一杯となり、四人は部屋の中央の炬燵のまわりにちぢこまって孤立無援の形となったが、エイ面倒とばかり、今度は手当り次第気のむいた方角にゴミをまき散らしたもので、一目見るのもむざんな有様であった。それでも彼らは大掃除をしなかった。せいぜい、足元のゴミを部屋の隅に押しやってすましこんでいた。

そういう部屋の住人たちの行動が、また常軌を逸していた。『どくとるマンボウ航海記』の冒頭に、忍術を修行しようとして壁に駈け登る男の話が出てくる。人は当然これを作り話と思うだろうが、実際にちゃんと存在したのである。彼は部屋の隅からドタドタと壁にむかって突進し、二、三歩駈けあがっては墜落を繰返していたが、最後に息を切らしながらこう言った。

「見ていろ。今に天井を逆さまに歩いてみせる」

――そうこうするうち、私は私で事件をひき起した。先生をなぐってしまったのである。

それは校友会の新旧委員の交替の席で、弓道場の囲炉裏《いろり》をかこみ、二人の教授と私たちとで酒をのみ談合した。そのころの酒はドブロクが主で、これを薬缶《やかん》に入れ茶碗につぐという殺風景なものだったが、この席には日本酒があった。私は日本酒をガブガブのみ、上級生と先生たちのやりとりを聞いていた。その一人はパトス氏で、彼は教師にむかってほとんど喧嘩《けんか》ごしに唾《つば》をとばしていた。すでにモーローとしていた私は赤子よりも単純に思った。これはパトス氏たちは学生の自治を主張し、旧弊な教師はそれを阻止せんとしているのだ、と。

目の前に、教師の二つの頭が囲炉裏の上にかがみこんでいる。すると私の手は反射的に動き、この二つの頭にごく軽い打撃を与えようとした。ほんの撫《な》でるくらいのつもりだったが、実際はかなりの打撃であったらしく、のちに聞いた話によると、一人の教授の眼鏡がとび、囲炉裏の中に落ちて縁が焦《こ》げてしまった由《よし》だ。

かように独断的で勝手至極な打撃を加えたのち、私の記憶は突如として中絶している。おそらくそのまま酔いつぶれてしまったらしい。気がつくと、周囲は闇《やみ》で、蒲団の中に寝かされている。闇に目が慣れてくると、どうやら東寮の二人部屋らしい。そこにただ一人寝かされている。

「ははあ、どうも運ばれてきたらしいな。だいぶ飲んだからな」

と私は考えた。次に考えたのは、果しておれは吐いたか？　ということであった。そういう記憶はない。私はそれまで一度も酒をのんで吐いたことはなく、内心それを得意にしていた。

「やはり吐かなかったのだ。やはりおれは酒に強い」

と私は思ったが、なんとなく顔全体がごわごわしている。髪もごわごわしている。撫でまわしているうち、私はそれが乾いた吐物であることに気がついた。どうやら私は蒲団に寝かされて仰向けのまま吐いてしまったらしく、それがもう乾いて顔じゅうにこびりついている。さすがの私も意気消沈した。

翌日、もさもさと西寮に戻ってくると、私が教師をなぐったことがすでに伝わっており、なかんずく一人の教授はたいそうな立腹だ、と総務委員長が伝えた。

「君、一応あやまれ。停学くらい喰らうかも知れん」

先生の頭にだしぬけに打撃を加えた行為は、酔いが覚めてみるとさすがに理不尽だと自分でも思えたので、私は次の日、のこのこ教員室へ出かけていった。一人のドイツ語の教授のまえに私は頭を下げて、「申し訳ありませんでした」と述べた。

すると、その教授は、

「なんでなぐられたのかわかりませんでしたよ。エヘヘヘ」

と、にこやかに笑った。

なんだか薄気味もわるかったが、これで片一方はケリがついたと私は思った。しかし、もう片一方が難物らしい。すでにその先生は教員室にいず、浅間温泉の下宿に帰ってしまったという。

あたかも町で、ビング・クロスビー主演の『わが道をゆく《ゴーイング・マイウエイ》』という映画がかかっていた。その題名がそのときの私の気に入った。そこで私はその映画を観《み》、もう夜になっていたが、「ゴーイング・マイウェイ」と呟《つぶや》きつつ、浅間の教授の下宿を訪れた。

教授はウツボのごとく一本気な性格であるらしかった。

「今日、校長のところへ行ったので、君のことを実に軽蔑《けいべつ》するに価《あたい》する奴《やつ》だと言ってやった。いやしくも師の頭に手を加えるとは何事！」

と、はじめから睨《にら》みあいになってしまった。私は私で、

「ところが、ぼくはそうは思いません」

と自分で断言し、胸の中でひそかに「ゴーイング・マイウェイ」と唱えた。ところが教授のほうも同じく「ゴーイング・マイウェイ」と力んでいるらしく、これでは道の真中で正面衝突せざるを得ないのである。

幸い、教授はこのままでは徒らに交通渋滞を起すと考えたらしく、話題を変えた。いくばくかの時間ののち、とにかくその夜はおだやかに別れることができた。といって私はかなり立腹していた。人の頭をぶっておいて、先方が怒ったからこちらも怒るというのは、あまりといえば身勝手な話である。いま思い返してみると、その教授はかなりおっかなく一本気でこそあったが、やはりいい先生であった。私はなんということをしたのか。その当時こそ高校の理想とかなんとか理屈をつけて自己を正当化しようとしていたが、あれは単なる酔っぱらいの行為に過ぎなかった。

だが反面、酒というものはそもそも酔っぱらうものである。キリストも酒を飲むなとは言っていない。キリストにしても酔っぱらってドブに落ちたり、だしぬけに弟子の頭

をなぐらなかったとは断言できない。しかし、キリストがドブに落ちれば、突如姿を消した奇《き》蹟《せき》だと伝えられたであろうし、たとえ人の頭をぶっても、頭を撫でられたためテンカンが癒《なお》ったという奇蹟として伝えられたことであろう。そもそも、空《す》きっ腹のパトス氏や西寮の瘋癲《ふうてん》の私などの前に、当時として貴重な日本酒がたっぷりあったことから、いやしくも高校の教授たる者ははじめから警戒すべきであったとも私は思考する。

ところで、「なんでなぐられたのかわかりませんでしたよ、エヘヘヘ」と面妖《めんよう》な声で笑った先生とは、この暴行事件がきっかけになって、私は親しくお宅に出入りを許されるという妙な因縁になってしまった。

そのお宅で私は、トーマス・マンやリルケについての話をうかがった。どんなにかそれは私にとって貴重なものとなったろう。もちろん、はじめは彼らはまだほとんど未知の異国の作家にすぎなかった。しかし、もう少しのちになってからの、これらの作家、詩人の著作との運命的な出逢《であ》いの萌芽《ほうが》は、たしかにこのとき得られたのである。

松高時代はもとより、大学へはいってからも、アルプスに登った帰りなど、しばしば私は穂高町にある先生のお宅に泊めて頂いた。この先生とは、『魔の山』『マルテの手記』などの訳者である望月市恵先生である。

私たち高校生は、この「先生」という呼称を嫌った。面とむかってはやはり先生だが、かげでも〇〇先生と呼ばれるのは、人気のない取るに足らぬ人物の証拠ですらあった。

望月先生はかげでは、モチさん、モチ公、或《あ》るいはズキ、更にひどいのは「生ける屍《しかばね》」などと呼ばれたものだが、もとよりこれは侮蔑しているのではなく、私らのせい一杯の愛称であり敬称であった。

モチさんは決して声は荒立てないが、教室ではけっこう怖れられていた。当てられて訳せないでいると、静かに、「下調べをしない者は、私の授業には出ないで下さい」と言ったりした。これは怒鳴られるよりもっと胸に応《こた》えた。幸い、名簿で順ぐりに当ててゆくので、そのときだけ勉強してゆけばよい。

あるとき、次に当る順番になっていた私は、特別に綿密に下調べをした。シュティフターの『水晶』がテキストであったが、私はその平明な清浄な文章のいくらかを、五七調の詩として訳しあげた。当てられてスラスラと詩文で訳してやったら、いかなモチさんでも驚嘆するであろう。そう思って勢いこんで教場に出てゆくと、モチさんは私をとばして別の生徒に当ててしまい、私は切歯扼腕《せっしやくわん》した。

と思うと、モチさんは試験のとき、『水晶』の中からまだやっていない先の箇所を出した。私は『水晶』という小説が好きになっていたから、訳本を手に入れて終りまで読んでしまっていた。それで、どこら辺りだか見当がつき、大意が摑《つか》め、私としては上出来の答案を書くことができた。するとモチさんは、西寮の私の友人にこう言ったそうだ。

「斎藤君（私の本名）は、滅多に授業に出ないくせにこんな答案を書くのだから、普通に出ていたら一体どのくらいできるのでしょうね」
もちろんモチさんの老獪《ろうかい》な術策である。しかし私は見事にだまくらかされて、それからモチさんの授業にはせっせと出るようになった。いずれにせよ、このうえもなく上等な、しかもなかなか喰えない先生であったことは確かである。

先に『魔の山』という名を記したが、トーマス・マンのこの大長篇は、下界、外界から隔絶されたスイスのダヴォスにある結核療養所が舞台である。ここにありとある人種が集まって、息の長い比較するものとてない物語は進行してゆく。

ところで、高校の寮とは、小規模な一種の『魔の山』ともいえないであろうか。寮生はすべてきたいな精神的な病菌に冒されていて、外界とへだてられたむさくるしい寮に起居しているのだ。ダヴォスの療養所においても、末期には麻痺《まひ》とヒステリー状態が蔓延《まんえん》した。西寮の三学期の生活もそれに近かった気がする。

ノートラというトランプがいやに流行した。ノートラ大王という呼称を受けている男もいた。それも単にあいつはトランプが強いというくらいの意味ではなく、ナフタのごとく不気味にも教祖じみた存在なのであった。『魔の山』においても心霊術の実験にみんなが心を奪われたりする。それに応ずるに、西寮では「コックリさん」が流行した。紙にイロハを書き、一本の箸《はし》を何人かで持って、

「コックリさま、コックリさま、お出《い》でになりましたでしょうか。学期末の試験では誰と誰が落第《ドッペ》るでしょうか、お教え願います」

などと真剣にやっている光景は、どうしても尋常なものとはいえなかった。

挙句の果て、その下級生はうつろな顔をしてこう報告した。

「まず○○さんがドッペります。総務委員長がそれでは、あとは軒並総討死ですな」

あまつさえ、私たちは宿直の教師にイタズラをした。蒲団《ふとん》むしではあんまりだというので、オバケを出すことにした。シーツをかぶり、寮劇のときに使ったかもじなどをあしらって、おっかなそうなオバケを真夜中の宿直室に送りこみ、みんなで窓をガタガタやった。

もっともいかにもぐっすり寝こんでしまう先生もおり、教師の胆《きも》を奪った。つり、ヒュウドロドロと音響効果を出しても、どうしても目を覚まさないのであった。ついに部屋の片隅に立っている役のオバケまで出てきて、相手の胸や頤《あご》を不気味に撫でさすった。すると教師は目を覚ましたが、おそらく寝呆《ねぼ》けマナコで肝腎《かんじん》のオバケが目にはいらなかったのだろう、

「コラッ！」

という途方もない大声を発した。私たちは一目散に潰走《かいそう》した。オバケもシーツの下に毛ずねを丸出しにして逃げてきた。あとでその先生が首を突きだして外の廊下を不安そうに窺《うかが》っているのを私たちは見た。

西寮のオバケは教授会の議題にもなった。のちに当時生徒主事だった古川久先生が、もう大学も卒業した私らにこうこぼした。

「私も困りましたよ。ほかの先生たちに西寮に宿直に行ってくれと頼んでも、みんな嫌がるのでね」

私たちは、今でも古川先生を囲んで、「ダンネ会」という集まりをやっている。ダンネとは信州弁の語尾で、また集まる連中はいずれも高校時代できなかった者ばかりである。秀才などというものはどこかに消えてしまっていて、学校の成績などいかにあてにならぬかの証拠ともいえる。ところで、古川さんはむかしから禿頭《とくとう》コンクールで優勝しそうな頭をされていたが、二十年も経《た》ってもちっとも齢《とし》をとらないように見える。かつての落第坊主《ぼうず》の高校生と接していることが精神衛生によいのではあるまいか。

話を元に戻して、学期末の試験のとき宿直にきた先生たちだけは、いやに丁重なあつかいを受けた。私たちは先生を自らの部屋に招待する。

「先生、寒いですから、炬燵《こたつ》にどうぞ」

「うん」

「もうちっと、どうぞ。いま、もっと火をおこしますから」

「いや、十分暖かいよ、君」

「この芋のシッポ、どうぞ」

「ありがとう」

「ところで今度の試験ですがね、どの辺にヤマを賭《か》けたらいいと思われますか」

「そんなこと教えられんよ、君」

一人が手っ取り早く参考書を開いて突きつける。

「この辺のような気もしますが」

「ヤマなんか賭けちゃいかんよ。みんな勉強しなくちゃ」

「そんなことはわかっています。しかし、ここ、先生、出しますか？」

「ウーン」

と善良な先生はうなり、嘘《うそ》をついてはならぬという道徳律と教師としての良心の板ばさみになって、苦悶《くもん》の表情となる。

「きっと出ますね、ここ。じゃ、ぼく、ここだけやります」

「ウーン、君、そこは出ないかも知れないよ。そうだ、なんだか出ないような気がするな」

「そいじゃ、きっとここだ。先生、そうでしょう？」

「ウーン、それよりも君、もう少しページを繰ったらどうかね」

「じゃ、この辺ですか」

「ウーン、そこかどうか私は知らんがね。そこを中心として前後十ページが臭いな」

「そうですか、臭いですか」

「私は何も知らんよ。まだ問題を刷ってもいないしな」

「でもぼく、先生の直感を信じたいと思います。先生の直感はすばらしいはずですから」

ここでやめておけばいいのを、誰かがそっとこの席を抜けだし、やがて向うの寮の大ダイコが鳴ると、事もあろうにこんな声がひびいてきた。

「大戦果発表、明後日の物理の試験のヤマ。百三十八ページから百四十八ページまで……」

もちろん、こんなひどいことができた教師は限られていた。ここに挙げた殊《こと》さら優しい先生は、私のインチキな詩にも点をくれた物理の松崎一教授である。

こういう馬鹿《ばか》げた、一見自堕落な寮生活をつづけてはいたが、私たちの心の底には、青年の悩み、孤独、疑惑などが常につきまとっていた。この年の寮歌として私が応募した「人の世の」という、ずいぶんと感傷的な歌詞が当選したのは、その一つの表われだったかも知れない。この寮歌は現在、信州大学の寮にも伝わっていないので、備忘として一番と三番の歌詞を記しておく。

人の世の美《うま》しきものを　萌《も》えいづる落葉松《からまつ》の芽に

想《おも》ひつつ一人わけいる　細道はかそか続きて
夕映の赤きころほひ　迷鳥《めいてう》の心慕ひぬ

人の世の寂しきものを　先人の求め歩みし
この道は遂《つひ》に音なく　長き影さしくる涯《はて》に
安息《やすらひ》の心抱くは　若人の幾人《いくたり》ならむ

西寮末期の一現象として、もうひとつ記憶に残るのは、太陽党《ゾンネ・パルタイ》というあやしげな集団が発生したことだ。

そもそも私たちは、女性とは縁がなかった。先日、松本高校の初期の大先輩である中島健蔵、臼井吉見氏の話を伺う機会を得たが、むかしは信州で最高学府である松高生はもてて、浅間温泉の芸者と心中した事件もあった由《よし》だ。芸者が花代を立て替えてくれた。また松高生と友達になるため、女が教養を見せようとしてわざわざ和歌を習ったりした。なおあぶれた松高生は、某紡績工場の塀のまわりを歩いていれば、女工たちが捨てては おかなかった。統計によると、三年生になって芸者を知らない松高生は一クラスに三名しかいなかったという。

それが私たちは松高史上、最悪の時期にめぐりあわせた。芸者なんぞというものは遠くからでも見たことがなかった。アベックなどという言葉も火星か金星の言語のように思われた。

ほんの一、二年の差でこの状態はがらりと変ったのだが、とにかく当時、私たちの周囲には女っ気がほとんどなかった。寮生の一人が、同じ南松本の駅から松本まで通勤する若い女性と知りあった。たかがそんなことが大事件でさえあった。彼女は赤いカバンを下げていたので、「レッド・バッグ」と渾名《あだな》され、この二人の仲は嫉妬《しっと》まじりに噂《うわさ》された。

総務委員長も記念祭のときの采配《さいはい》ぶりを一女性に見染められたらしく、彼女から呼びだしを受けた。会ってみると、どうも彼の好みの女性とは違っていたようだったが、彼女はかなり大量のマンジュウをくれた。そこで私たちは彼女を「マンジュウ女史」と呼び、渋る委員長をマンジュウ獲得のためのデートへと追いだした。

とにかく、あまりといえば女っ気がなかった。一方、男女共学などなかったかつての中学、高校には、稚児《ちご》さんといわれるような風潮もあった。これはむろん現代のホモとは違い、まあ異性がいないための愛の一段階であろう。

先に述べた総務委員長出演の「シラノ・ド・ベルジュラック」の劇では、終末に近くシラノがロクサーヌに新聞を読んでやる箇所に、小間使い役が一人出てくる。このロクサーヌ役の男が、また気まぐれを起して、劇の前日に東京へ行ってしまった。そこで演出をやっていた男が、急遽《きゅうきょ》ロクサーヌに扮《ふん》して登場したが、台詞《せりふ》こそなんとかやってのけたけれど、とても絶えいるような美女には見えなかった。一方、端役《はやく》のこの小間使いはたいへんに可憐《かれん》に見えた。そこでライト係をやっていた上級生がこの小間使いに惚《ほ》れてしまい、いざ劇が始まると、肝腎のロクサーヌをほっておいて、小間使いにばかりライトを当てるのであった。まあ稚児といってもそんなものだったのである。

西寮の末期に、一人が言いだした。

「どだい女というものは不潔で低級なものだ。そんなものを愛するのは俗物のやることだ」

もっとも彼のそばに本当に不潔で低級な女性であれ一人現われれば、彼はそんなことを言わなかったろう。

「われわれはすべからく少年を愛さねばならぬ。これこそ高邁《こうまい》なギリシャの少年愛《クナーベン・リーベ》である」

私たちはこれに賛同の意を表した。

「そもそもプラトンの『饗宴《きょうえん》』を読んでみるがよい。むかし人間は男、女、男女《アンドロギュノス》という三種があった。手足が四本ずつで、丸い形をして動くときはぐるぐる回転したものだ。男は太陽の子孫、女性は地球の子孫、両性を分有しているアンドロギュノスは月の子孫であった。これを神さまが二つに切り離してしまったため、人間たちはそれぞれの半身を求めてうろつくようになったのだ。男が女を愛するのは、たかが月の子孫のアンドロギュノスだ。しかし、われわれはもっともけだかき太陽の子孫だ」

そこで私を含めた数名の者が太陽党《ゾンネ・パルタイ》というものを作り、決して女に惚れたりしてはならぬと誓いあった。たまたま望月先生のところへ遊びにゆき、得意になって、

「ぼくらはゾンネ・パルタイというのを作りました。イワレ因縁はかくかくしかじかで……」

「そのドイツ語はゾンネ・パルタイでもよいが、古形だとゾンネン・パルタイのほうがいいですね」

「ははあ」

ゾンネン・パルタイのほうが一層いかめしく堂々とした名称のように思えた。そこで私たちはますます悦に入り、それぞれひそかに思《おぼ》し召しの下級生に勝手な愛称をつけ、彼らを本来は女性名詞の恋人《リーベ》という言葉に男性の定冠詞をつけて「デル・リーベ」と呼んだ。一人の男は胸に秘めたそのデル・リーベに幸福《グリュック》なる名をつけた。そして、

「ああ、グリュック、グリュック、グリュック……」

と際限なく呟《つぶや》くので、なんだか蛙《かえる》が鳴いているかのようであった。

一方、私はこれに対抗して、自分の見つけたデル・リーベに泉《ブルンネン》という詩情のある名をつけた。ところがまずいことに、これが東寮の寮生で、口を利《き》いたことは愚か、出会

うことも滅多にないのであった。ついに私は一夜酒をのんだあと、一人の党員について きて貰《もら》って東寮に行き、ブルンネン君を呼びだし、君の写真をとりたいと頼んだ。そして私は本当に写真をとったが、相手にしてみれば何が何やらわからなかったであろう。

かくのごとく太陽党はときたま集まって、デル・リーベの話をして得意になっていたが、そのうち裏切り者が出た。一人が不埒《ふらち》にも女性とキスをしたというのである。もちろん生れてはじめての体験であったため、たいそう昂奮《こうふん》し、相手の唇を嚙《か》みやぶり、たらたらと血が流れたという。

これは単に幻想的なデル・リーベよりも遥《はる》かに刺激的で実質的な事件といえた。私たちはすっかり昂奮して、こじれた彼らの仲を正すため、或《ある》いは真相を見極めるため、夜ふけにその女性の家を訪れたりした。

そんなこんなで、せっかくユニークな哲学的存在であったはずのゾンネン・パルタイも、いつとはなしに崩壊してしまった。私たちは、悲しいかな、やはり太陽の生れではなかったのである。

役立たずの日記のこと

三年生になると寮を出て下宿に移る。狂乱の寮生活にはそれなりの意義もありおもしろさもあったが、一年も経《た》つといい加減、多人数の中の生活が嫌になる。殊に私はそのころ短歌のほかに詩作も始めていたので、一人きりの孤独の生活を望んだ。

ところで、その下宿を見つけることが甚だ困難であった。よい時代なら、専門の下宿屋のほかに、松高生をおいてくれる家はいくらもあった。なにせ松高生は松本ではエリートだったから、あわよくば娘とねんごろになってくれて、などと考える親だって存在した。そのため松高生のほうでも威張っていて、少し不満があるとすぐ下宿を移ってしまう。大八車《だいはちぐるま》に汚ない荷を積んでガラガラ引っぱってゆく引越し風景は、松本の名物の一つでもあった由《よし》だ。

それが自分たちが暮すのにせい一杯の時代であったから、学生をおいてくれる家が滅多になくなってしまった。そもそも工場の寮を借りて西寮を開いたのも、こうした下宿難解決の手段だったのである。

私は足を棒にして、松本市中を下宿捜しに歩いた。これはという家を見つけると、のこのこはいってゆき、「下宿させて下さい」と頼むのだが、相手は気の毒そうに、「弱ったじ。うちには余分な部屋がないで」とか断わられてしまう。

それが五軒となり七軒となると、私も自信がなくなってきた。私は長髪でもなく容貌《ようぼう》魁偉《かいい》というほどでもなかったが、まずいことに服が乞食《こじき》のそれよりもひどかった。服装の汚ないことにかけては、松高中で一、二を争ったのではなかろうか。

そこでもっとマシな上着とズボンを友人から借り、また何軒かの家を当ってみたが、これまた不成功に終った。服のせいでもないらしい。寮時代の私なら、さっそく対外宣伝部を動員し、

「下宿させて損のない優秀松高生。清潔好きで静かなること透明人間のごとし。気は優しくて力もなし」

などというプラカードをかかげてジャンボン行列でもやらかすところだが、もうそういうバカげた真似《まね》は嫌になっていた。

そこで私は一人で住むことを諦《あきら》め、西寮を出た下級生とある専門の下宿屋の六畳の間に同居することにした。二人一室でも、騒擾《そうじょう》の寮に比べればずいぶんと落着いた生活といえた。

下宿では飯は出ない。月何升とか米を入れねば飯を出してくれる下宿はなく、大多数

の松高生は単に部屋だけ借り、飯は学校内のホールに食べにいっていた。

食物も終戦直後に比べればいろいろ出だしてきた時代だが、配給だけが頼りのホールの食事はひどかった。トウモロコシの粉のスイトンばかり何カ月もつづいたものだ。もともとそのトウモロコシはアメリカから送られた家畜用の食品で、いかに腹が空《す》いていたとて、このスイトンはまずかった。殊に冷えてしまうと、つくづくと感極まるほどまずかった。

当然、下宿でも半自炊の生活であった。当時、箱型で両側に金属板の貼《は》られた簡便パン焼き器というものがあり、トウモロコシの粉でもちゃんとパンができ、どろどろのスイトンよりはずっとマシだった。更に貴重なメリケン粉を半分もまぜると数倍おいしかった。メリケン粉が入手しがたいので、たいていは角型に切った芋を入れてパンを作った。米が手にはいると、ヒーターを用いて飯盒《はんごう》で炊《た》いた。

ところが、下宿のお婆《ばあ》さんはヒーターの使用を禁止した。電気代がかかるというのである。事実、ヒーターをつけると、電気のメーターがかなりの速度でまわりだす。といって、私たちは生命《いのち》には代えられぬから、相変らずヒーターを使いつづけた。夜もふけてきたころ、各部屋でヒーターをつけるらしく、お婆さんは頻々と電気のメーターを視察に出たらしい。すると針が凄《すご》い勢いでぐるぐると廻っている。そのたびにお婆さんは、「ああ、廻る廻る」とかうめいて、危く目をまわしそうになるのである。

私の部屋から二つほど離れた部屋の学生は、よく麻雀《マージャン》をやった。そしてどういうものか、この下宿にはそれまで麻雀をやる学生が住まなかったらしい。お婆さんは麻雀なるものを知らなかった。それでたいそう腹を立てて、近所にふれてまわった。

「まあ聞いておくれや、おらあ家《ち》の学生たら、どえれえ数の木切《きんぎれ》みてえなものを積んだり、ひっくり返《けえ》して遊んでいるだじ。おまけにわざとガシャガシャ音を立てて、そのうるせえことたらありゃしねえ」

高校から大学にかけて、私は十軒余の下宿生活を体験したが、この最初の下宿では家人との人間的交流はまったくなかった。およそ殺風景で、相変らず万年床を敷き放し、その家の畳に損害をかけ、ヒーターやパン焼き器をつけては婆さんに眼球震盪《しんとう》を起させたくらいのものである。

みんな下宿捜しには苦労をしたようであった。西寮での仲間、コンパで仁義をきる八王子のアンちゃんも、あちこち下宿を捜しまわった末、町を離れた薄《すすき》川のそばにぽつんと一軒建っているボロ屋を訪れた。

「お宅に下宿させて貰うわけにいきませんか」

その家のおばさんは答えた。

「母屋《おもや》はあたしが寝る部屋しかないよ。まあ、鶏小屋にも泊れるが」

「どこでも結構です。え、いま何とおっしゃいました？」

「鶏小屋ですよ」

「ニワトリ？　すると、鳥のニワトリですか？」

「ニワトリは鳥ですよ。鳥でないニワトリをあんた知ってますか」

「いえいえ、ニワトリは確かに鳥です。ところで、鶏小屋の中にぼくが寝るわけですか」

「端っこを区切って畳が敷いてあります。でも無理に寝なくってもいいんですよ。鶏を飼うだけで、あたしゃせい一杯なんだから」

「いえいえ、ぜひその鶏小屋を貸して下さい。ぼくはニワトリが大好きですから」

「好きって、しめて食べたりしちゃ困りますよ」

「いえいえ、ニワトリを眺めてるのが好きなんで。クジャクより綺麗《きれい》ですねえ、ニワトリって」

こうして、彼は鶏と一緒に住むこととなった。ニワトリはクジャクより美しくなく、かつ臭気をも発していたが、彼はこの小屋を「鶏鳴荘」と名づけ、その名前だけ聞くといかにも素敵な場所に住んでいるかのようであった。

ところで、彼はヤクザくずれということもあって、もともと口もうまく、妙に人好きのする男であった。日ならずしておばさんにすっかり気に入られ、ニワトリと縁を切り、母屋に暮す身分となった。一年が経ち、彼はこの下宿を出、後輩に鶏鳴荘をゆずっていったが、こちらの男は彼のようにおばさんの信用を博するに至らず、気の毒にもずっとニワトリと同居したわけである。

彼の調子のよさ、口のうまさを証明する逸話はいろいろある。のちに彼は私と同じく仙台の大学にはいったが、学業はまず下の下のほうであった。それが卒業して名の通った会社を受けた。口頭試問のとき、その趣味欄に、碁、将棋とあるのを見て、将棋好きらしい重役が質問した。

「君、将棋はどのくらい指すね？」

「将棋はあまり自信ありませんが、まあ素人《しろうと》三段てとこじゃないですか」

「なに、三段？　じゃあ碁は一体どのくらい強いんだ」

「まず、自分でも測り知れないと思っています」

すると試験官一同がみんな笑いだしてしまい、それかあらぬか、彼は自分よりずっと成績のよい仲間を差しおいて、その会社に立派に合格してしまったのである。

私はその三月まで、大学ノートに日記をつけていた。おおむね主観的内省的なものだが、何をしたとかどこへ行ったとかいう事柄もかなり書かれており、あとから読み返してみても、いつにどういう事件があったかを憶《おも》いだすことができる。

ところが、四月に三年生になってからおよそ一年間の日記は、客観的記録がほとんどない。それは九割まで詩で書かれていたのである。詩といっては言いすぎであろう。ともあれそれは、行を変えた詩のごときものであった。日々の行動の記録ではなく、まったく心情の記録で、当時こそ自分が詩人になったつもりで悦に入っていたが、こうして二十年も経ってみると、そのころの日常がさっぱりわからず、あまつさえ途方もない下手糞《たくそ》な詩のごときものを読み返すと、赤面どころか悪寒戦慄《おかんせんりつ》をひき起すのである。

従って日記というものは、決して詩なんぞ記さず、できるだけ早くから客観的事実を記したほうがマシである。

「○月×日午前一時、余、生れてはじめて母の胎内より生れいず。頭が産道につかえてなかなか出ず、母、世にも哀れなる声にて泣きわめく。わが母ながらなんたるだらしなき女性ぞや。医師、金属製のおどろおどろしき器具を用い、余の頭をはさみ引きずりださんとす。余は天才なる筈《はず》なるも、このため脳細胞の大半を破損したるなり。ようやくにして余の体、母体より去る。余、憤激のあまり仮死をよそおう。医師、狼狽《ろうばい》逆上、なんたる野蛮の行為ぞや、余の足を摑《つか》みて逆さまに吊《つる》し、背といわず尻《しり》といわず打擲《ちようちやく》を加う。人権擁護局の電話番号を尋ねんとして、余ついに口を動かす。然《しか》るに悲しきかな、オギャアという発声しか出ず、愚かしき医師のみ安堵《あんど》させたるなり。看護婦、なおうめきつづける母に、玉のようなお坊ちゃまですよ、とはじめて正当かつ妥当なる言辞を吐く。将来、この女を娶《めと》らんかと思う。父なる男性、余のまえに連れてこられしが顔面蒼《そう》白《はく》、ろくすっぽ余を見ずして視線をそらす。その小心まさに笑止というべきなり。母といい父といいろくでなしと判定す。しかしながらお産には健康保険は効かぬ筈ゆえ、この二人に少なからぬ失費をさせたること、わずかに余の満足とするところなり」

また小学生時代から、これは変った人物だと思われる級友の行動は洩《も》れなく記しておく必要がある。

「今日、お父さんからお小遣いを貰ったので、ずっと前○○君に借りた五十円を返した。すると彼は、日歩一円の割で利子を貰わねばと言う。ぼくが怒って先生に訴えると言うと、盗人《ぬすっと》たけだけしい奴《やつ》だ、日歩一円五十銭に値上げだと言う。ぼくが泣いてみせてもダメ、こういうときはソデの下を持ってくるものだとほざく。仕方なしに怪獣のオモチャをやる。すると、よし、日歩一円三十三銭にしてやる、これが証文だから判こを押せと言う。誰があんな奴に利子など払うものか」

「卒業式。○○の奴とついに顔を合わさずに済むことになる。これまで、一週間おきに、利子が何千何百円になったとか、告げられるのでユーウツであった。別の中学となれば、彼はぼくのことを忘れてくれるだろう」

「驚いたことに、一カ月おきに彼は利子を計算した手紙をよこす。おまけに切手代、ビンセン、フートウ代まで含まれている」

「高校生になって嬉《うれ》しかったが、とたんに○○から配達証明つきの速達がきて、金額はすでに何十万円となっている。借金を返して貰えぬ精神的打撃の慰藉《いしゃ》料も含まれている由。その他複利計算とかいろいろ面倒なことが書いてある」

「やっと大学にはいったが、○○の一方的要求額はすでに何百万となっている。このままでは一サラリーマンになるころには、何千万となることであろう。たまたま小学校の同窓会に出席したところ、○○はこず、一同がフンガイして述べるには、○○はクラスの半数の者にそれぞれ何百万を要求しているとのことであった。いずれは○○がわれわれを告訴することは火を見るより明らかで、このままではわれわれの人生は暗黒である。いっそ○○を消したらと誰かが言い、完全犯罪を計画するため、みんなで手わけして古今の推理小説を読破しようと約して別れる」

「信じがたいことに、先日の同窓会には○○の手先の人物が何喰わぬ顔で出席していたらしく、○○は殺人計画のテープを入手しておるから、われわれの借金を二倍にして即刻支払うよう、さもなければ警察にテープを渡すと脅迫の手紙をよこした。また噂《うわさ》によると、○○は多くの推理作家、推理小説翻訳家に手紙を出し、あなたの本が売れる理由はかくかくしかじか、従って印税のいくらかを寄こせと要求したと」

「××商事に入社し、月給三万近くを貰う身分となった。しかし、○○への返済金を思うと世は闇《やみ》だ。小学校の△△君きたり、○○はいずれは日銀総裁か、まずくいっても税務署長くらいにはなる人物だ、そうなったらわれわれのことを忘れてくれるかも知れぬ、と述べる。

「あな嬉し、よろこばし。○○の執念を直視できぬ者のはかなき望みであろう」

「あな嬉し、よろこばし。正義はやはりこの世にあった。新聞、○○の自殺を報ず。それによると、○○はまさしく金欲の権化《ごんげ》となり、大学を出てから就職もせず、小さな借家に住み、日がな数多《あまた》の貸金、利子の増加の計算をしていた。ボロを着、毎食梅干一箇《こ》ですましていたが、そのノートによると、彼の貸金と称するものは総額二十数億を越えていた。しかし、さすがに瘦《や》せおとろえ、このままでは貸金の取り立てまで生きられるかと危懼《きぐ》し、肉を食わんとしたがその吝嗇《りんしょく》のため決心がつかず、山羊《やぎ》の肉が安いと聞き、もっとも安上りにせんため一頭の生きた山羊を購入、これを塩づけにして一年分のオカズにしようとした。ところが次に塩を買いに出た際に、山羊が室内に侵入、貸金の証文をぎっしりつめたボロカバンをこわし、中の紙をみな食べてしまった。帰宅して生き甲《が》斐《い》の証文をすべて失《い》ったことを知った○○は、絶望のあまり、残っていた梅干を一杯口につめ、練ハミガキを鼻の穴に注入して窒息死したという。おれもさすがに○○が気の毒となり、いや万感胸に迫り、小さな花束を買ってその夜○○の宅へ出かけた。すると、おびただしい人数が集まっていることがわかった。いずれも花や菓子折や酒びんをかかえ、そのすべてが喜色満面、嬉し涙をこぼす者、お互いを抱擁する者、山羊の銅像を造ろうと提案する者、これらの人々はみな、小学校から大学までを通じ、○○にしがない金を借り、厖大《ぼうだい》な利子に夜も眠れなかった者たちであろう。これだけの人々を喜ばした

○○はきっと天国へ行けると思う。本当に成仏《じょうぶつ》してくれないと困る。さもないと奴は、幽霊になってでも貸金の催促をしかねない男だから」

かような日記を書いておけば、のちにちゃんと小説の材料にもなるのである。

それが当時の私は、自分が詩人になったつもりで詩体の日記を書き、今ごろになって徒《いたず》らに溜息《ためいき》をつくしかない。大体、人間は生涯に一度は詩人になるものだ。それはいくら詩人になったつもりになってもかまわぬが、おれは詩人以外の何者にも決してなれぬと勝手に断定してしまうことが困るのだ。

当時の私の持っていた学業以外の本といえば、いくらかの動植物の本を除いて、他は歌集と詩集ばかりであった。小説などは友人から借りたもの、図書室のものだけを読み、自分では一冊も買わなかった。

本を入手するのが困難な時代で、いい古本はすこぶる高く、本屋の奥の硝子《ガラス》戸棚などにものものしく飾ってあった。終戦後の秋、ようやく岩波文庫が粗悪な紙で発行されたが、そのころは岩波文庫といえば内容も知らずになんでも手に入れようという客で行列ができたものである。

いま思いだしても癪《しゃく》にさわるのは、松本の大きな古本屋が、貴重な本、たとえば『善の研究』などには、金のほかに米まで要求したことだ。私は牧野富太郎博士の『日本植物図鑑』がどうしても欲しかった。しかし、この厚い図鑑は金のほかに米三升が必要であった。私は知人のKさんに無理を頼んで、その米を都合して頂いたが、三升の米を本屋に渡すのがどんなにか悔しかったことであろう。

（附記。私は最近松本へ行き、かつての古本屋の御主人と話をした。決してその本屋がわるかったわけではない。むしろ良心的に値段をつけておくと、悪質な本屋に買いしめられ、他の古本の入手も困難で、一週間でまともな本はなくなり店がやれなくなると忠告された由《よし》だ。従って良著を手離すには他の古本や米との交換がぜひとも必要であった。いずれにせよ、そういう時代であったのである。）

三升の米があればどれだけ山へはいれるか。いつも夏の休暇のときも、せいぜい三、四日ぶんしか食糧がなく、それしか山にいられなかったものだ。寮時代の夏休みの折、早く帰省しなければならぬ理由があって、ちょうど持っていた一升の米を、休暇の終るまえ松本へ戻ってきて山へ行こうと、大切に行李《こうり》にしまっておいたことがある。虫がつくと大変だから、ナフタリンをしこたま入れておいた。すると一夏の間にナフタリンの臭気がすっかり米にしみこんでしまい、いざこの貴重な米を炊いたとき、鼻をつまむようにして食べねばならなかった。

私が寮にいたころ、T書店という小さな本屋が電車通りにできた。主人がきさくな人で、この本屋は西寮生が汽車の時間にあわせて駅へゆく間のたまり場みたいにもなった。私もいくらかの本をこの本屋で購入したが、より多く立ち読みをした。

ともあれ、高村光太郎、萩原朔太郎、中原中也《ちゅうや》、三好達治、大手拓次、その他かなりの人の詩集を私は所有するようになっていた。みんなそれぞれ私の好きな詩人たちである。立原道造の本は入手できなかったので、友人のものを筆写した。

光太郎にしても、はじめは『智恵子抄』の中でも甘い詩に誘《ひ》かれたが、次第に『道程』の中の力強いものが好きになった。

「冬が来た」という詩の末尾の、

しみ透《とほ》れ、つきぬけ
火事を出せ、雪で埋めろ

などという詩句は大好きで、松本の厳寒の冬にすっぽりと頭からマントをかぶり、この語句を呟《つぶや》きながら歩いたものである。その真似《まね》をしたのか、

敵をもて、なぐりあへ、
ののしれ、ひっかけ！

などという変てこな文句が日記にある。

しかし、私の詩みたいなものの多くは、私の生来の感傷癖をふたたび助長させたところがあった。光太郎を讃美《さんび》すると同時に、道造をも愛惜せずにいられなかった。

短歌のほうは、「満たされぬ心に居れば小《ち》さき手に蟬《せみ》を鳴かせて幼児きたれり」「夜半《よは》の風とどろきすぎるたまゆらに差し迫りくる断想ひとつ」など、比較的まともなものを

作っていたが、詩となるとまたてんで甘くなった。

書きなぐった詩体の日記の中から、私はこれはと思うものを改作して別のノートに写したが、道造の詩の完全な模倣もある。

おもひはしばしたたずむだらう
あの唐松林の　木屑《きくづ》のこぼれた切株に
煙る雨に　ふくらんでゆく　さ緑に
閑古鳥も　峡《かひ》に呼びかはした　そんなゆふがたに

あれもこれも　とうに忘れはてたとき——
そんな透きとほつた空が嘗《かつ》てあつたと
かうして　澄みきる空が　今あるにしろ
ゆつくりと季節が　いま野をめぐるにしろ

これらの詩は、私が大学にはいった年に発行された「文学集団」という投稿雑誌に投書して活字になったものである。選者は村野四郎氏であった。

一つ二つを記しておく。

うすあをい岩かげ

ものおともたえ
ひかりもまだらに
かぜもよどみきる
みしらぬうすあをい岩かげに
ひつそりといだきあひ
ひとみにひとみを映しては
とほい神話のなごりに酔ひ
こころの寂しさに燃えたつては
いたいけな息のほめきに
ふと　あらあらしく
つつましいくちびるをうばひたい

漂　流

小つちやな舟に寝ころがつて
私は　あをい海原を漂つてゐる

星くづが間近く額にかぶさる夜には
大きく瞳《ひとみ》を瞠《みひら》いて
とほい懐《なつか》しい風景をそつと想《おも》つてみる
泣かうとしても
とうに涙は涸《か》れてしまつた

灰色の波頭がたかく砕ける日には
とめどない悔が私の心をしめつける
どんな思想も　価値も　栄光も
私にはもう要らない
ただいたいけな子供になつて
陳腐な守唄《もりうた》に寝かされたい
それゆゑ　破れかけた帆をあげて
むかし私の住んでゐた　星くづの沈む海の涯《はて》にこがれるのだ
それにしてもこの小舟は
知らず知らず　どうしても逆さまの方へ流れてゆく

まあるい空の下のひとりぼつちの漂流！
その空に　涯しない暦が織られ……
ああ　私は泣いてゐるやうだ
やうやく涙がよみがへつてきたといふのか
夕焼雲が色褪《いろあ》せる頃になると
帆柱につかまつて私は昏《く》れてゆく海原を見つめる
すると美しい波のうねりが
ふしぎに優しく　この小舟を揺りあげるのだ

一応、詩の形をしたものばかりを記してもまずいので、日記から直接、妙てけれんなものを引用しておく。十二月五日、当時私は一人きりの下宿にいて、大学入試の勉強のため神経衰弱気味であったらしい。炬燵《こたつ》の火を起すのがヤッカイで、そのたびに一騒動で、精神も錯乱状態になるのであった。

ポウポウと竹を吹く
一点の赤きものをどりて
つかのま火の粉をちらせば

やうやくに黒き炭どもヤケドを起し
ボウボウと叫びをあげぬ
昨日はすでになく
今日のことはあと半日の思ひなり
理解されざるを憤《いきどほ》るにあらずして
むしろ理解しあたはざるを憤るなり
くやしくやし
さればフンヌを叩《たた》きつけんとて
無性にポウポウと竹を吹く

青きほのほ　黄なるほのほ
ボウボウと音を発すれど　なほわが心なぐさみがたし
赤き火の粉舞うては消え
何もののくすぶるかいたき煙にわれは涙ながせり
涙ながるれどもなほフンヌやりがたくして
ポウポウと力をこめて竹を吹く

ライ病患者のごとき男　今日も町にて会へば
かぶりしマントの中からニヤリと笑ひて
手をとり映画を見んと誘ふにあらずや
断れば即《すなは》ちかくしより短き喫《す》ひがらを出し
われに与へんと　言ふにあらずや
なほ人あり　ストーブの煙に隠れて
授業中に煙草《たばこ》を喫ひて快なりと誇る
なほ人あり　フランスの話をして去りぬ
なほ人あり　会ふや直ちに人を面罵《めんば》し
人のパンを奪ひ食ひて得々たり
なほ人あり　人の顔を見るやをかしげに笑ひて去りぬ
ああ　フンマンは大地に満てり
さればポウポウと竹を吹く

十二月の松本の空気は
すでに石のごとくに固し
傷口はうづきてコタツは未《いま》だ寒し

われの心氷より冷くしてかつ熱気をはらむ
おのが胸中のわれにも不明なるをもつて
おのが心にあきれかへりしをもつて
何が何やらわからなくなりしをもつて
ただヤケなり　ポウポウと竹を吹く

隣室の幼子は悪魔よりみにくし
その泣声は今は堪へられず
今宵《こよひ》彼女をしめ殺す夢を見ざれば幸なり
炭は赤く赤く叫びたれど
火の粉をどれど
ああ　人々々
われの憤りはやまず
世にわれあることも瞬時にして堪へがたし
されば　むやみにポウポウと竹を吹く

一方、私は寮の委員の役割は済んでしまったものの、校友会の運動部総務の役割を果さなければならなかった。寮では、みんなが仲間同士で、かなりの暴言も何もお互に胸のうちがわかっているので通用した。それが校友会となると、いわば赤の他人の中へ出てゆくことで、人間味と関係ない冷酷な政治の世界に似ていた。

その中で私は相変らず瘋癲《ふうてん》寮の流儀でおし通したので、私の評判はあまり芳《かんば》しくなかった。私は自分が卓球部の主将なので、予算をわけるときも卓球部の存在をあまり主張したくなかったけれど、あまりといえば卓球部の予算は少なすぎた。それに当時のボールは実にたやすく割れた。自腹を切って買った貴重品のボールが数回打ちあっただけで割れてしまったときなど、泣きたくなるくらいであった。そのため私たちはふだん硬球のボールを使わず軟球で練習したりした。そこでちょっぴり卓球部の予算をふやそうとすると、たちまち横槍《よこやり》が出る。

野球部の連中が部長に訴えた。

「彼はメチャメチャなことを言うんです。ピンポンのボールは割れるが野球のボールは滅多に割れない。従って野球部の予算はもっと少なくてよいなどと非常識な暴言を吐くんです」

もっとも、当時比較的多く予算を取っていた野球部にしろ年間一万円で、道ひとつをへだてた野球の名門松商学園のそれは三十万円だったという。いかに松高の運動部が貧しいものであったかの証《あかし》となろう。

私はこの総務の役が嫌で嫌でたまらなかったけれど、とにかく駅伝とインターハイを済ますまで務めた。

駅伝は五月ころにやったと思う。すでに伝統の旧制高校気質も薄れかけていて、生徒たちは以前のようにこうした行事にあまり熱意を示さなかった。新しいコースを決め、途中の中継所を決めるため、私はたった一人で自転車に乗り、ここぞと思う家に一軒々々中継所となってくれることを頼んでまわった。寮の記念祭のときと比べ、このときは我ながらみじめでうらぶれた思いであった。

コースは一カ所市電の線路を横断することになっていた。私が一同を集め、

「選手の通過中は他の者が市電をストップさせて下さい」

と、演説しても、かつての対外宣伝部のようにツーカーの反応が起らなかった。一教師が、

「本当に市電をとめるのですか」

と、困ったように言った。

それゆえ、ようやくのことで駅伝を無事に済ましたあと、例の汚なき名物教授ヒルさんがつかつかと私のところにやってきて、

「おめえ、御苦労だったな」

と、ぶっきら棒にそれだけ情のこもったひとことを与えてくれたときには、ずいぶん

と嬉《うれ》しかったことを覚えている。

さて、残るものはインターハイである。その年の卓球部の新入部員にはさしたる者がいなかったが、一人私と同じショートでねばり強いKという男がいた。そこでショート選手とロング選手を組合せた二組のダブルスを作った。ショートでかきまわし、チャンスボールをロング選手がスマッシュを決めるという作戦である。

そして前年度の関東地区優勝校富山高校と新潟高校を松本に招いて行なった試合で、このダブルス・コンビが予想外に強力であることがわかった。富山を5—2で破り、新潟に3—4で惜敗したが、ダブルスは全勝した。インターハイは初めにダブルス二試合、次にシングルス五試合であったから、ダブルスでポイントをあげられれば、シングルスに強い選手を末尾に並べておいて勝てる。

このときの試合で私はうまい具合に全勝したが、新潟とのシングルスでちょっとした演技をやった。一セットをとり、二セット目がジュースとなり、相手のサーブを破って次は私のサーブである。ここで私は床にごろんと仰向けに寝ころがった。やおら起きあがり、別のラバー・バットを取り(私はショートのためそれまでまだコルク・バットを使っていた)、「松高伝統のサーブだ、受けてみよ!」と叫ぶや、思いきり変てこな身ぶりでサーブを送った。結局、そのポイントを取って私が勝った。

実はこれはある男の模倣であったのである。その三月ころ、名古屋で卓球大会があり、私一人個人戦に出場した。三回戦で負けてしまったが、会場で前年のインターハイで知りあった富山高校の卒業生に会った。この男が実に旧制高校流の試合をやるのである。巌流島で武蔵は小次郎をじらしたが、この男のはもっと凄《すご》かった。その大会で優勝した名の通った一流選手とぶつかったとき、相手がサーブをしようとすると、「待て」と手で制して足の位置を決めにかかる。これが実に一分も二分もかかる。と思うと、試合中にごろんと床に寝てしまう。相手はじれにじれ、頭には血が昇り、本来の技倆《ぎりょう》の半分も出なくなる。彼はこの有名選手をカッカと怒らせ、試合には負けたものの一セットを取る大熱戦を演じたものだ。

これは本来ならルール違反であり、スポーツマンシップに反するとも批判されるであろう。しかし、なにせボールをウチワであおいでしまう高校のインターハイである。技術よりも度胸、スマートさよりもバーバリズムでゆけ、と私は考えた。

わが卓球部には相変らずユニフォームもなかった。シャツは白いものは禁じられているが、必ず衣服をつけるべしという規定はない筈《はず》だ。そこで私は、富山を破った上機嫌のゆえもあって、こう宣言した。

「おれたちは上半身裸体でインターハイに出場しよう。それだけで敵は度肝を抜かれるだろう」

しかしこの案は、Uという肉体美ならぬ骨体美の選手が、なんとも真剣に反対したのでお流れになった。仕方なしに私たちは、蹴球《しゅうきゅう》部の古いユニフォームを着て出場することにした。それでも私たちはダブルスに絶対の自信を持っていたので、意気軒昂《けんこう》たるものがあった。

ところが運命は非情である。私のダブルスのパートナーである男が、インターハイ直前に盲腸の手術で出場不能という事態になってしまった。

そればかりでない、ここで私は大失敗をやった。富山、新潟との試合でショートがあまりに功を奏したため、ショートに自信を抱きすぎたのだ。とにかくダブルスで一ポイントだけは取ろうというので、ショート選手同士の私とＫで急遽《きゅうきょ》ダブルスを組むことにした。Ｋのパートナーであった Ｕ は、本来ならダブルスに出られずシングルスで捨駒《すてごま》に使おうと思っていたカラステングという渾名《あだな》の男と組んだ。

結果は最悪であった。私たちはかなり強い浦和と決して強からぬ水戸とに当ったが、水戸との第一戦に私とＫのショート組はカット選手組と当り、ボールの突つきあいとなり、相手が打ってこぬと私たちはまったく無能なのであった。Ｋがあがってきたなんでもないボールをスマッシュし損ねると、私は思わず「バカ！」と叫んでしまったりした。一方、Ｋのほうもその声すらぜんぜん聞えなかったらしい。

私自身がまったく責任を果せなかった。シングルスを二試合とも落し、両校にみじめに負けた。Ｕ一人実力を発揮した。意外だったのは、カラステングがシングルスでもアッパレ善戦したことだ。

彼のサーブは、無類の変則なかまえから、物凄く切れたように見えるボールを繰出す。実はこれが少しも切れておらず何でもない球なのだが、相手は眩惑《げんわく》されてレシーブ・ミスを繰返す。

西寮の対外宣伝部で私の片腕であったTも応援にきていた。彼は私たちの目をおおう劣勢にいつもの声も出ないでいたが、カラステング（これはTのつけた渾名なのである）の意外の活躍に、すっかり調子を取り戻した。なにしろカラステングがサーブを出すごとに相手は受け損っていたからである。

「逆立ちしたって、そのサーブは受けられまい」

と、Tは相手の応援団を野次った。

「それ、剣《つるぎ》か法《のり》かコーランよ！」

これは古い時代の勇ましい寮歌の一節なのである。

ここまではよかったのだが、試合が進むにつれ、さすがに相手もカラステングのサーブに慣れてきた。サーブを受けられてしまうと、カラステングはもはやお手あげなのである。

「剣《つるぎ》、どうした！　コーラン、どうした？」

相手の応援団は野次り返してきた。さすがに口の達者なTも沈黙せざるを得なかった。

銅の時代

三年生になっての春、私は生れてはじめて些細《ささい》な金を稼いだ。たまたま選挙があり、その運動員のアルバイトをしたのである。

政治というものを今、私は決してバカにしていない。人格高潔の人が立てばそのままこの世がよくなるというほど単純には考えていないが、少しでも立派な政治家が多くならなければ世界はよくならない。よい政治家というものは、すぐれた教育者、頭のよい科学者、腕の立つパン屋、良心的なクズ屋と同様、この世に必要なものである。トーマス・マンが告白しているが、彼もまた若いころ観念主義のトリコとなって精神的なものをより重視し、政治にいわば背をむけていた。現在の、国家の実際面を担当するには、そのために専門の政治家や軍人がいるではないか。自分は自己の内面のみを見つめ芸術作品を書いていればよいと思っていた。しかるに見よ、いつしかナチスはドイツ自体を代表し、気づいたときには彼の国家は泥沼に落ちこみ、彼の著作は発禁となり、彼は国籍を剝奪《はくだつ》されアメリカに亡命しなければならなかった。

マンがボン大学の名誉教授号を剝奪されたとき、彼がスイスから学部長あてに送った公開書簡はわれわれの胸を打つ。この中でマンは正面きってナチスを弾劾《だんがい》しているが、その末尾にこう記している。

「学部長殿、実のところ、私は貴殿にあてて書いているのだということをまったく忘れておりました。しかし私は、貴殿がもうおそらくかなり前から私の文章を読んでおられはしないことと考えて、安心することができます。ドイツではすでにその習慣を失ってしまったこうした言葉に驚き、人があえて自由なドイツ語を語ることに呆然《ぼうぜん》自失されたことでしょう。おお、私をしてこんなふうに語らしめているのは、傲慢《ごうまん》ではなくして、むしろ身を切るような苦痛の念なのです。貴殿の指導者たちは、私をもはやドイツ人ではないと決定したときにも、この苦痛の念から解放することはできませんでした。私の言葉は、魂と精神との苦痛から生れたものです。……人間は、宗教的な羞恥心《しゅうちしん》から、あの至高なおん名をみずから進んで口にしたり筆にしたりしないものであるとしても、自分の思いをすっかり表現するためには、それを抑えることのできがたい深刻な感動の時があるものです。それゆえ――私はもうこれ以上言うことができないのですから――この手紙を次のような祈りの言葉で結ぶことを許して頂きます。

神よ、憂《うれ》いに閉ざされ、道をあやまれるわれらが国を救わせたまえ、他の国々とも自国とも平和を結ぶことを教えさせたまえ」

かくしてやがて、かつては自らを非政治的人間と称したマンは、第二次大戦中、敢然と言葉を通じてファシズム打倒のために立上り、アメリカ中を講演してまわり、相手国家むけの放送をする。戦後、マンはデモクラシー擁護の戦士としてわが国に再紹介されたが、これはもともと彼の本質とは微妙に異なるものであった。

ついでながら、私たちが三年のとき、望月先生は戦時中のマンの講演『デモクラシーの勝利』をテキストに使った。もちろん古い答案用紙の裏側に謄写版《とうしゃばん》で刷ったものである。あたかもその折、この論文の訳が某雑誌に載った。なんたるタイミングのよさ、と私たちは大喜びをし、みんなその雑誌を買い、これで大丈夫と教場に出てゆくと、なんとその訳があちこち誤っており、みんな叱《しか》られてしまうのであった。翻訳というものが間違うこともあることを、私はそのときはじめて知った。

さて、政治というものは決してナイガシロにすべきものではないと私は述べたが、私自身、生れつきそんなものは肌にも臍《へそ》にもあわぬことを告白しなければならぬ。といって、かすかに自分なりの意見は有しているが、そんなものは巨大で冷酷な政治の歯車の中では役に立たぬことも承知している。かつてドイツが突然にソヴィエトと不可侵条約を結んだとき、当時の平沼内閣は「複雑怪奇」とかいって総辞職したが、複雑怪奇といえば単に急行列車の停車駅にしろそうであるし、まして国際間では当り前のことである。それをわざわざそんな言葉を使用するのは、はっきりいって、滅多にないお人好《ひとよ》し、間抜けということにほかならない。

しかしまあ、一国の首相たる者は、厚顔さや権勢欲ではなく、自分がその国一番の政治家であるというほどの断乎《だんこ》とした自信を持たねばならぬ、と私は思う。文豪のごとくゆうゆうとしていなければならぬ。谷崎潤一郎はその晩年ゆうゆうとした仕事をやった。近ごろ妙なふうに讃《ほ》められすぎているが、少なくとも戦後唯一《ゆいいつ》の一刻者《いっこくもの》であった吉田茂も静養にゆくときは仕事などしなかった。それを静養先へまであくせく仕事を持ちこみ、ひたすら勤勉を旨《むね》とするのは、真の自信がなく、世論なんてものばかり気にするからである。また政治家がゴルフをしすぎたりラスベガスに寄ったりするのに目クジラ立てる尻《しり》の穴の小さな国民のほうもわるい。政治家が半年寝ていようとも、本当によい政治をやってくれればそれでよいのである。本物の信念は余裕を生み、余裕は確たる思考、計画を生むものだ。徒《いたず》らに右顧左眄《うこさべん》してせわしく術策をふりまわしたりする者に、一国の政治はまかせられぬ。また、次の『史記』の言葉をも玩味《がんみ》する必要があるだろう。「善く作《おこ》す者は、必ずしも善くなさず」

ところで、当時の私は、選挙というものからしてアホらしく思われた（今だって生理的には大嫌いだ）。大体、ネコもネズミも自分のほうが立派で正当であるから自分に票を入れろという神経からして理解できかねた。

私が運動員のアルバイトをやったのは、些細な金額の報酬というより、握り飯が食べられたからである。選挙事務所には大豆入りの握り飯が積んであって、ラスコリニコフは自分が金を得るほうが世のためになると考えて金貸しの老婆《ろうば》を殺したが、私は選挙がどのようになろうが、自分が握り飯を食べるほうが重要だと考えたのだ。

その候補者が当選するように私はまったく努力しなかった。はじめ、友人と二人で小型トラックに乗せられ、田舎の村落でマイクを用いて演説をしたが、私のそれは候補者とはぜんぜん関係ない、いかにして畠《はたけ》の害虫を駆除するかという昆虫学の話であった。もっとも聴衆の大半が子供では、せっかくの私の昆虫学の講釈も無駄骨折りであったようだ。

その候補者は保守派であった。そのうちまた選挙があり、今度は私は左派の運動員になった。一友人は私の定見のなさを非難したが、私にとっては党派よりも握り飯のほうが重要で、まだラスコリニコフのごとく殺人を犯すよりは罪は軽いと信じていた。

今度は自転車に乗って田畠《たはた》の間の道をめぐり、働いているお百姓さんに候補者の名を連呼するのが役目であった。しかし大声を出すと食べた握り飯の消化が早くなるから、私はおおむね田んぼの畦道《あぜみち》に寝そべって一日を過した。

私がようよう本気になったのは、またそのあとで市会議員かなにかの選挙があり、そこに松高の先輩で人間的にもしっかりした人が出馬したときだけである。このときは寮の元総務の三人が、古びた寺で行なわれた応援演説会にひっぱりだされたが、これとても候補者を当選させるためにはまことに不適当な演説といわねばならなかった。私は徒らに信州の自然の美しさを讃《たた》え、かつ完全にあがっていて、「朝日の昇るアルプスを見るにつけ、夕日の沈む王ヶ鼻を見るにつけ（事実はこの逆である）」などと述べたりした。元総務委員長はアルト・ハイデルベルヒの話をし、泥棒を説教した男はお得意の親鸞の話をしたが、聴衆にしてみれば完全に狐《きつね》につままれた思いだったことだろう。ただサクラらしいのが数名パチパチと拍手をした。

しかし、私たちはメガホンを持ち街頭で声の嗄《か》れるまで連呼もした。このとき私は自分が何をしゃべったかすっかり忘れていたが、ずっとのちになって、前に述べたダンネ会なる卒業生の集会で、一友人がこう言った。

「おまえは高校時代からホラ吹きだったなあ」

私はその言葉が信じられなかった。ところが、彼に言わせると、私は、

「○○氏はかつて日露戦争のとき、真先かけて突貫し、アッパレ金鵄《きんし》勲章を受けた勇士であります」

などと口から出まかせを述べたという。○○氏は松高の第一回生であるが、年齢からして日露戦争に出征できた筈もない。これには私自身あきれはてたが、考えてみるとこれは立派な選挙違反である。ただし、その私の演説のせいか落選してしまったし、もうおそらく時効になっているとは思うが。

ともあれ、私たちはかなりの愚行を重ねて日を送ってきた。あとでふりかえってみて自ら忸怩《じくじ》たるものがある。しかし、すべてがあながち無駄ではなかったと思うし、それどころか、これほど吸収するところの多かった時代は、わが生涯に於《おい》て唯一のものといってよいのではあるまいか。

私の場合、高校にはいるまで、あまりに無知でそれだけ無地であったことが、むしろ幸いだったかも知れない。たとえば読書ひとつにしろ、現在の私は、なにかの目的に縛られて読んでいる。あるときは小説の資料のため、あるときはストレスを解かんがため、七面倒な、またはくだらぬ本を読む。それが当時は、自分がなにも知らないという不安解消のためもあったが、より多くほとんど目的なしに読んだ。それがおもしろかったから読み、素晴しかったから読み、何が何やらわからないから驚嘆して読んだのだ。空腹だったから雑草まで食べたように、精神的の飢餓が貪婪《どんらん》に活字を求めたのである。

また、すべてが遊びの要素を含んでいた。それだけ自由であったともいえる。吉川英治の『宮本武蔵』もトルストイの『戦争と平和』も同じ基準をもって読んだ。その挙句、「トルストイはなんたる退屈さだ」という感想を抱いても一向に差支《さしつか》えなかった（私がトルストイの偉大さがわかったのはかなり後年になる）。一方、ホールデンの『生物学の哲学的基礎』という本は当時の私に非常な感銘を与えたらしいが、いま私はその内容をまったく忘れてしまっている。それはそれで一向にかまわないことだが、現在の職業に縛られた私にとっては、その抜き書きのノートを失ったことを残念に思うことも確かで、これは情けないスケベ心といえよう。無目的の読書のほうが、ぞんがいその人間を豊かにするものだ。

若さのもつエネルギーというものは、もともと無色無方向なことを特色とする。それは太平洋をヨットで横断もし、特攻隊となって死地におもむきもし、睡眠薬を飲んでフリーセックスもし、非合法なデモを行ないもする。偉大であると共に危険であり、純粋であると共にいやらしくもある。社会から讃美《さんび》されもすれば非難されもする。しかし、それが本来意識をもたぬエネルギーの本質なのだ。

ヴァレリーの言葉。

「彼がなした馬鹿《ばか》げたこと、彼がなさなかった馬鹿げたことが、人間の後悔を半分ずつ引き受ける」

ゲーテの言葉。

「われわれは生れつき、美徳に転じえないような欠点は持っていないし、美徳も持っていない」

大人は齢《とし》をとればとるほど若者に対しブツブツ文句をいう。それが当然で、もし全然文句をいわない大人があったら、彼は若さを体験してこなかったのだ。若者よ、齢とった者には安んじて文句をいわせておけばよい。しかし、片耳でその言葉のひとかけらを聞き、片目でその生き方を見ておいても無駄にはなるまい。

バーナード・ショウは、「四十歳を過ぎた男は誰でもみんな悪党である」と言ったが、悪党というものは善人よりなにかしらの智慧《ちえ》があるものだ。

若者よ、年寄りを侮蔑《ぶべつ》してもよい。しかし、必然的に自分もまた年寄りとなり、近ごろの若い者は、などと言いだす存在であることも忘れるな。若者よ、自信をもち、そして同時に絶望せよ。

秋となった。そして私は、そろそろ自分の人生の進路を、少なくとも何部へ進むかを決めなければならぬ時期となっていた。

私が高校の理乙にはいったのは、もとより将来医師となるはずであり、そのことを中学時代からさして疑いもしなかった。

しかし、二年余の高校生活は私の思考をかなり変えていた。おおむね人は、自分の家の職業がいやになるものである。教師の息子は教師になりたくないと思うし、八百屋の息子は、床屋のほうがまだマシだと考える。その点、世襲を旨とする職業がこの世にはかなりあり、そのため文化財的な芸術も伝わってゆくのだが、そういう家に生れた子供たちは気の毒だとどうしても私は思う。

私は寮で多くの友情に囲まれて暮した。それはお互の恥部をさらけだした連帯感につながれた友情であり、人生の他の時代に生じた友情より永つづきするものであったが、そのため私は孤立の自我をも発達させた。私は現在、ごくわずかの友人しか持っていないし、それ以上持とうとは思わぬ。

人間は社会的生物であり、完全な孤独には堪えがたいが、親子兄弟を含めた他人の存在というのもヤッカイでうるさいものだ。私がイスラム教徒にならぬのは、四人の妻を持つ面倒臭さに堪えられぬからである。

人間というものは微細な情緒までを伝える言葉をもち、これが素晴しくかつ面白いものであるが、口というものは閉ざすこともできるのであり、それをのべつまくなしに唇と舌を運動させずんばやまぬ人物があるのが困るので、神さまがわれわれの耳に意志によって蓋《ふた》のできる弁を作らなかったのは確かに片手落ちといえよう。他の動物はそれぞれ単純な鳴声を有しており、人間に鳴声がないのがいけないのかも知れぬ。赤子はオギャアと泣くが、成人してからもオギャアと鳴いてこうるさい言葉を発しなければ、人類はもう少し平和になることであろう。

話がそれた。根本問題は、私がどうやら分裂気質の人間で、数多の人間関係は苦手のこと、時とともにどちらかといえば人間嫌いになりそうだということを、ようやく私は自覚しつつあったことだ。

むかしからの昆虫に対する執心もその一つの現われではなかったか。山々に誘《ひ》きつけられる度合も? 人間はうるさくしゃべるが、自然は沈黙の言葉をもって語りかけてくれる。

これだけは中学のはじめから愛読した『昆虫記』に見られるファーブルの生涯は、私には理想像と映った。『昆虫記』は比類のない名著として、またファーブルの晩年は彼の営々とした努力にふさわしいつかのまの栄光に輝いたのだが、学者たちすべてから正当な評価を受けたわけではなかった。第一それは学術書としては易しすぎた。主観がまじりすぎていた。どの学問の世界でも、無味乾燥のほうが立派だと見られる傾向が確かにある。

しかし私は、ファーブルのような道を進みたいと思った。昆虫を蒐《あつ》めたり観察をしたりすることは大好きだったから、いくら怠け者の私であれ、ひとかどのとまではいかずとも、まあまあの学者になれよう。一方、自分には詩人の素質もあるようだから、博物学と文学を結びつけた本のようなものを書けたら、と私はひたむきに夢想した。

ところで、医学部でなく動物学へ進みたいという志望を、父に打ちあけるのが怖ろしかった。父という男は、この世で私の知っている人物の中で最高級におっかない性格であった。ただおっかないだけならいいのだが、厄介なことに、子供に対し専横な愛情まで所有していた。

私はさんざん迷い悩んだ末、自分の志望についてまだ大石田に疎開《そかい》している父に手紙を書いた。果して父は反対した。この間の事情については、『死』という短篇にくわしく書いたことがある。

要するに父は、動物学者では今の難儀な世の中では食えぬ、敗戦後の現実を直視せよ、と書いてきた。医者でも精神科は見込みがないから（兄はその頃、医局から戻ってきた夕刻から夜間にかけてのみ開業したが、一日に患者が一、二人あればよいほうであった）、おまえは昆虫の標本を作って手先が器用だから外科医になれ、と見当外れのことも言ってきた。相変らず貧困妄想のようなものにとりつかれているようで、おまえを大学にやる学費もどうなるかわからぬとも書いてきた。これは少々オーバーのようにも思われたが、私は現実の生活というものに自信が持てなかったから、逆に虚勢をはって父への返信にこう書いた。

「ぼくは将来、あんがい名著を書くような気がします」

父の返事は次のような意のものであった。

「まず生活の基礎を築いたのち、ゆっくりとその名著（？）とやらを書いて下さい」

実際は、父にはユーモア感覚というものが欠如している。そのくせ彼の言動、その文章に妙に可笑《おか》しみを誘うものがあるのは、すべての事柄にあまりにひたぶるで、鶏を割くにもノコギリを用い、一匹のノミを捕えるにも獅子《しし》のごとく全力をふるうからである。

はじめは父は、青年の蜃気楼《しんきろう》にも似た夢をさとすような態度をとった。それから次第に獅子の本領を発揮し、私を打ちのめし、粉々にし、おまえは絶対に医者になれという炎のごとき手紙を寄こした。第一、その書きだしが、「愛する宗吉よ」という目をつぶりたくなるような文句であった。そういう文句は、そもそも愛してもいない女をだますのに用いるべきものである。

私は神経をずたずたにされ、動物学へ進もうという志望を断念した。

ともあれ、このとき私は生れてはじめて、おっかない父の意志に反抗する幾度かの手紙のやりとりをしたが、そこでまず不利であり、父の激怒を誘ったのは学校の成績がわるいということであった。

寮時代、父から成績は何番であるか知らせろという手紙がきた。友人たちはおもしろがって言った。

「まあ一番というといかにもウソ臭いから、三番くらいに言ってやったらどうかな。そうすりゃ茂吉は、わが子三番になりにけらずや、なんて歌を作るぞ」

このときは成績順は発表されないとかなんとかごまかしておいたが、落第点《ドッペリ》を取ると家に通知がゆくという噂《うわさ》であった。試験のあと、もう家に通知が行ったころと思い、私は先手を打って母や兄あてにハガキを出した。

「小生はみなの考えるより遥《はる》かに大人物であるゆえ、絶対に心配御無用」

実際は通知は行っておらず、余計なハガキを書いたばかりに落第点を取っていることがばれてしまった。しかし母たちは地方にいる父には知らせなかったらしい。

ところが私が動物学へ行きたいなどと言いだしたため、父は本気で心配し、知合いの植物学の教授に手紙を出し、私の成績を調査した。それは下から三分の一くらいであったが、インチキな詩歌を書いた答案で点を貰《もら》ったりしていたから、実際はビリに近いほうであったろう。中学まで私は真面目《まじめ》で優等生の部類であったので、父はまさか私がそんな成績でいようとは考えていなかったらしい。植物学の教授は私を弁護しようと、御子息は珍しいメスアカムラサキという蝶《ちょう》を発見したりしてなかなか才能があるなどと余計なことを書いたため、いっそう父は激怒した。

「おまえはバカになった。今ごろ、ファーブルだのメスアカムラサキだのと言っているのは、なんたるバカであるか」

しかしながら、私がバカになったのは、昆虫研究よりもむしろ文学に親しんだためである。あまつさえ、その最初の衝撃は当の父の短歌からではなかったか。

「自分勝手にあんな歌をこしらえておいて、自分の息子をバカにならせ、それをバカ呼ばわりするとは、なんたるバカであろうか」

と、私は父のことを考えた。世の無情を感じ、肩をすくめ、さすがにしょんぼりと。

神経衰弱《ノイラステニイ》という言葉がある。むかしはなんでもかんでも神経衰弱と呼んだ。神経衰弱の大安売りである。現在の精神医学ではごく狭い範囲にのみこの言葉を使う。神経衰弱とは、要するに試験勉強などのしすぎによる神経の疲労で、ゆっくり眠ったりバカ騒ぎでもすれば癒《なお》ってしまう単純のものをいう。

一方、精神衰弱《プシカステニイ》という病名があるが、こちらのほうはさまざまな心理的葛藤《かっとう》が内面にあり、それを解決しないかぎり、単に休養をとるくらいでは癒らない。

こういう知識を持っていれば、私たちは自分らのことを後者の名称で呼んだであろうが、なにぶん知識がなく古風であったので、やはり神経衰弱という呼称を使った。

実際、三年生の後半ともなれば、どこへ行っても神経衰弱が大流行であった。

友人と会って、

「どうだ、近ごろ?」

「うん、ちょっと神経衰弱気味なのだ」

また別な友人と会い、

「しばらくだな。あまり学校へ出てこないようだが」

「どうも神経衰弱でね。本物のまっさらな神経衰弱なのだ」

三人目には質問を変える。

「君も神経衰弱かい?」

「よくぞ言ってくれた。神経衰弱も神経衰弱、まあ地球上の神経衰弱の三分の一はおれにとりついているな」

四人目の男との会話。

「どうだね、神経衰弱の具合は？」

「え、なんのことだ？」

「つまり君の神経衰弱は……」

「シンケイスイジャク？　それとぼくとどういう関係にあるんだ？」

「ちょっと息をさせてくれ。すると君は、神経衰弱じゃないっていうのか？」

「ピンピンしてるよ。そんなものじゃないな」

「本当か」

「べつに嘘《うそ》をつく理由もないじゃないか」

「信じられん」

「そう人の顔をへんな目で見るなよ。なにかおかしいことでもあるのか？」

「ふしぎだ。奇蹟《きせき》だ。悪魔のしわざだ」

「どういう訳なのかね。神経衰弱でないとなにか不都合なことでもあるのかね」

「不都合だな」

「どういうふうに不都合なのだ？」

「なぜって、挨拶《あいさつ》がスムーズにいかないじゃないか！」

ともあれ、仲間は大なり小なり用語は違っても、なんらかの鬱積《うっせき》した症状を有していた。曰《いわ》く自己崩壊、曰く自意識過剰。

一人の男は某教師に深刻な顔をして打ち明けた。

「どうも自意識過剰なんです」

彼をギャフンとさせた明快なその返答。

「君らにはまだ自意識と呼べる自意識なんてものはありませんよ」

今にも自殺しそうなことを言っている男もいた。だが、自殺する、自殺する、とあたかも宣伝してまわるような人間は決して自殺しない。その多くは顕揚性であって、一種のポーズに過ぎない。

意識的な自殺は他の動物に見られない人間特有のものである。成人は多く現実苦から自殺するに反し、若者はその形而上学《けいじじょう》のみからも自殺し得る。それは美しいと呼んでもよいときがあるが、更に考察を加えれば、たとえいかにその心情が純粋であったにせよ、そんな年齢で人生をすっかり見通したつもりで自殺するというのは思いあがりというものだ。

赤ん坊は死に近い。二十歳前後に人はまた一過性に死に近くなる。次は晩年だ。死についてはいずれあとでふたたび触れようと思うが、数字のみを記せば、私の在学中、自殺した者は一人きりで、山では年に一人ずつ遭難死があった。

さて、そもそも神経衰弱の話からであった。父に無理矢理医者になれと強制され、煩《はん》悶《もん》の挙句、私も流行に遅れず神経衰弱になった。なにも手につかず、暗澹《あんたん》たる心境である。

「これは神経衰弱だ。おれもとうとう人並になった。といって、なんとかしなければ」

と私は思った。

ここで私が少なからず神がかり的であったのは、一人で穂高を見たなら、おそらくこの鬱々たる心情も回復するであろうと自ら信じたことである。

そこで私はリュックザックに乏しい食糧をつめ、島々《しましま》行きの電車に乗った。島々の宿場から郵便局の横を右手に折れる。これがバス道路とは別の、徳本《とくごう》峠を越える道であった。当時、バスはとうに沢渡《さわんど》まで通じていたが、長い径《みち》のりを歩いてようやくに穂高を見るという道程に私は期待した。それに、徳本峠の上から眺める穂高は絶品でもある。

秋の盛りであった。路傍の草々はすがれかけ、豊穣《ほうじょう》の夏の気配はすでに凋落《ちょうらく》を暗示していた。渓流の流れの音からして寒々としていた。過去、私はこの細道を幾度も通った。友人たちと、あるいは一人きりで。そのときの私の心境でいえば、その過去は祝祭にも似ていた。しかし神話の黄金の時代はあっという間に過ぎ去り、いがらっぽい銅の時代が私をとり巻いていた。

半ばの喪心とかすかな希望を抱いて、黙々と私は歩いた。こんなことをしていて何になるのかという心細さも伝わってきた。しかし長く長く細道はつづき、歩くよりほかに手段はなかった。とうとう道は岩魚止《いわなどめ》から百曲りの登りにかかる。息をきらせ、汗を滴《したた》らせて私は登った。一度も休みはしなかった。

そしてついに私は峠の頂きに立ち、眼前に立ちはだかる懐《なつか》しい穂高の偉容を見た。前穂の岩壁は午後も遅い斜光を受けて白茶けて見えた。夏の残雪はとうになく、新雪の訪れにはまだ早かった。一点の雪もない穂高、永劫《えいごう》の風化にさらされ洗われた大岩塊は、圧倒的に巨大にすぎ、それを眺める私はあまりに微小な存在にすぎなかった。

このとき、私の神経衰弱状態は嘘のようにあらかた消失した。今から考えれば、適度の運動療法と自己暗示のようなものであったろう。同時に、私の内部に原始人に似た自然信仰が残されていたためであろう。私は秋の日ざしの凝結する岩峰にむかって、ぴょこりとお辞儀までしたのである。

峠を降り、徳沢小屋に着いたときは夜になっていた。ランプの薄暗い灯りの下で、私は満足した日記をつけた。翌日、私は蝶《ちょう》ヶ岳《たけ》を越えて帰路についた。その日も珠《たま》のような秋の日ざしがみなぎっていた。登るにつれ、シラカンバが消え、ダケカンバの樹林の中を行くようになる。諸葉《もろは》はこのうえなく濃く黄に変色していた。風もないのに、その一葉が梢《こずえ》を離れてゆっくりと落ちてくる。幾ひらかの黄葉があとを追う。そうしているうちに、ようやく一陣の風が立って、数限りない黄葉の群を、あくまで群青《ぐんじょう》の秋空に吹きあげたりするのだった。

あのように印象的な黄葉の乱舞を、その後ずっと私は見たことがない。

冬がきて、ものみながきびしく凍りついた。私はその前から一人で下宿していた。或《ある》いは専門の下宿屋、或いは個人の家だが、一体なんという家でどこにあったかも、ひどいことに全部は憶《おも》いだせない。とにかく寮を出てから一年間に五回、家を移ったことは確かだ。

一度、ある外科病院の一室に住んだことがある。知人の紹介で、むこうからどうぞ下宿してくれと言ってきたように思う。行ってみると、清潔な入院病室の一室で、四方は白いうえにも白い白壁で、電気時計などついている。私は、一足とびに一番汚ない下宿から松高中でもっとも綺麗《きれい》な部屋に移ったわけで、さすがにもの慣れぬ居心地のわるさも感じた。そこで、荷をほどいて万年床を敷き、本やらガラクタを部屋一杯にとり散らかして、まずまずだなと自分で合点し、学校へ出かけた。

戻ってきて、びっくりした。泥棒がはいったのかと思った。あまりに部屋の様子が一変していたからである。しかし、よく見ると、小さな本棚が持ちこまれていてきちんと本は並べてあるし、他の荷物も同様に整理されてある。

「まあ病院なのだから仕方あるまいな」

と私は思った。

また別の日、戻ってきてみると、部屋に一人の看護婦さんがいて、ボロボロの私の蒲《ふ》団《とん》を縫ってくれている。頼みもしないのに親切な人だなと思った。彼女は私の写真があったらくれと言った。私はべつに考えもせずに一枚を渡した。

すると数日後、病院の奥さんに呼ばれた。なんだか要領を得ない話だが、遠まわしに説教じみたことを言われ、下宿を移ってくれというのである。あとで考えてみるに、彼女は看護婦が私の写真を持っていることを知り、私たちの仲を疑ったわけであろう。迷惑なのはこちらで、また下宿を捜さねばならず、とうとう知人のYさんの家に置いてもらったが、まあこの世にはこのくらいの不都合事はいくらもある。

とにかくその冬、年が更《あらた》まってからも、私はどこかよく覚えていない下宿の一室の炬《こ》燵《たつ》の上で、懸命に受験の勉強をし、或いはしようとしていた。覚えているのは停電が頻々とあったことである。

予告もなく電燈《でんとう》が消えてしまうと、畳の上に仰向けになって、とりとめないもの思いにふけった。頭に去来するのは、若葉青葉のそよぐ山路、郭公《かっこう》の声、はては馬鹿《ばか》げた寮時代の回想ばかりである。

挙句の果て、電気がついたあとも、たまらなくなって詩集の一冊をとり、これまで胸に刻みこまれた詩の数行をたどり、徒《いたず》らにため息をついた。しかし、今は何はともあれ大学に合格しなければならぬ。自分のためというより父のおっかなさのためにである。私はため息を一斗もつき、また物理の参考書に見入るのだが、それはどうやら火星語で記してあるとしか思われなかった。

当時、停電にそなえて代用燈というのが売りだされていた。缶のふたに鯨油らしいものがつめこまれ、芯《しん》が一本ついているだけという代物《しろもの》である。これをつけると黒煙が濛々《もうもう》と立ちのぼり、鼻の穴が真黒になった。このゆらゆらと揺れるかぼそい灯の下で、参考書を開いていると、さすがにもの悲しい思いがこみあげてきた。

父からはしばしば督励の手紙がきた。

「下宿に遊びにくる者あらば率直に撃退せよ」

「同封の外食券は父が頭を下げ苦労をして手に入れたものである。おまえ一人で食べ、決して友人に与えてはならぬ」

事実は寮時代の友人は頻々と私の下宿を訪れてきたし、私も頻々と友人の下宿を訪れていた。父の手紙を、さすがに羞恥《しゅうち》の念を抱きつつ友人に見せると、

「茂吉って奴《やつ》はさすがに凄《すげ》えなあ」

と相手は感服し、それからどこの外食券食堂のオカズがいい、いやあそこの店のほうが上等だなどとあれこれと議論し、遥《はる》か遠くの店へまで出かけてゆくため、父の意図に

反し何枚かの外食券のためにずいぶんと時間を無駄にしてしまうのであった。

一方、もはや私たちと離れたところで寮は存続し、秋には記念祭も行なわれたけれど、時代の波は抗《あらが》いがたく高校生気質をも変えていたことも事実である。六三三四制という制度ができずとも、かつての旧制高校そのものが崩壊しようとする時代がきていたといってよいだろう。

寮は一種の全体主義みたいなところがあった。それは個人の自由を奪うから、いっそ寮を単に起居する場所と見なしアパート化しようという意見が西寮で唱えられたこともある。私たちはフンガイして寮に乗りこんだりもしたが、もはや私たちが黴《かび》の生えた古めかしい存在であることは疑いようがなかった。

そこで私たちは自ら「アナクロニズムの残党」と称し、かすかな自己満足にひたっていたけれど、ひとたび受験勉強ということにかけては、いかなる自称も通用しないのはやむを得なかった。

対外宣伝部で私の片腕であった文科の一友人は、望月さんのところに出入りしていたこともあって、ドイツ語ばかり勉強した。おそらく他の課目をやろうとすると絶望感に打ちひしがれたからであろう。彼は『ドイツ単語四千語』という単語集をとうに暗記してしまって、今度は『一万語』というのをやりだした。知っている単語は赤鉛筆で塗りつぶし、おそらく受験には不必要であろう残ったむずかしい単語をせっせと暗記していた。

私もそれを見ていると不安になって、同じく『一万語』を買ってきて、彼と競争でやりだした。二人が会うと、お互に教科書なんぞに出てこない単語を知っているかと問いあうのだった。

あるとき、彼がふと真剣に言った。

「パピアってなんだっけ？」

私にもそれがわからなかった。

「よく聞いた言葉のようだが……」

二人は考えこみ、ずいぶんと時間が経《た》ち、ついに彼が叫んだ。

「馬鹿、パピアは紙じゃないか！」

私たちはあきれ返った視線を見交した。役立たずの滅多に出てこない単語を覚えるのに夢中になりすぎ、一年の教科書の冒頭に出てくるような単語を忘れてしまっているのだ。

「これは大変なことだぞ、お前さん」

「一万語はやめて、四千語をもう一度やるか」

「あんなものはとうに真赤に塗りつぶしてしまった。ああ、ああ、おれたちは勉強をしすぎたのだ。これじゃ大学はとても無理だ。大学の上の学校があれば受かるかも知れんが」

と、彼はため息をついた。

そのとおり、彼は浪人する身となった。東京に家があったが東京に帰らず、もう一年松本で過し、あまつさえ一時は学校内の東寮にもぐりこんでいた。そのころは寮もアパート化し、このようなあやしげな先輩も置いてくれたのであろう。彼はちょっぴり翌年の受験勉強をし、あとは後輩の体育の時間にまぎれこんで蹴球《しゆうきゆう》をやって一年を送った。大体、在学中からこの男は授業をよくさぼったが、体育（すべて蹴球であった）の時間は無欠席であった。それどころではない、他のクラスの蹴球の時間にもどういうわけか出席していて、大声でわめいてボールを追っかけていた。べつに蹴球部でもないし、とりわけ蹴球がうまいというのでもないのが、また奇妙なところであった。

体育の教師は、彼に九十七点という点をつけたが、これはその先生が松高に在任中の最高の点数だそうである。それはそうであろう、彼の属してもいないクラスの時間にも臆面《おくめん》もなく現われてボールを蹴《け》っていたのだから。

もっとも、浪人した彼が心底から嬉々《きき》として後輩にまじって蹴球をやっていたわけではない。

のちに彼が述懐したところによると、もはや卒業した彼が本当はいるべきではない松高の寮の一室に寝そべっていると、隣室で後輩たちが自分について噂《うわさ》をしているのを耳にした。

「あの蹴球ばっかりやってる変てこな先輩が隣にいるだろ。ありゃ来年、大学に受かるかな」

「賭《か》けるか？」

そして、彼が合格するほうに賭けようとする後輩は一人も現われなかったという。

現在、そんなふうだった彼は国文学界で後世に残るような仕事をしている。いつぞや、私が文筆業にはいったころ、『世界の歴史』出版記念講演会なるものにひっぱりだされたことがあった。高校時代は馬鹿げた演説をした私が、齢《とし》とってめっきり気弱になって人前で口をきくのが大の苦手になった私が、控え室で色あおざめていると、いきなりこの男が首を出してニヤリと笑った。むかしの恥部をすっかり知られている友人に聞かれると思うと、すました顔で講演なんかできるものではない。私は狼狽《ろうばい》逆上し、桃太郎がジンギスカンになったのである、なんて滅茶々々のことをしどろもどろに話したため、せっかくのいかめしい講演会の品位もぶちこわされてしまった。

ちなみに、私はもう講演は断乎《だんこ》としてしないし、ただこの友人が大学の教壇ですました顔で講義をしているところを一度ぜひ見にいってやろうと考えている。

医学部というところ

入学試験というものは、なんともはや愉《たの》しいものである。もし合格することがわかっていれば、だ。

人並はずれた実力があればまず合格する。だが、合格、不合格の三分の一は運命のようなものであろう。いくら「運命を持たぬことが私の運命です（リルケ）」というようなしゃれたことを言っても駄目だ。

しかし、ある学校にはいることはその人の人生のほんの仮りの順序なのであって、そのことが全目的なのではない。九年かかって東大に合格した人がいるが、新聞記事としてはおもしろいけれど、いささか本末を転倒している。

私はまあ小学校は別として、中学、高校、大学と、入学率のむずかしさからいうと、すべて二流の学校を受けている。初めからそうと自覚してやったことではないが、あとから考えれば私にふさわしい選び方だったといってよかろう。人生には心身をすりへらして然《しか》るべき幾何《いくばく》かの時があるが、入学試験であらかたすりへってしまうのは悲しいことだ。おまけに入試の勉強ほど身につかない代物《しろもの》とてあるまい。その証拠に、諸君がある学校にはいったとする。やがて次年度の入学試験があり、その問題が告示板に発表になる。諸君がそれを眺めると、逆立ちをしても解けぬ問題ばかりだから、諸君は一体どうした訳柄で自分がこの学校の生徒になれたのかと呆然《ぼうぜん》とし、幼稚園へ転校手続きをしたくもなるであろう。

私は父の強制で医学部を受けねばならなかったし、東大の医学部にはとても合格できぬときっぱりと考えたから、東北大学を受けた。そこの医学部にはよい教授が多いという理由より、なにがなし仙台という名に憧《あこが》れたのである。松本という城下町は、私の想像以上に気に入った町であった。仙台にも、東北の木の香のごときものが漂っていることだろう、と私は想像した。私の頭の一隅には、未《いま》だに『智恵子抄』の一節がくすぶっていたらしい。もう一つ、三年（正確には二年半）の高校生活によって、私には自宅でずっと暮すことが窮屈で堪《たま》らなくなっていた。それには地方の大学へ入るのが上策といえた。

ところが、いざやってきた仙台は、空爆で中心部があらかたやられていて、砂埃《すなぼこり》の多い、殺風景な、木の香なんぞほとんどない、都会とも田舎ともつかぬ場所であった。古い城下町のなごりなど、ノミ取りマナコで捜さねばならなかった。都会には都会の、田舎には田舎の情緒がある。しかし、昭和二十三年の仙台は、その両方から中途半端《はんぱ》で、のっぺら棒な索漠たる眺めにすぎないように思われた。

市電からして、妙であった。松本の市電も小さかったが、ここにも前世紀的な市電が動いていて、しかも前か後かどちらかの扉から乗り、降りるときはもう一方の扉から出るように定められていた。いくら乗客が少なくとも、入口と出口が判然とわかれており、出口から乗ろうとすると車掌に叱《しか》られるのだった。市電をあつかう役所の親玉にシートンか何かの愛読者がおり、おそらく電車を擬人化して、口と尻《しり》とをわけたのであろうか。
二、三年経って、私の叔父が仙台を訪れたことがある。彼は二高の出身で、むかしの仙台にはくわしかろうが、おそらく近ごろの仙台のことは知るまいと思ったので、私はあらかじめ手紙で注意を与えた。
「仙台の市電には厳重な規則があり、乗る口と降りる口が別々になっていますから間違わないでください」

叔父は仙台に着き、市電がくるのを待ち、一方の口から人が乗ってゆくのを見、ははあ、これが入口だなと待っていると、今度はそこから人が降りてきた。これは間違ったと別の扉へゆくと、そこからも人が降りてきた。どうしていいかわからずにいるうちに電車は行ってしまった。そういう体験を幾度も重ね、ついに人に問うてみると、どちらから乗ってもよいし降りてもよい、その両方を一遍にやってもべつに犯罪にならないという返事であった。そこで叔父は大いに立腹して、

「おれは友人にも仙台の電車の規則について講釈をして恥をかいた。おまえは一体仙台に住んでいて、本当に電車に乗ったことがあるのか」

と私をなじった。

しかし、乗降口が別になっていたのは事実だったのだ。たまたま叔父が仙台にくるまえにその規則が改正になり、口と尻とがごっちゃになったまでの話である。(現在はワンマン電車となり、また乗降口が別々になった由《よし》だ)。仙台というところは、こんなふうに市電ひとつを取りあげても、私を悩ました町であった。いや、はじめの期待が大きすぎたので、そこを離れるころにはやはり忘れがたい懐しい場所にはなったけれど。話を急ぎすぎた。どだい、まだ入学試験を済ましていなかった。

偶然、松高の私のクラスから、三名が仙台の医学部を受験した。私たち三名が上野から汽車に乗りこむと、同じ車輛《しゃりょう》に確かに見たことのある人物が乗りあわせており、私らは噂をした。

「あれは松高生だ。やはり受験にゆくんだよ」

「そうだ、去年卒業したはずだ。すると浪人していたわけか」

私にも見覚えがあった。彼は陸上競技部で、つまりヒルさん門下で、いつも校庭を飽くことなく走りまわっている痩《や》せ型の顔だちはよく知っていた。野球とか籠球《ろうきゅう》とかいう競技にはおもしろさがあるが、あんなふうに単に走ることに情熱をそそぐ人間がいるのは大した変ちくりんなことだわい、と駆《か》けっこののろい私は思ったりしたものだ。

「浪人ってのは、一年間も受験勉強してたのだろ。おれたち勝てってこないな」

「しかし、彼が、一年間ずっと勉強していたという保証はどこにもないわけだ」

私たちが噂しているうち、当のその先輩はのこのこ私たちの席にやってきて、すこぶる人なつこく、「お前さんたち、松高だろ。おれも入れてくれよ」とか言って、そこに坐《すわ》りこんでしまった。やはり同じ医学部を受けにゆくというのである。

私たちは無駄話もしたが、私を除いた二人の級友はなかなか勉強家であったから、問題集を開いて動物学の術語などを質問しあったりするのだった。そのたびに、この先輩はギクリとした顔をした。

「え、お前さん、いま何て言った？　そんなこととおれ知らんぞ。そんなの本にあったかなあ。そりゃ何のことだ？」

「え、そんな問題もあるのか？　頼む、教えてくれ」

「え、ちょっと助けてくれ。その参考書をちょっと見せてくれ。……ううむ、こうしてみると、おれの知らんことがずいぶんあるってことだなあ」

彼がトイレに立った隙《すき》に、私たちは噂をした。

「浪人ってのは、あんがいできないな」

「ありゃいくらなんでも特別だよ。まさか彼みたいのばかりではあるまい」

「まあ、あの先輩にはわるいが、これで競争相手が一人減ったということだな」

ところで試験の結果であるが、私たち松高勢はあっぱれ全員合格した。私の級友の二人が合格したのはまず順当であり、私のは奇蹟《きせき》に近く、この先輩の合格は奇蹟そのものといってよかった。かくのごとく奇蹟がたびたび起るので、この世はまだ保っているのである。


奇蹟のごとく私が合格してしまったので、その頃、ようやく大石田の疎開地《そかいち》から東京の家に戻ってきていた父は、さすがに御機嫌であった。大学は四月の上旬から始まることになっていたが、彼は極めて断定的に言った。

「大学というところは、学期が始まっても、そもそも教授が出てこない。半月、いや一《ひと》月《つき》遅れていって差支《さしつか》えない」

幼いときから勉強ばかりしろと命令してきたこの父の言葉は意外そのものといえた。本来の父の性格なら、早く仙台へ行ってよい下宿を見つけろとか、他人よりも早く医学の参考書を買えとかいうところを、このたびは「大学というところは教授が出てこない」と、いやに生真面目《きまじめ》に繰返すばかりなのだ。父は高校生活ですっかり劣等生になってしまった息子が大学に合格できたため、少しく頭がおかしくなってしまったのかも知れない。

私は、父の述べるその怠け者らしい教授たちに満腔《まんこう》の敬意を表し、久方ぶりにのんびりした日を送った。

まず高校時代の参考書をすべて神田の古本屋へ持っていって叩《たた》き売り、いくらかの文学書を買った。戦後に父の出した歌集がどっさり自宅の一室に積んであったので、ついでにその数冊を失敬して売りとばした。新しい本のため高くは売れなかったが、未知の詩集などを買うことができた。我ながら親不孝とも思ったが、節を屈して医学部にはいってやったのだからな、とも私は考えた。

しかしながら、そうあっさり本を売るという行為は実にもの悲しいものである。買うときにあれだけの金を払い、これだけの思い出が宿っているのに、古本屋は新聞紙かなんぞのようにあつかうからだ。もしそれが良い本なら、どっさり時代が経《た》てばその逆となる。

高校から大学の終りまで、私の蔵書はリンゴ箱一杯に限られていた（医学の参考書は別である。こいつはでっかくて場所をとる）。なにせ、いつ引越しをしなければならぬかわからぬ下宿住いの身であったから、本が殖《ふ》えるのはヤッカイ千万なことであった。また子供の折から父の蔵書を見つけてきたため、本が集まるということがいかに大変なことかと怖れに似た気持を抱いてもきた。むかしの青山の家では、客間の床の間から奥まった一つの便所の中にまで本棚がこしらえられていたし、一つの階段にはぎっしり雑誌が積まれてあった。

そのため、自転車操業的に、私は自分のリンゴ箱からはみだした本をみんな売ってしまった。これこそ肌身離さず、と思う本以外、読むそばから売ってしまった。リンゴ箱の内容が何遍変ったかわからない。いま私はいくらかの本を置くことができる家に住んでいるが、さすがにこのことを口惜《くや》しく思う。私が手離した本の中には、二十年という歳月が経ってみると入手しがたい本もかなりあることだし、たとえ同じ活字の刷ってある新しい本を買えるにしても、やはりかつての自分の手垢《てあか》で汚れた本を手元に置いておきたかった。

名著と定評のできた書物は、もしそれを読むだけなら、文庫本、全集などでいくらも再会できる。しかしつまらぬ本、或《ある》いは価値はあるのだが小部数が世に現われてそのまま消えてゆく地味な本は、歳月が経ってみると、ふたたび入手するのがむずかしい場合が多い。こんなもの売っちまえと思った本にぞんがいの愛着と後悔が残ったりする。

良書をよんで悪書をよむな、と識者は言うが、人はくだらぬ本も読むことによって、本当によい本というものを識別できるようになってゆくのではないか。

本というものは、まだ少年少女に近い若い人に言いたいのだが、一見役立たずのように見えようとも、その中に自分と無関係でないと思われる一行があれば本棚に並べておく価値があるものだ。そうした本は、何年か経って、はじめはなにげなく読み過していた他の行が、その個人にとってどのように変貌《へんぼう》するかわからないのである。いずれにせよ、いろんな本をよみ手元に置いてゆくうち、当の肝腎《かんじん》の一行がない本はすぐちゃんと見極められるようになる。それから安んじて売ればよい。こういう秘伝を書くと、アッという間に日本全国の古本屋に十円均一となって北杜夫著の本があふれそうだが、その本にせよ「良著を見わけるためのくだらぬ本」という意義はありそうで、諸君の子々孫々のため、あんがい売らぬほうが利口かも知れぬ、と無理して言っておく。むろん諸君の家が本屋さんの場合はまた別である。

たっぷり日時があったので、或いはあるように錯覚したので、私はもう一度、松本を訪れた。

懐《なつか》しい町はひとしお小さく、家々の軒も低まってしまったように見えた。むかし小料理屋が並んでいたため落第《ドッペリ》横町と名づけられた小路《こみち》、唯一《ゆいいつ》の大通りである縄手、浅間の風呂《ふろ》、どこもかしこもどうしようもない痛切な懐しさにつながっていた。

尋ねてゆくたびに当時にしてはせい一杯の御馳走《ごちそう》を食べさせてくださった知人の方々、今更のように有難さが身に沁《し》みる先生たち、まだ松本にいる幾人かの仲間、――あまりに見慣れた町の光景の中に、こうした人たちが重なりあい、私に眩暈《めまい》を起させた。

一日、近隣の友人を尋ね、松本駅に戻ってくると、駅には太鼓の音が響き、思誠寮の幟《のぼり》がひるがえっていた。旧制高校最後の新入生が入寮するのである。デカンショが行なわれた。二回目のとき私も加わった。半ばの空虚感と、去ってゆくものへの郷愁のごときものが胸を押しつつんだ。

寮の新入生歓迎コンパでは、先輩ということで教授の横に坐らされ、複雑な心境であった。東寮の委員長と一晩語りあった。いい男であった。彼が一年後に中央アルプスで死んだときには信じられぬ思いがした。

一夜、したたかに酔って縄手通りを歩いた。数限りない思い出が走馬燈《そうまとう》のごとく眼前にちらつき、莫迦《ばか》げた事柄がふしぎに意味ありげに浮んできたりした。

寮にいたころ、或る男が飯盒《はんごう》一杯の水を一息に飲めるかどうかと議論を始め、十円賭けると言った。一人がこれに応じ、ガブガブと実にたわやすく飲み干してしまった。十円をとられた男は無念の形相をし、その日の夕食に出た魚を骨ごと食べてみせる、十円賭けろと言った。その魚は名もわからなければ色も奇怪な、形だけでどうやら魚類と判ぜられるものだったが、彼はバリバリと骨を嚙《か》みくだき、跡形もなく吞《の》みこんでしまった。十円を取り戻す手段としてはずいぶんと勇猛果敢な行為といえた。なにぶんその魚の骨は鯛《たい》のそれのように固く、おまけにその得体の知れぬ魚は大部分骨格によってのみ構成されていたのだから。

卒業をするまえ、いろいろなコンパが行なわれたが、城の堀に浮んでいるカキ舟でやったコンパの席で、宴も終るころ、持ちこんだショウチュウの一升びんがほとんど丸一本余ったことがあった。

「だらしがない。誰か飲む奴《やつ》はいないか」

「ようし」

当時は、ものを残すということは物凄《ものすご》くもったいないこととされていた。そこで、忍術で壁を駈けあがる男が、その一升びんをワシ摑《づか》みにするや、逆さまにして口にあてがい、ゴクゴクとラッパ飲みしはじめた。

私たちは、一升びんの中のショウチュウが、見る見る減ってゆくのを見て喝采《かっさい》した。さすが忍術使いだと思った。しかし、壁を駈けあがるのと同じく、その忍術には限度があって、およそ八合ほど飲み干したとき、彼は慌《あわただ》しくびんを口から離すと同時に、鯨が潮を吹くがごとく、ビュッと凄《すさ》まじい勢いですべてを嘔吐《おうと》してしまった。

私たちは口々に「もったいない！」と叫んだが、もし本当に彼が一息に一升のショウチュウを飲み干してもしていたら、下手をするとショック死でもしていたかもわからない。吐くという行為は、汚ならしくかつ苦しいものであるが、肉体的には一種の安全弁になっている。痛覚というものも似たようなもので、歯が痛むという現象はとめどなくユーウツなものだが、もしまったく痛みを感じないとしたら、われわれは虫歯の存在に気づかないであろう。こうした作用はあながち肉体だけのことではない。精神的に吐いたり痛みを感じたりすることも、実はちゃんとわれわれの役に立っているものなのだ。

その潮吹きが済んだあと、私たちは暗く凍えた縄手通りをよろめき歩いた。と、火見櫓《ひのみやぐら》があり、忍術使いはさっそくそこを登りはじめた。なんでも登るのが好きな男であった。その火見櫓はたいへんに高く、私たちは彼が今にも落下してくるのではないかと胆《きも》を冷やしたが、ずいぶんと時間が経ったのち、彼は無事に地上に降りてきた。なんでも、上まで登ったら人間がいたそうである。その人間が、こんなところに登ってきちゃいかん、と叱ったとのことである。忍術使いは、

「せっかくここまで登ってきたのだから、せめて五分間いさせてくれ」

と頼み、五分間上空に滞在してきた……。

そうしたつまらない、そのくせ貴重なように思える数々の追憶も今は幻となって、闇《やみ》に溶けこんでいる。私は卒業生で、たとえ松本にいるにせよ、もはや松高生ではないのであった。

たしかに、あれこれの変ちくりんな友人たちの姿は私のかたわらにすでになく、自分は借着のように身につかぬ大学生とやらになって、ただ一人、懐しさのこびりついた町を単なる外来者として蹌踉《そうろう》と歩いているのだな、と私は思った。よろめき歩けば歩くほど、暗い町は私から遠ざかった。なにもかも遠ざかった。道と夜空とが逆転した。私は手ひどく転倒したのである。古ぼけた大学ノートの二日あとの日記――「かの夜を憶《おも》ひ

だして唄《うた》へる」

　そりやあ地震もあるだらうよ。地割れだつてするだらうよ。ズーンドテドテドテ。そりやあ酔つたらころぶだらうよ。やられたつとおれは思つた。おれのむきだした目玉つたら。痛いのつてへちまのつて。大急ぎで顔をしかめたつて。血はどんどんふきでるし。体はすつかり慌《あわ》ててしまふし。かうなつたらままよだ。ふてぶてしくかまへてやれ。血がじとじと土にしみいりや。さうすりや大地がおれのふるさとになるだらうよ。なるだらうよ。

　二十二年（注・数え年）の道程の突端に。づしりと腰を据ゑたのだが。人間なんかの暦《こよみ》は知らぬと。地球の奴め。むんむんむんむんどえらい速さで。電離の層をぶんぬけて。だからおれは寂しいのだ。四方八方がつつぬけなのだ。

　いつしらず。長い時間が経つたのだ。夜店の灯《あかり》の数が減り。冷い風が吹きとほり。街は吸ひこむやうに深くつて。てんで危くてじつとしてゐられない。ふらふらふらふら歩き続けりや。歩きやあどこかへ行けるだらうよ。歩く限りは。歩く限りは。

　財布にはいくらか札《さつ》も残つてた。赤くて丸くて冷くて。頬につけりやあじーんとする。そんな林檎《りんご》を買つたのだ。ところがおれはどんよくだ。かつと開いた大口の。原始時代の本能の。芯《しん》までかじつた半獣の。そりやあ腹もすくだらうよ。そのときおれは見たものだ。月のくだける没薬《もつやく》の。雪をとかした結晶の。さらさらさらさら黒い水は流れてた。橋の欄干につかまつて。落ちるだらうか落ちぬだらうか。そんな思ひで一杯だつた。そりやあ落ちぬがよいだらうよ。おれはひとしきりしんとして。それからわんわんわめいてやつた。わめいてやつた。嬉《うれ》しけりやあ笑ふだらうよ。悲しけりやあ泣くだらうよ。のどでこらへはしないだらうよ。やりたきややつて後悔なんぞはしないだらうよ。そりやあこんな男もゐるだらうよ。空間を。黒い分子が埋めつくし。このおれを。冷い風が凍えさせ……。

この街は。おれの稚《をさな》さが住んだ街。そりやあ懐しさは湧《わ》くだらうよ。悔しさはつきまとふだらうよ。むさぼり眠る汚なさの。ごみごみとした愛情の。あとは知らぬといふだらうよ。街は緘黙《かんもく》。喪心に四方《よも》は回転。

読点の打ち方などは草野心平氏の詩の影響であるようだ。

三日後、私は松本駅を辷《すべ》りだす汽車のデッキに立ち、去りゆく信州の自然に最後の一《いち》瞥《べつ》を投げた。

南松本の駅近くでは、西寮の建物が、今更のようにこんなひどかったのかと思われるほどボロっちく建っているのを見送った。それから汽車が塩尻に近づくころ、ほんのしばらく北アルプスの前衛の山の背後に垣間《かいま》見える黒白だんだらの穂高の姿。

それらは否応《いやおう》なしに別れざるを得ない青春——当時はそういう言葉を使う気がしなかった。ただ、痛切な追憶のぎっしりつまった何ものか、という感じであった——の最後のなごりのような気がした。

穂高の姿が消えると、私は汽車の座席に戻り、おそらくはうつろな目つきで、文庫本のランボーの詩集を読みはじめた。

さて、私が大学の始業式より一カ月近くも遅れて仙台にやってきてみると、大学ではいくら学期が始まろうとも教授が出てこないという父の言葉は真赤なウソであることがわかった。少なくとも近来の教授たちは父の時代より遥《はる》かに勤勉であるようだった。

そのため、受験のときに泊った下宿屋の一室にいる松高の友人二人のところにころがりこんでみると、すでに講義はたいそうな進みようで、彼らの幾冊ものノートにはもう半分がた文字がぎっしりと埋っていた。

おまけにノートの表紙には、解剖学とか生理学とか病理学とかいう言葉が、ドイツ語やらラテン語で記してあるわけだが、その意味すらもわからない。ページを繰ってみると、講義にはむやみとドイツ語がまじっており、それがしばしば専門用語のため、読んでも半ばチンプンカンプンという始末である。本当をいえば、医者の使うドイツ語の単語は限られていて、二、三時間講義を聞けば慣れてしまうものだが、それでもはじめは更年期《クリマクテリウム》などと聞くと何事かと思うし、プレパリーレンはふつう「準備する」の意だが、医学界ではプレパラートを作ることだ。医者はカルテにさらさらとドイツ語を書いてみせるが、これは既成句を並べるだけのことで、べつだんドイツ語ができるというわけではない。用語にも古風な癖があり、「ときどき頭痛がする」と患者がいえば、Kopfweh zuweilen などと記す。つい「ときどき」はツヴァイレンと頭に浮び、ドイツ人との一般会話に使用するとなかなか通ぜず、ようやっとわかってくれても、「ずいぶんいかめしい言葉を使われますな」と相手はあきれた顔をする。

かつて、明治からの日本医学はほとんど大部分ドイツに学んだ。もともと教授からしてドイツ語教育で育ったため、私たちの時代は、病名、術語に英語を併記してくれる先生はごく少なかった。

ついつい医学はドイツ語という観念に縛られ、外国へ行っても少なくとも相手が医者ならばドイツ語で済むと思いがちだが、これがとんだ間違いで、私は最初の「マンボウ航海」のとき、つくづく情けない思いをした。簡単な術語がドイツ語以外では出てこないし、相手にはそれでは通じないのである。現在の医学生は英語教育も受けているから、その点むかしの医者よりもまだしも融通性が利《き》くというものだ。

ともあれ、なんだかものものしげな、意味も判然とせざる友人のノートを見て、私はゲッソリし、それを写そうとする気力も失った。

それでも私は、翌日から講義を聞きに出かけて行きはした。高校までの教室とちがい、席が階段状となっている大講堂である。熱心な学生は早くからいって、一番前の席をとる。ところが私は一番遅くはいってゆくから、いつも階段のてっぺんの席である。そこから眼下を見おろすと、多くの学生の頭が段状に見え、遥かむこうの谷間に教壇があり、そこで教授がべらべらとしゃべっては黒板に目まぐるしくラテン名を書いてゆく。あれよあれよと思っていると、助手が即座にそれを黒板ふきでサッと消してしまい、また教授が無数のラテン名を並べだす。

それを階段教室のてっぺんで眺めていると、はじめは恐怖を覚え、そのうちヤケ気味にのんびりしてしまって、「たかーい山から谷底見れば……」という古い俗謡などを思いだす気分になってしまう。

解剖学というものは医学の基礎である。まず人体のあらゆる部分の名前を覚えねばならぬ。ヘソの穴と鼻の穴を混同してしまっては、やはり病気は直せない。とはいえ、それは一体全体なんという学問であろうか。

まず骨から始まって、靭帯《じんたい》があって、筋肉があって、内臓があって、脈管があって、感覚器があって、神経があって……とこう並べても、読者は決しておどろくまい。おれだってそのくらいのことは知っているぞと言うだろう。

ところが、これらがやたらとあるのである。それに一々名前がついている。なかにはとんでもない長い奴がある。たとえば首のところを斜めに走っている重要な筋肉は、ムスクルス・ステルノクライドマストイデウスという（私はあんまり癪《しゃく》にさわって、『幽霊』という最初の長篇の中にこの名をわざわざ使用したことがある）。これがもっと小物になると、ブルザ・トロアンテリカ・ムスクリ・グルティ・メディ・ポステリオールなんて、どこの貴族だか乞食《こじき》だかわからないような名が出現する。

もっともこの学名の羅列にははじめ仰天するが、事実はラテン名のほうが覚えやすいものだ。それは整然と区分けされた住所のようなものだからだ。かえって胸鎖乳様筋だの後臀筋転子嚢《こうでんきんてんしのう》だのというヤッカイ千万な、わが親しき日本名を記憶することは、空気銃でジェット旅客機を打ち落すほどむずかしい。

坐骨《ざこつ》神経という名は誰でも知っている。坐骨神経痛というありふれた病気があるからだが、この神経は人体の中の神経でもっとも太い。

ところが、太いこやつが枝を出すのである。分れてゆくのである。その枝がまた何本もの細枝を出し、そのごっそりふえた細枝がそれぞれ小枝を出し、その小枝めがまた無性に糸枝を出しはじめる。ネズミ算とはいうけれど、これらの太枝やら細枝やら小枝やら糸枝やらの総計がどれほどになるか想像して頂きたい。しかも、そいつらに全部名前がとっついていて、こちらはそれを覚えこまねばならない。たまには名無しの権兵衛《ごんべえ》だの正体不明者がいてくれてもいいと思うのだけれど、厳然たる近代解剖学ではそれが有り得ないのだ。

大学にはいって初めての夏休みから、私は父と二人で、むかしからある箱根の山荘で過した。というと、いかにも素敵に聞えるが、母屋《おもや》を人に貸してあり、庭の隅に戦争中、父が勉強用に建てた二間きりの小さな離れであった。私が炊事から洗濯から一切をやるのである。

父はむかしは箱根滞在の一夏に実に精力的に仕事をしたものだ。子供心にも、たいてい早朝から晩まで一室に閉じこもって勉強ばかりしていたように記憶している。

それがすでに老境であるから、作歌も勉強も意のままにならず、自室に閉じこもってばかりいずにのこのこ出てきて、私と話などするのであった。ただ話すのならいいのだが、好んで息子に医学の質問をするのがどうも困ったことであった。

あるとき父は、アレキサンダー大王でも怖れおののくような、手ごわきも手ごわき坐骨神経の枝のことを訊《き》きはじめた。私ははじめのうちはどうやら答えていったが、或《あ》る細枝から小枝になる辺りであやしくなり、ついに絶句した。父はすぐさま立腹しはじめた。それから私に教えようとして、自分でもその名を忘れてしまっているのに気づき、今度は二倍、怒りだした。

そのくらい怒られることは日常茶飯事で慣れていたけれど、父は五分ほど憤怒《ふんぬ》していた挙句、どういう頭脳の構造になっているのであろう、なんとその名を憶いだしてしまった。父の才能の秘密はあの憤怒の中にひそんでいたのではないかとしばしば思う。ともあれ、そのナントカカントカ・プロフンドスなんて名を悪鬼のごとく憶いだしてしまったため、父はたちまち十倍の勢いで怒りだした。

「何十年まえのことをおれが覚えているというのに、現役のおまえが知らぬとは何事だ！」

ああ、憎きも憎き坐骨神経よ、いっそ植木屋の技術でも習って、あの傍若無人にはびこる枝どもをみんな刈りとってやりたい。

ともあれ、仙台に着いてから一カ月近く、私はたしかに講義に出ていって、おそるべき解剖学をも自分でノートに取った。前半のページは空白のままである。おまけにときどき講義をさぼるので、また空白ができる。友人のノートを借りて前のほうを少し埋めると、私のは簡略な抜き書きなので、二十ページぶん取ってあったのが四ページで済んでしまい、いかにも紙がもったいないようだし、ノートとしてもだんだらに過ぎる。

私はアホらしくなった。いっそ試験前になってノートを借りて、まとめて整理したほうが利口ではないか。

私は以来、断乎《だんこ》としてノートをとらなくなった。ごくたまに講義に出ても一字も筆記せず、内容がおもしろければ頬杖《ほおづえ》ついて聞いていて、つまらなければ持参した小説本を読んでいた。階段教室というものは、その点、実に便利にできている。

のちの話になるが、私が滅多に講義に出ないくせに、あんがい試験を通ってしまうので、クラスの中でオミソあつかいにされていた私のことを逆に優秀な異常者と錯覚した男もいたらしく、「彼はぜんぜんノートをとらぬ。聞いているだけで覚えてしまうのかな」と噂《うわさ》したという話があるが、私の抜群の記憶力のわるさはもっと前から始まっている。一応ちゃんと試験前には友人のノートから抜粋を作った。しかも最低の合格点である六十点を取れる範囲の簡単明瞭《めいりよう》な抜粋を作った。そのあとの作戦はまた追々と書く。

精神科医で作家のなだいなだは、ノートをとらず聞いているだけで本当に覚えてしまったという。どうもこれは嘘《うそ》でないらしい。彼はのちに慶応病院の医局で私の後輩になったわけだが、けしからぬことに私の十倍の知識を持っていた。とはいえ、私は彼の百倍は講義に出なかったと信ずるから、この比率でゆくと、私のほうが頭がよいかも知れないのである。もっとも、むこうはむこうで言うことだろう。

「ぼくが北杜夫の知識の十倍だって？　それっぽっちじゃ、アフリカの呪《まじな》い医者にもなれないじゃないか」

それにしても、かなり多くの学生が、教師のしゃべる言葉をほとんど一字一句のべつまくなしにノートにとったりするのはつまらないことだと思う。それでは自動筆記機械と変りないし、生きた人間の講義の微妙な生命が宙へ消えていってしまう。

さて、解剖学の講義も終りに近づくころ、多くは一年生の初冬、いよいよ解剖実習が始まる。自分らの手で人間の屍体《したい》を解剖するわけだ。

これは医学生にとって、不安と期待のいりまじる一つの劇的情況といってよい。先輩たちがいろいろとおどかす。

「臭《にお》いがしみこんで、三日は飯が食えんな」

「たいてい解剖実習が始まると、クラスで二、三人が医者になることをあきらめて退学するよ」

私はそのおどかしには乗らなかったけれど、それでも最初の日、万一吐いたりすると恥だから、念のため朝食は食べずにいった。べつだん何ということはなかった。とはいえ、それはやはり食卓の話題にはふさわしくないものだ。

それゆえ、ここでは具体的な描写は避けるが、私たちの場合は一つの屍体を六人で受け持った。本当は四人に一体という規則があるらしいが、実習用の屍体が不足しているため、殊《こと》に最近はもっと多人数に一体しかあてがわれぬことが普通だと聞く。

私は一本の腕を受持ちたいと述べた。そこがもっとも簡単だろうと考えたからだ。仲間の勉強家は胸や腹をやりたがったので、私の志望は嘉納《かのう》された。

まず、そろそろと皮膚をはいでゆく。そこらにもうこまかい神経などが走っているから、ごく慎重にはがして、解剖図譜と見比べながら仕事を進めてゆく。皮膚の下には脂肪層がある。普通なら白いはずだが、フォルマリン漬けのそれは、実になまめかしい真黄の色をしている。私は大いに文学的感興に駆られ、マンの『魔の山』の中のハンス・カストルプの言葉に倣《なら》い、「人体の神殿」という文句を使って解剖の様子をしきりと高校時代の文科の友人に手紙に書いたりした。

少し経って、いろんな名の筋肉が続々とその姿を見せるころになると、私はすでに半分がた飽きてしまい、もう半分がた嫌になってしまい、実習をさぼりはじめ、たとえ出ていっても自分の腕をほったらかして、他人のやっているところを覗《のぞ》いたり邪魔したりばかりしていた。すると、あたかも名誉教授が視察するがごとく、偉そうに背に腕を組んで覗いてまわった。すると、本物の教授がいつの間にかうしろに立っていて、私を摑《つか》まえ、足の一つの筋肉を指し、

「君、これは何だね？」

「はあ、筋肉《ムスケル》です」

「ムスケルはわかっとる！　だから、なんというムスケルだというのだ」

「えー、ムスクルス・ムニャムニャムニャア」

すると教授は私を抱擁し、偉い！　君はまだ人体に発見されなかった筋肉を知っている、と感激すると思いきや、それはそれは冷酷ななじるような眼差《まなざ》しを私に投げつけ、他の学生に同じ質問をした。

彼はそれに答え、教授は満足げにうなずいた。なんだそんなこと、解剖学の本に出て

いる名前をそのままに答えるくらいオウムにだってできるさと私は考えたが、ふしぎふしぎ、私には最後までそれができなかったのだ。

大体、私のグループの他の者の仕事はどんどん進んでゆき、腹腔《ふくこう》も内臓がすっかり取りはらわれてうつろになり、足も形骸《けいがい》もとどめぬばかりになっているのに、私の受持の片腕だけはまだ立派に腕として存在し、実在し、やはり腕のごとく望見されるのであった。

川端康成氏に『片腕』という名品があるが、ああいう幽玄な片腕ならいいけれど、こちらのほうの怠惰の極みである片腕は始末に困った。

あまつさえ、私はその片腕をほっぽっておいて、どうも何日かまたもや松本へ遊びに行ってしまったらしい。

「帰ってみたら、なんとぼくの腕が、肉は肉、骨は骨とチリチリバラバラになっていた……」

という当時の私のハガキを所有している高校の友人がいる。

私のグループの学生たちが、どうせあいつはやらぬだろうからと、親切さと自分らの学問の意欲から、進んで手伝ってチリチリバラバラにしてくれたのだ。

かくして、実習が終るにはおよそ二カ月ほどかかるのだが、最後の砦《とりで》として難攻不落を誇っていた私の片腕も、ついにその姿を地上から消した。

しかし、ちょっと真面目《まじめ》になって、今になって思い返してみると、私の身勝手な文学的感興は別として、いやしくも人間の屍体に対してもっと謙譲さと畏怖《いふ》と礼儀とをもって処するべきであったと、はっきりと後悔の念を覚える。

私はこうも書いたことがある。

「人間の身体《からだ》を切りきざみ、こまぎれにし、ついには無にしてしまうこの行為に、眉《まゆ》をひそめる人もいるかもしれない。しかし、そのため彼らは本当なら死んでしまう幾人もの生命を救うようになり得るかもしれないのだ。私のグループだった五人の連中には、みんなその可能性がある。おそらくきっとやっていることだろう。あまり屍体を傷《いた》めつけなかった私には、どうもそれができそうにない。私はせいぜい生涯に一人の生命を救う。それで、釣勘定なしである」

実際には、私は過去、一名以上の人間の生命を救った、と自ら信ずることができる。にもかかわらず、やはりどうしても後ろめたい。

生きているにせよ死んでいるにせよ、一個の人間の尊厳さに対する感覚が、なにかしら私には稀薄《きはく》なところがあったのではないか。

それはやはり戦争の影響を無視することはできぬように思える。たとえば私の家が焼けた五月二十五日の大空襲の翌日、明治神宮の参道の入口に、ピラミッド状をなして積みあげられていた焼け焦《こ》げた屍体の山、ああいうものの印象がまだ中学生だった私の中に沈みこみ、堆積《たいせき》し、どこかを麻痺《まひ》させ、自分ではそうと気づかぬうちにも、投げやりな虚無感のごときものを造りだしていたのではあるまいか。

かつて高校時代、モンテニュの著作をよみ、

「それにしても我々はたいへんな馬鹿《ばか》である。『彼はその生涯を何もしないで送ってしまった』とか、『私は、今日は何もしなかった』などと言う。なんだというのだ。あなたは生きたのではなかったか」

というような文章に、なにかしら不満足な感を抱いたものだが、この齢《とし》になって、私はいくらかその意味するところがわかるような気もする。

もの書きを志す

仙台で医学生として暮した間、下宿は五回ほど移った。

はじめは、受験のときに泊った下宿屋の一室に、松高の友人と三人同居していた。二人いたところに、行先のない私が突如としてころがりこんだのである。

その他にも、汽車の中で一緒になった先輩や、法学部にはいった仙台に家のあるやはり松高の同期生もいた。彼らはそれぞれ性格に差こそあれ、つきあうに気持のよい男たちで、一緒に遊んだり酒をのんだりする仲間に不足はなかったのだが、私の心の底のうつろさ、孤独感は日と共に強まっていった。

私はこのまま医者になってゆくのだろうが、生涯そういう職業でいることはやっぱり不適当と思われ、なにか自分はもっと変てこな人間で、なんだかよくわからないが、とにかく一人こっそり文字を書いてゆきたい、できれば昔よりマシな詩をこしらえてゆきたいという気持は、すでにしつこく私にこびりついていた。

もとは自然科学が好きであったはずの私は、旧制高校生活のあいだに、およそこの世の役に立ちそうもない文学とやらの魔薬に誘《ひ》きつけられ、高校も後半となるころには、本当に心の底の悩み、もしくは趣味を同じくした会話を交しあえた友人は、たいてい文科の生徒であった。なかんずく西寮対外宣伝部のブレーンであり、ドイツ単語一万を暗記したほかは蹴球《しゅうきゅう》ばかりやっていた、現在は国文学者のTと、もう一人同じくTという、もとは先輩の男であった。彼は私が入学した年に落第してきて同輩となり、ひとときだけ寮にもいたが、旧制高校の馬鹿《ばか》騒ぎをすでに精神的に卒業しており、やがて浅間の下宿に隠棲《いんせい》して瞑想《めいそう》にふけってばかりいた。

こちらのTは、外見はやさ男で下宿にひきこもっているものの、頭の切れる理論派の一方の旗頭として、松高生の間で隠然たる存在として知られていた。学校の勉強はせず文学論や音楽論にふける妖《あや》しげな連中が彼の下宿に集まっていたし、もっと以前にも、たとえば終戦後の校長排斥運動の折にせよ、生徒の首謀者たちがやはり彼のもとに智慧《ちえ》を借りにゆき、そうすると彼はやおら腰をあげてなにやら暗躍し、どうも真田幸村みたいなところもあった。歳月と共にますます隠棲し、学校にはちっとも出ず、いよいよ難解な瞑想にふけったものだから、またもや落第し、私が卒業したときにはついに後輩になってしまった。

とはいえ、私の目にはずっと、彼はあくまで知性と博識に満ちた先輩として映っていた。たまに彼の下宿に寄ってみると、それぞれ落第組のむくつけきおっさんみたいな年配者が炬燵《こたつ》をかこんで、しきりと芸術論を戦わしていた。あるときはやがて出すはずの同窓会雑誌の編集のことを話していた。Tはそのためにたいへん高邁《こうまい》なエッセイを書き、その生原稿をみんなが廻し読みしているので、私もそれを読んでみた。すると埴谷雄高《はにやゆたか》氏の論文の中でもなかんずく難解な文章にもまして、高邁すぎて私にはなんのことやらちっともわからず、目の前にいるTの姿が、それこそ近寄りがたい哲人のごとく見えてきた。

するうち、のちにつづけて二度落第し凱旋《がいせん》（退学処分）してしまった一人の、フランスの演劇から詩から絵画から乞食に至るまでの心酔者が、次にその原稿を長い時間をかけて読み、眉《まゆ》をひそめて考えこみ、だしぬけにこう尋ねた。

「おい、この主語はどうつづくんだ？　この述語は一体どこへ……」

Tは自分の原稿を手にとり、無造作に読み直していたが、十秒後、いとも簡単にこう言った。

「なるほど、そう言われてみれば、これは日本文じゃないな」

そのエッセイが私にぜんぜん理解できなかったのは、あながち私の蒙昧《もうまい》さのためばかりではなかったようだ。

ついでながら、フランスにいやに憧《あこが》れる芸術家肌の連中はいくらもいて、「フランスへ行きたしと思へどフランスはあまりに遠し」という朔太郎《さくたろう》の詩なんかつぶやいていたものだ。もともと松高にはフランス語をやる文丙がなかった。そこへはいってきて、学校へは行かず、一人勝手にフランス人牧師さんからフランス語を習い、ついにはフランス文学者兼作家兼評論家兼細菌学者兼旋盤工場を有する発明家兼その他諸々《もろもろ》の専門家になられた中島健蔵氏のごとき大先輩もいる。学校なんぞで習わなくとも、才能と努力により、人はなんにでもなれるのである。

話がそれたが、このTという男は、『マンボウ航海記』の中でパリにいた友人Tのことであり、更に正体をあかせば、長篇『夏の砦』『背教者ユリアヌス』などの著者である辻邦生である。この二人のTは、私にとって文学の先導者であり、やがてはお互になにかを伝えあえる近似の同類と感じられる貴重な友人であった。

そうした同じような嗜好《しこう》をもち、好みのあった会話や相談のできる同類が、仙台にはいなかった。ある程度に成熟した人間にとっては、孤独がいちばん好ましい。しかし、私は未成熟そのもので、正直のところ心ぼそく、狭められた精神面のことでは、彼らとの手紙のやりとりが唯一《ゆいいつ》のなぐさめともいえた。

一度、医学部とはまったく離れた場所にある東北大学の文学同好会とかに出席してみたことがある。しかし、高校で心の恥部までのぞかせた文学の友とはまったく別種の人間たちで、むしろそんな連中とは文学のブの字も話したくないという気持に強く襲われたばかりであった。私は二度とそういう場所へは近寄らなかった。

もとより私は、松高の医学生仲間とは普通に仲よく、喫茶店へ行ったり酒をのんだりしてけっこう面白おかしくつきあっていたのだが、さて一人になってみると、自分が仮面をつけていることにはっきりと気がついた。いや、心の内奥《ないおう》で、一人勝手にその歪《ゆが》んだ意識を強調していたのかも知れない。

私はよく一人きりで、空爆の跡の復興もまだよく整っていない街はずれの道をあてもなく歩いた。乾いて砂埃《すなぼこり》の多い道、そのころ仙台砂漠といわれたりした道、心のなかはその地面にも似て、殺風景で空漠としていた。

夜、やはりあてもなく歩きまわった末、薄暗い道端で黄金《こがね》焼きの屋台を見つけ、頭はすっかりうつろだからせめて腹でも満たさねばと、だしぬけに真剣に考えついて立ちどまった。その屋台のまえには、黄金焼きの焼けるのを待っている二、三人の子供たちがいて、その元気そうな人間のうしろに、場違いの幽霊みたいにうすぼんやりと突ったって、しかし真剣に順番を待っていた。この黄金焼きと仙台でよばれていた安直な菓子は、アンコとメリケン粉でこしらえるドラ焼きみたいなものである。昭和二十三年のその当時、まだ食糧難はすっかり去ってはおらず、下宿では配給米のほかに米を入れてもドンブリの盛りきりで、私たち仲間はよくこの黄金焼きで空腹をおぎなったものだ。しかし、一人きりで、小さな子供たちにまじり、次第にふくらんで固まってゆく溶かしたメリケン粉をじっと、奇妙に真剣に見つめていると、言おうようない孤独感が私をおしつつんだ。やっと自分のためにできあがった五つばかりの黄金焼きを新聞紙に包んでもらい、逃げるように走るように暗い道を歩いた。掌《てのひら》の中で、がさがさした新聞紙を通しても黄金焼きはやはり柔かく、ほのかに暖かかった。盲滅法《めくらめっぽう》に歩きながら口におしこむと、口の中でもとろけるように暖かく、しかし心はそれに反比例して冷えてゆき、マッチ売りの少女のように、もの悲しくってたまらなかった。

学校へゆく代りに、青葉城のほうの山の中へも行ってみた。小さな水たまりが落葉を沈めて黙って光っているのを見つけた。そんなちょっとした水たまりにもアメンボがいて、私はそのそばに坐《すわ》り、まる一時間も、水底の朽ちた落葉のいろや、肢《あし》をうごかさず風に流されたりしているアメンボの動作を、ひたすらに眺めていた。それから、持参のノートに詩を書こうとしたが、どうしてもうまくできなかった。しかし、やっと立上ってなお歩いてゆくと、遠くでウグイスの声がし、つつじが紅《あか》く咲いており、叢《くさむら》から這《は》いでてきた蛇も見たし、山鳩《やまばと》も鳴いてくれた。すると、ようやく私の心もなごんできて、懐《なつか》しい信州の山路《やまみち》を歩いているような気分にもなった。私はそれまでのじめじめした感傷を吹きとばし、人間のいない自然があればおれは強くなる、と心に言いきかせた。ところが、そんなふうにずいぶんの深山のつもりでいると、だしぬけに畠《はたけ》があらわれ、家まで建っていやがった。私はがっくりし、次に憤怒《ふんぬ》して心に思った。でき得ればこの見かけ倒しの山全体を、シャベルですっかりすくって海へほうりこんでしまいたい、と。

——当時、私がもっとも愛好し尊敬した作家はトーマス・マンであった。なかでも私の年齢のせいもあって、その初期の短篇「トニオ・クレーゲル」に魅せられてしまった。いや、憑《つ》かれてしまった。

このことはもう何遍も書いたし、私のこの読物はべつに文学と関係ないので、できるだけ簡略にすましたいが、話の進行上、どうしてもはぶくわけにいかない。

この小説のあら筋は、北ドイツの地方都市リューベックに、ひそかに詩など書いているまだ十四歳のトニオという少年がいて、はじめはハンスという美少年の学友に誘《ひ》かれ、親友になりたくてたまらず、二人して帰校する道でシラーの「ドン・カルロス」のすばらしさを懸命に話し、もともとそんなものには無縁なハンスがやっとそれにかすかな興味を示してきたと思うと、別の友人がふいに現われ、馬の稽古《けいこ》の話をしだす。するとハンスはたちまちそちらに夢中になってしまい、乗馬なんかには無縁なトニオは完全にのけものにされてしまう。

次にトニオ少年は、インゲという美少女にひそかな恋情を寄せる。彼女もハンスの同類で、明るく快活で幸福そうで、世の複雑さや悲しみを知らぬあくまで美しい碧《あお》い目をしている。とある舞踏の稽古の会で、やはりインゲはハンスと同じく自分とは別世界の人種だとすでに識《し》っているトニオ少年は、妬《ねた》ましい憧憬《どうけい》と、どうしても彼女からは仲間はずれにされたまま近づくこともできないという苦痛の念を抱きつつ、なおもその金髪の少女の姿を見つめつづける。そのため踊りを間違えてしまい、みんなの失笑の的《まと》になる。

こうしてトニオは、否応《いやおう》なくこれらの心底から愛慕する人間たちから離れ、故郷の町も捨て、自分の行かねばならぬ道を歩きだす。それは凝固、荒涼、氷結、精神、芸術――彼の場合には言語の創造への道だ。次第に彼は快活でのんきな連中とつきあうのが堪えられなくなってゆくし、また彼の額にある極印から、そうした連中のほうでも彼に近寄らなかったから、常に孤独がつきまとい、かつ放恣《ほうし》で異常な、自分でも心の底では厭《いや》でたまらぬ彷徨《ほうこう》の道を迷い辿《たど》ってゆく。

要するにこの作品は、精神と生命、芸術家と俗人（健全な市民）という対立命題をあつかっているのだが、ここで肝腎《かんじん》なのは、若きマンは決して前者をよりけだかいものとしているわけではなく、やがて一個の確立された作家となったトニオは、世の凡庸な人たちを、多少の軽蔑《けいべつ》をまじえながらもやっぱり憧憬の目で眺めている。

逆に、芸術家というものは、ジプシーのような存在、世のまっとうな人からはなにか嫌疑をもたれる香具師《やし》のような存在としても描かれている。事実、すでにすぐれた作家となったトニオ・クレーゲルが、若いころ去って二度と近寄らなかった故郷の町を十三年ぶりで訪れると、詐欺《さぎ》紳士と間違えられて警官に尋問されるのだ。

この小説には、その一語々々刻みつけられ彫りこまれたような文章を別としても、私を麻痺させ呪縛《じゅばく》してしまった文句が、あちこちに満ち溢《あふ》れていた。たとえばクレーゲルが女流画家に話す言葉。

「人間的な友人。もしも人間の中に一人でも友だちがあったなら、ぼくはきっと誇らしく幸福な気持になることでしょう。それなのに、これまでぼくは、悪魔や妖精《ようせい》や地の底の怪物や認識で唖《おし》になった亡霊ども——つまり文学者たちの中にしか友だちを持ったことがないのです」

「文学というものは、決して天職でもなんでもなくて、ひとつの呪《のろ》いなんですよ」

そして末尾のほうで、クレーゲルはたまたま北欧の海辺の宿で、むかし愛慕をよせたハンスとインゲ（そう名を記してあるが、その同類のことなのだろう）にだしぬけに出会う。

クレーゲルの胸を、にわかに郷愁が烈《はげ》しい苦痛となってうちふるわす。彼はやはり影の中に隠れながら、美しい金髪碧眼《へきがん》のかつての恋人らを見つめて、こう自問する。

「ぼくは君たちを忘れていたろうか？　いいや、決して！　ハンス、君のことも、インゲ、君のことも……。ぼくが働いたのはそもそも君たちのためだった。（中略）……君のようになれたなら！　もう一度、はじめからやり直して、君と同じように、まともに快活に、素朴に秩序正しく、神とも世ともやわらぎながら人と成って、無邪気な幸福な人たちから愛されて、インゲよ、君を妻として、ハンスよ、君のような息子を持つことができたなら……。認識と創造苦という呪いから脱して、甘美な凡庸のうちに生き、愛し、讃《たた》えることができたなら！　もう一度やり直す？　だが、それはなんにもなるまい。やり直したところで、またこうなってしまうだろう。一切はやはりこれまでと同じことになってしまうだろう。なぜといって、或《あ》る人びとは必然的に道に迷うものなのだ。彼らにとって、もともと本道というものがないのだから……」

この小説の好きな箇所を抜きだしたら、それこそきりがなく、結局、全部を書き写すより方法がない。そうすると翻訳を盗んだということで、私は牢屋《ろうや》に入れられる。ここにあげたのは、私が最初に読んだためいちばん懐しい実吉捷郎《さねよしはやお》氏の訳だが、牢屋とまではいかずとも罰金くらい払わされそうで、わざとごくちょっぴり変えておいた。

それにしても、私は一体、どのくらいこの作品を読み返したことだろう。それはもともと古本で買って、はじめから汚れていた岩波文庫だったが、そいつをほとんど常にポケットに突っこんでいて、何回も何回も読み返したあとになっても、校庭に寝そべってはいい加減な箇所をぱらりと開き、どこを開いてもあまりに周知な数ページをよみ、喫茶店の一隅に坐っては、一杯のコーヒーを前にして、自分の名前よりよく暗記している特別に好きな箇所（またそれが一杯あって、私は百の名を持つ怪盗の気分もした）の数行をぼんやりと見やり、じっと小一時間も考えこんだりした。そういうときの私の顔は、おそらくこのうえなく憂鬱《ゆううつ》げで、同時にこのうえなく白痴みたいであったろう。

その昭和十年発行の第七刷の文庫本は、ついに表紙がとれ、セロファンで貼《は》ったのがまたとれ、カバーをかぶせて貼り直し、各ページの綴《と》じがバラバラになりかけながら、どうにかまだ本の形をして、今も私の手元に残っている。

小さな粗末な本が傷《いた》んでこわれかけてゆくにつれ、こちらの心のほうは傷みに傷みぶっこわれ、その挙句、私は本気で信じこんでしまった。――つまり、このおれという人間は、トニオのように呪いを受けており、額に極印があり、ものを書いてゆくより仕方がない存在なのだ、と。この迷妄、この妄想の強烈さは、私がのちに精神科医となって診たずいぶんと沢山の分裂病者たちのそれの中でも、たしかに保護室に監禁すべき部類に属するといってよい。

私は、今や、これからのち自分は外面こそ医者になろうが患者になろうが、とにかく絶対にものを書いてゆかねばならぬこと、それどころか、いつか忽然《こつぜん》として詩人か作家になってやるのである、と断乎《だんこ》として決めてしまった。まさしく、化かされたのである。

けれども、詩人か小説家ということは一人勝手に決めてしまったものの、果してどういう表現形式が自分によりふさわしいのか、果して自分にそれだけの犠牲を払うに足る才能があるのかどうなのかということについては、やはり確信は抱けなかった。動揺する妄想の中の、半ば無理強いのうぬぼれをのぞいては……。

それゆえ、私の精神状態は一人で考えこみだすと、千々に乱れ、悪化の一途を辿り、それこそ史上最大の馬鹿とミクロの天才とオッチョコチョイとトンチキとキチガイが入りまじり、これは我ながら自分でどう眺めたって、まともな人間とは思われなかった。

私はそのころ、その芸術家と市民という対立命題のイロニイを、距離としてではなく密着として真向微塵《みじん》に受けとってしまうほど、純情で愚かで哀れな若者にすぎなかったから、かつて高校時代に自分がけっこう人に好かれたことすらいけないことのように思いこみ、心の中ではやたらと全人類から嫌われ者の大悪人になりたがり、そうでなければ創造というものはできっこないと、一人でうめいたり、うなずいたり、力みかえったりしたものだ。そのくせ昼間はピンポンなんかばかりして、やはり友人にはニコニコし、あまり大悪人らしくなく、高校のころの悲しき出来栄《できば》えの詩さえもよう一つ作れぬ始末であった。

その代り、夜――たとえば最初の下宿では、一部屋に同居して真面目《まじめ》に登校している二人の友人が寝てしまったあとの深夜、私はいつまでもいつまでも起きていて、日記代りの大学ノート（粗悪な紙であった）に、もの凄《すご》い速度で出鱈目《でたらめ》な文字をかきなぐった。こう昂奮《こうふん》してしまっては、せっかくどっさりと気が違って志望した文学とは、逆に縁どおくなる。

とにかく、体温計をはさんだらたちまちこわれそうないらだちや、白けきった悲しみや、生ぐさいいがらっぽさや、突如として起るちゃちな立腹や、とんでもない逆上の涯《はて》の涯や、その他この世の感情のありとある混合物が、私にそれこそたいへんな速度で、あとからあとから滅茶苦茶の文字をノートに書きなぐらせた。

それらは一体どのような文章であったのか。これが実に怖るべき代物《しろもの》なのだ。実をいえば、記憶力のごくごくわるい私は、当時を想《おも》いだそうとして、ついさきほど、二十年ぶりでそのノートをうかうかと読んでしまった。その内容のひどさったら！　さすが鈍感でぼけてきてもいて、ものに動じないはずの私が、何回も思わずアッと叫んで、両手で顔をおおわねばならなかった。

私は即座にこの章を中止し、同時にそのゾッとするノートめを消滅させてしまおうと決意した。現在では、大日本帝国で威風堂々と三文作家としてランクされているこの北杜夫氏ともあろう者が、大学生ともなってこんなひどい日記を書いていたとは！

もともと若さというものは、羞《は》ずかしいものではある。作者がいくら歳《とし》をとっていても、いや、それだけなおいっそう、「青春記」という題名自体からしてたいへんに羞ずかしい。

だからこそ私は、これからようやく青春とやらのしょっぱなに近づいてゆく年少の読者のために、それがいかに羞ずかしいものであるかを告げてやろうと、これまで自分の恥をじっと忍び、乳くさい詩だの日記だのまで公開してきたのである。まあ殉教者の心《こころ》根《ね》といってもよい。

だが、この頃の日記ばかりは、いかな殉教者であれ、いったん死んでしまってもまた生き返って、日記帳を抱いてスタコラ逃げだすにきまっている。私はもうこんなノートがそばにあるだけで総毛立ってくる。こいつはさっそく始末しなければならぬ。いま、この瞬間の時刻は午前二時で、季節は厳冬だし戸外はもの凄く寒そうで、庭までノートを燃やしに出てゆく気になれぬが、もはや一瞬も我慢できぬ。

——又いま、階下へ行って、その中でノートを燃すためのでっかい洗面器と、念のため用意周到に石油一缶とマッチ二十箱とを持ってきた。これをあちこちから捜しだしかついでくるのはなかなかの労力で、おまけにこの書斎を除いて家じゅう冷えに冷えており、私はあやうく凍死しかけ、その代り脳細胞が冴《さ》えてきて、電光のごとく、さっと、いよいよ大悪人の意地わるさが頭に閃《ひらめ》いた。

つまり、計画をがらりと変更して、三文作家の誇りをも消失する大屈辱を堪えとおし、終戦の詔勅よりも忍びがたきを忍び、わざわざこの手ひどき日記の一部を書き写してやろうという大作戦を思いついた。白状すると、私はもう寄る年波で、心の底では地球上のすべての若き人類を嫉妬《しっと》している。なにせこの間も、小学生と角力《すもう》をとったら、むざんに投げとばされた。おまけに、「北さんの年齢が雑誌に出てたが、ずいぶんのお年寄りで、元気そうなマンボウなんて名乗るのはもうやめるべし」とか、「もっと若いのかと空想していましたら、あなたの写真を見てまったくイメージをこわされ、がっかりしました」とか、無礼千万な手紙をよこす奴輩《やつばら》もいる。どうもまだ中学生くらいか、せいぜい高校一年くらいの年齢らしく、なかなか死んでくれそうもなく、かつエネルギーもあるから、これから先どのくらい私をからかったり悪口をいうかわからない。これらの本来なら愛すべき少年少女と、アマノジャクの私が戦争を始めてみても、敵は若さという水爆のごとき武器をもっていて、そう考えただけで私はくたばりそうだ。

そこで、まともに立ち向っては勝目がないので、このすさまじき日記をありのまま書きつけると、こうしたうら若き、もちろん善良な少年少女が、青春時代とはどんなに羞ずかしいものかとつくづくさとり、ギョッとして青春なんか真平ごめんと、青春期やら青年期までを一足とびにとびこえ、たちまち中年男やおばちゃんになってしまうことだろう。鋭敏な奴は一瞬にして私より四十歳も年長のよぼよぼのお爺《じい》ちゃんやお婆《ばあ》ちゃんになってしまうだろう。地球の将来を荷なううら若き子たちよ、これが年寄りの悪がしこき陰謀というもので、しかし教えてあげるが、地球を荷なうには、こうした九尾のキツネのごとき智慧《ちえ》もまた必要なのだ。単なる純粋な熱情、善良な意志だけでは足りず、もっと冷酷な、ときには狡猾《こうかつ》な、鋼《はがね》のごとく人間味のない理性も同時に必要なのだ。

さあ、いよいよ書き写しだす。

「酒がさめかけて夜の街を歩いてゆくと、もうどこまでも歩いて行きたい。下宿のふとんなんかにもぐれるものか。頬をさすってゆく風の中を、星一つ見えない空の下を、不気味に静まりかえった都の片隅を、ただひたすらに歩きたい。どこまでもどこまでも、気が遠くなるまで……」

どうだ、羞ずかしいだろう。

「泥まみれの」という形容詞が一ページに十数回も出てくる箇所もあるぞ。それこそべタ一面、泥まみれである。

どうだ、いよいよ羞ずかしいだろう。

「なにしろこの世では、人の心はもうバラバラなんだから。おまけにこの俺の胸の中ときたら、もうヤブだらけの細道に入りこんじまって、あっちを歩いてる奴の声さえろくにわからないんだから」

どうですかね、一刻も早く、老人や老婆《ろうば》になりたくなってきたのではありませんでしょうか?

待てよ。これはあんがい、いくら三文作家とはいえ、そいつの前身がものを書きだそうなんて単細胞的にあんまりひたむきに決意したりすると、これほどまでにいやらしく幼稚になってしまうという貴重な教訓にもなってしまいそうだ。これでは修身の教科書だ。

しからば、この哀れな文学的後退と堕落の日記中に、ごく短い一、二行くらいの短文が並んでいる箇所があちこちにある。これもあとからあとから矢継早に書きなぐったのが多いが、やや落着いて、ちょっと考えて、いくらか慎重に書いたらしいものもある。

その中にはシニカルなやつや、ユーモアもまじっているが、こうしたものは私の当時の、どうにもならぬ孤独感から立ちのぼってきたのであろう。それは、このままでは神経がどうなってしまうのかと思われるような錯乱からも私を救ってくれ、どうにかバランスを保たせてくれたようだ。

シニックとかユーモアとかは複雑怪奇なものだが、そうした発生をする場合も多く、また言語のもつ一つの重要な作用は、冷却ということだ。

とはいえ、この短いやつの中にも、相変らず私のだらしなき感傷癖や、自己への甘え、それも砂糖工場とサッカリン工場とズルチン工場を一緒くたにでんぐり返したごとき甘えも多く、大屈辱の上塗りだが、世のうら若き連中をみんな老人にしてしまうため、とにかく大スピードでやたらと書き写してやろう。

と共に、私はもう片手でマッチに火をつけたぞ。

＊

うぬぼれている人のみにくさ、うぬぼれている我のいとしさ。

俺はあんまりなまけるので、怠けるという文字まで忘れてしまった！
(町はずれのため蛙《かえる》の声が聞えるので)
蛙、蛙、蛙、おまえはたしかにカエルだね。
太平楽に眠ってるのさえ腹が立つのに、そのうえ又いびきまでかきやがるなんて。
誤解された寂しさ、ふと昔の手紙など取りいだし……ぽんとかたえにほうりいだせる。
今にみろと心はしきりにつぶやくのだが、その「今」がなかなかやってこないのです。
みんなは学校へ、俺は寝床へ。朝がきて太陽がのぼり、月が沈みこむように……。
「ねてやがる」――起きてる者はこうつぶやく。傲然《ごうぜん》と、さもえらそうに。
嘘《うそ》を書くなと嘘を書いているその嘘さ加減。

やっとぼくは、夜ぜんぜんねむれないようになった。有難い！

蛙にはかなわん。俺は眠くはないんだが、体力がつづかん。

恋するがよい。失恋すれば詩が書ける。もしなかったら――それはモウケものだ。

詩をなぜ書かぬ？　許してくれ、なんにも溜《たま》らないんだ。俺は腹をくだしているらしい。

なんとでも思うがいいさ。君の自由だ。そして俺もなんとでも思ってやる。

今こそ俺は天才だ。夜半の与えてくれた天才だ。東の空が白むと共に消えてしまう天才だ。

笑ってくれ。笑われているうちは、まだいい。

神さま、あなたは一体いるんですかいないんですか。いるんでしたらなぜなんとか言わないんです。一人の人間が呪《のろ》いにとりつかれているというのに。

悪魔よ、おまえはいてもいなくてもかまわない。お前なんか俺に手出しはできぬ。

夜汽車のかすかなひびき。かつて俺は涙と共にそれを聞いた。いま俺は頬をひきつらしてわらう、ニタニタと。

豚みたいなイビキをかく人よ、僕はあなたを憎まない。一体ブタを憎むなんてことができますか？

いま、俺はふてぶてしい。エリザベス・テーラーが裸でここに出てきたとしても、こう言ってやる――俺の邪魔をせんでくれ。

（注。当時リズはまだ高貴に美しい少女という印象であった。）

夢という奴は、みんな消えてしまうから価値があるのかな。

俺は少なくともこう言うことができるにちがいない。「神さま、私は書きました。こんな悪人になるくらいに」

あんなことにならなければ、こんなことにもなるまい。

灰色の生活。灰色がよっぽど気に入ったらしい。灰かぐらでも立てろ。

せめて夢にでも見たいのだが……。その夜、僕はオバケの夢を見てしまった。

蚊、叩《たた》きつぶす快感を人に教えてくれる奴。どんどん刺せ、血圧が高いんだ。

「頭に血がのぼった」「まさか兎《うさぎ》みたいな目にはならんでしょうな」

そんなに煙草《たばこ》を吸うな。けむったがられるぞ。

ガラガラと引越荷物をひくことはこれで幾度目か。いくら人生は遍歴だとはいえ、さぞかし夜逃げはうまくなるだろう。

俺は書いた。万年筆を何本も折るくらい。驚かなくってもいい。うまく書けないと腹を立ててついそれで机をなぐってしまうんだ。

馬鹿《ばか》げた夢にふけっている者よ、正直につぶやけ、腹がへったと。

みんないいな。何も書かないで、寝てしまうなんて。

僕はあいつが炭火を手摑《てづか》みにするのを見てびっくりしたものだが、実際はそんなことはなんでもないんだ。ちょっと火傷《やけど》するのをガマンすればね。

寂しさのともなわない倦怠《けんたい》。そして自分をちっともいとしく思わないほんの一瞬の明滅。あるかないかの自意識が、ふと書きつけたそんな文字。時が逝《ゆ》く、眠けのなかへ流れてゆく。

他のすべてのことに無能力だとしても、残されたただ一つのことに才能があるとは限るまい。

絶望とシニックというのも紙一重だ。もっとも可逆反応はしない。

（文学同好会に出た日）

「〇〇氏の短歌なら、たちどころに百や二百はとびだしますよ。ハッハッハ」いくらとびだしても、機関銃じゃないんだからおどろかない。

昔は、こういうときには頭をかいたもんだ、俺は。今じゃ鼻の穴をほじることにしている。

わからないのかな、こんなに言っても。せめてわかったふりでもしてくれるといいんだが……。

ベントーを下宿に忘れてきてしまうと、いくら十時になってもメシを食うわけにはいかない。なるほど。

模倣し、かつ模倣されない奴は駄目なんだ。

たった一つのクシャミでも、ときには完全に天地がひっくらかえった場面を想像させる。

僕は手を出していると爪《つめ》をかむ癖があるし、ポケットに突っこむと今度はインキンをかいてしまう。

いよいよ大変なことになったようだ。あれとあれとあれと……お前の無能力は証明されてしまった。だんだん残り少なくなってゆくポーカーの賭金《かけきん》を眺めてるようなもんだ、俺の人生は。

みんなが馬鹿に見えて仕方がないときと、自分が片輪に見えて仕方がないときがある。しかし、みんなが片輪に見えるときや、自分が馬鹿に見えるときは一ぺんもない。

今のうち、うんとうぬぼれていたほうがいい。それじゃないと、とても追いつかなくなる。

いま僕は一人だ。手をのばす。舌を出す。顔をしかめる。ニヤリと笑う。何をしたって平気だ。キチガイだなんて言う奴は決していない。

やっぱり僕は普通の人よりは書くことが好きだから、文通の場合、損ばっかりしている。

嬉《うれ》しくっても苦しくっても大体似たような笑顔をするんだから、化物みたいなもんだ、人間って奴は。

普通の親切は僕には仇《あだ》になる。それで親切をしてやったって顔をされてたまるものか。

書くことが猫の目みたいに変るって？　当り前だ、石仏《いしぼとけ》じゃあるまいし。

自分の思っていることを片端から口に出す人がいる。絶対に講談本のカテゴリーを出ない。

カラメ手からからんで表面はオタフクづらをして人をやりこめようとする人がいる。

だけど君、それが見えすいているときのザマったらないぜ。

「うちの子は頭がいいんですよ」嬉しそうにそう言う。そりゃ結構ですね。だけど頭がよくたってわるくたって三角形をしていたって、そんなことがこの僕にとってなんですか。——僕の親父《おやじ》も、今ごろそんなことを言ってるかも知れない。

日々があきれるくらいどんどん経《た》ってしまうとき、人はどんな顔をするのだろう。僕みたいに眠そうな顔をするのかしら？

お前は一体何をしてるんだ？　と訊《き》かれても答えられるもんか。とてもそんな状態じゃないんだ、今は。

良い作品は神か悪魔の手によってのみ成るのだろう。人間は神になれないとすれば、悪魔になるより仕方がない。

夜中に、一匹の蛾《が》と大格闘をするくらいがオチだ。未来の大詩人であるはずの俺は。

あの頃、すべてが淡々しく過ぎ去っていった。今、すべてがしらじらしく過ぎつつある。

ずいぶん丁寧な言葉をお使いですね。よっぽど腹を立てたのだな、あなたは。

やっぱり愚劣だ、あまりにも、この世は。これを知ってから、どうやって生きたものだろう。

ハッハッハ　河が流れたよ。

オヤ、そうかい。でも文法に気をおつけ。

今ね、ノミがね、このノートの上にとびのったの。そうしたらハッキリその音が聞えたよ。

それでお前はどうしたの？

ぼく、おどろいちゃった。

遊びかも知れない。悲しき玩具《がんぐ》か。でも、とても高価な玩具だ。それでなくちゃあ……。

夜がふける。頭脳がジーンとしびれだす。カミさま！　カミさま！

発狂一歩まえ。クオッ！　クオウッ！　これはふと口の中に生れた発音。

どうしよう？　足でもかいてやれ。オッ、感ずるぞ。

ああ、この首から上がなくなってくれたら、どんなにか楽だろう。

人間はみんなの前じゃなく、一人になると本当の俳優と化する。

もうやめよう、アイソがつきた、お前には。――オヤスミ。

散髪。風呂《ふろ》。シャツ着替。――はたして雨が落ちてきた。

僕は粘度が欲しい。執念ぶかい蛇のような粘液質を。爬虫類《はちゆう》のごとき冷酷な意志を。

ああ草よ木よ
芽を出してのびろ
育ったら虫に食われろ
厖大《ぼうだい》な残忍さをこの世は要求する

イロニイとは一種のやぶにらみである。だが、やぶにらみにしか見えない事象がこの世にはある。

ツボミを濃硫酸につけると早く花が咲くという。人間も同じではないか。

夢の中にこそ——僕は人間として生き得るのだ、ただかりそめに。

今は、錯覚にすら、すがりたい。

なにかの拍子に見つけた指先の小さなイボにも、こうした瞬間には、恋人以上の愛着を覚える。

「泣くのと笑うのと紙一重だと思わない？」「今ごろ何を言ってやがんだ」

おや、爪がのびたな。黒くアカがたまってるな。いまに、嚙《か》みきってやろう。

へーん⁉ この一語のまえに、俺は消失するか、しないか。さあ、どっちだ？

今日、また俺は一日を棒にふった。人生は棒にふれ。しかし一日はもっと大切にすべきだ。

ほうれみろ。暖かな雨が降りだしたじゃないか。お前の精神だって……コンニャクみたいなものだろう。

人生というものは、そんなに大したものじゃないような気がしてくる。今、こうやって逆立ちしてると、だんだんとね。

それは言い方はいくらでもあるさ、言い方は。俺自身の数値がまだ定まらないのだもの。

精神って奴《やつ》は、ぜんぜんブシャンなのにちがいない。だから美を道づれにしたがるのだ。

この日記。どこに一体俺がいるのだ？　化身術はたしかにうまくなった。

この作家はたしかに才能がある。少なくとも今の俺よりも数倍。もっとも、たった数倍だ。

「浦杜二夫」この名前、二時間かかって作りあげた名前。杜二夫はトニオだ。首を左にかしげる。

（注。北杜夫のまえの北杜二夫の又まえにこんな名を考えたらしい。）

心安らかなるときは、しかめ面《つら》などしてみたくなる。

よし！　決定だ。どうしてもこらえられぬ。では、トイレットへ行くとしよう。

もちろん熱があるにちがいないから、俺は測らない。

どんなにか阿呆《あほう》なのだろう、こいつらは。頭脳はさして悪くなさそうなのに。

誰やらわからぬ学生に話しかけられた。俺のクラスの者だという。おまけに詩の話……ペッペッ！

とてつもなくでっかいショートケーキ。ふっくらとしたクリーム。血のような大粒のイチゴ。まわりを這《は》っている赤ん坊。かわいらしい、口から血を滴《したた》らしている赤ん坊。

僕は君らをたやすく描写し、手玉にとることができる。君らは実生活のうえで、僕を手玉にとることができる。つまり、あいこだ。

ふりかかる雪片ちらちらちら。めくるめく想《おも》いちらちらちらちら。

不気味に蠢動《しゅんどう》している陰嚢《いんのう》。妖《あや》しく回転をつづける陰嚢。そのクローズアップ……隆起、陥没、そして皺《しわ》。突然、それが地殻の起伏となる。遠ざかりゆく風景。波濤《はとう》にも似た山脈。なおも、なおも、遠ざかりゆく風景。遂《つい》には暗黒の宇宙に片側だけ光らせている地球。妖しく永遠の（ウソだなあ）回転をつづける地球。

他人の眼を観察するのにはなんとか自信がついた。今度は眉《まゆ》をやろうと考えている。

「なぜそんなに静かにする必要がある！　こんなに静かじゃないか、こわいくらい」

「静かに、静かに！」

僕は不幸にして知っている。この世間の人々との疎遠《そえん》感、距離感の呼び起す自負——それは一瞬にして自嘲《じちょう》に変ずるということを。

僕はまた知っている。どんなにもがいたにせよ、僕が一つの諦念《ていねん》の上に立って、或《あるい》は坐《すわ》っているということを。そしてまた、その諦念が強烈な武器であるということをも。

俺はそこらじゅうの人間どもを撫《な》で斬《ぎ》りにしてしまいたいと思うこともある。本当に血刀をふるって……。

「愛」――僕は君を信じてもいる。だが、僕が君に会う日ははたして何時《いつ》だろう。本当にあるのだろうか？

今宵《こよい》、はじめて試験に恐怖を感ず。こんなくだらぬものに、この俺が打ちのめされてよいものか？

とにかく、明日から勉強するとしよう。医学なんぞにへたばっていては、たいした作品が書けるものか。

試験。ヤマかける。ヤマ出る。「ウワッ、出た！」とたんに忘れてしまう。

なんにもしない俺を、寂しいと思った。

この連中は、もっともっとゴーマンだったにちがいない。自負で発狂しそうだったにちがいない。――俺なんぞ、知れたものさ。

また時間が経ってしまった。何もしない時間が経ってしまった。心だけがこんなにも蝕《むしば》まれて。

詩を作らぬ人間は、詩人ではない。なんという間抜けな真理であろう。インク壺《つぼ》一つひっくりかえして、こんなに心がかきむしられることが、はたしてこの世にあってよいものかどうか。

白いなめくじ　でんでんタイコ
百貫デブときりぎりす
おれはきちがい愉《たの》しいじゃないか
酔えば酔うほど気が狂う

沈黙が僕の道化だ。或いは代用品だ。実は道化が代用品なのだがね。
ああああ、くらあい道だ、果のない……
こんな詩句があったっけな。

せめて死顔の、疲労と安息《やすらぎ》に青ざめてあらんことを！
一切への不信が、僕をかえって信仰へと駆りたてる。
「あらかしこ」「あらあらかしこ」これ以外にないのだ。こいつに限る。
ぼくは社会の一員。背を丸めて、火鉢にあたる。
素裸になることがそんなに偉いのなら、露出狂は第一に表彰されねばなるまい。
ようやっと吐きつけた文字を踏台として、僕はよじのぼる、僕というハシゴを。
宛名《あてな》のない
手紙を書いて
破っては捨てる
風に散るよ

お前はダメだ。あんまりセンチだ。――そうかい、俺はそうは思わない。

瞬間、信号燈《しんごうとう》は青に変っていた。僕は立ちどまろうと思ったのに。

＊

もう飽きた。

だが、こうしてみるとあんがい、どうだ、一つ二つはわりかしいいのがあるみたいじゃないか。ほんの書きなぐりの日記帳にだぜ。本当はもっといいのもいくらもあった。（やはりダメだなあ、この作者、この怖るべきノートをどっさり写したせいか、今度は予定にもなく、まるきり二十年まえのあの頃そっくりの水準に、まったく非文学的になっちまって、闇雲《やみくも》に威張りだしたりしやがる。これではせっかくの少年少女老人化計画もメチャメチャだし、年寄りの悪がしこさなんて口先だけでたちまちなくなって、地球を荷なう偉そうな話もこれじゃ御破算だ。）

だがしかし、真実それこそ本当にこのノートから、これはとても三文作家の前身とも思えぬような文章が見つかったんだ。こりゃ大騒動だ。そこで大慌《おおあわ》てでマッチを吹き消し、将来使えそうなものは、こんなところに記してはもったいないから無我夢中で別のいい紙に書き写し、それからやっとホッとして、あとは触るのも汚《けが》らわしい日記帳に、一遍に五十本のマッチで火をつけた。

ところが、ノートというやつ、紙が重なってるからなかなか燃えやがらぬ。腹を立てて石油をぶっかけたら、書斎の床に置いた洗面器の中で、すごい大火炎立ちのぼり、これは大変とインクをぶっかけたら、炎がこっちまでとんできて、大切なうえにも大切なその別に抜き書きした紙まで燃えだした。こいつを失ったら生涯おれは三文作家だと、必死にもみ消そうとしたが、すでに真黒焦《まっくろこ》げだ。こりゃあどうしたらよいのか。それどころか、書斎じゅう一面もうボウボウ火炎だらけで、このままでは私の家は燃えてしまう。

これを一体どうしたらよいのか。どっかに消火器があったはずだが、ありゃ一体全体どうやって使うのか。もう、それどころではない、消防署に電話すべきだが、それなのに私は、まだ万年筆を握り、文字を書きつづけている。こりゃぞんがい相当の作家なのかも知れん。それどころでない、もはや助けてくれ、火事だ、火事だ！

（後記。どうやら鎮火しました。作者はいま大火傷《おおやけど》で入院中とされていますが、本当はこれは口実にすぎず、少しく休養をとるための作戦であります。医学的に申すとごくわずかなマッチ一本をつけ損ねたくらいの火傷にすぎません。従ってお見舞は不要です。）

いよいよものを書きだす

　また少しく下宿のことを述べる。下宿というものは他人の家であるから、そこに自分という異分子が入りこみ、勉強するなり遊ぶなり、ものを書くなりするにふさわしい環境を形成できるか否《いな》かということは、やはり重要なことだ。

はじめの三人同居の下宿屋はたしか一、二カ月で出、次に旧家らしい家の二階に二人で移ったが、ここの家ではおもしろからぬ体験をした。米を月三升入れろというので、汽車で一時間ほど離れた知人に頼んで都合してもらい、お婆《ばあ》さん（もっと若かったかも知れないが、お婆さんで沢山だ）に渡すと、彼女はそれをごく慎重に升《ます》ではかり、

「ちょっと足りないが、まあいいでしょう」

　と、親切めいた口調で言うのであった。

　なによりも私は一人になりたかったから、次に父の知人であるDさんのお宅に、しばらく置いてもらった。Dさんはアララギ派の歌人であり、かつ伊達《だて》家の子孫である。医学部のすぐ前にある支倉《はせくら》通りの、戦災を免れたそのお宅は、仙台でむかしの城下町のな

ごりを残した限られた区域の一つであった。

本来なら父の知合いに近寄るのは禁物といえたが、当時の食糧事情、下宿難、また私の経済状態ではやむを得なかった。松本でもそうであった。

父に関係した人間は、大なり小なり茂吉を崇拝しており、そのしようのない息子のことを、あらずもがなの手紙に書いて報告したりするのだ。たとえば松本にいた頃でも、「御子息はすっかり立派に成人され、酒、煙草《たばこ》は一人前にやられます」などという手紙がゆけば、かたくなに禁煙を息子におしつけている父は立腹し、すぐに叱責《しっせき》の手紙を寄こす。といって、そういう人のところへ行かねば、一人前に飯が食べられぬのである。

私は一部屋に一人で住みたい一心から、やむを得ずDさんに頼ったが、なるたけ世話を受けずにすむよう、食事は外食券を用いて、医学部の食堂に食べにゆくことにした。日にたいてい二食、私は一冊の本を持って食堂へ通い、長いくすんだ机の一隅で活字を辿《たど》りながら一汁一菜くらいの定食を食べた。これはうらぶれているようで、あんがい満足した甘美な一刻《ひととき》を過せるのだった。何者にもわずらわされぬ自分一人の時間を味わえ、同時に粗末ながらも飯をも味わえたからである。

そんなふうにこちらは勝手にしていたのだが、Dさんにしてみれば気を使われたに相違なく、しばらくすると、すぐ隣にある借家の一つに下宿できるよう手配してくれた。

そこは、軒も傾く裏長屋、といいたいが、もう少し立派な、台所や風呂場《ふろば》を除いて三間ある平屋で、それまでYさんというキリスト教系女学院の女の先生が一人で住んでいた。

Y先生は教師であり信仰者でもあり、一見して、これは気むずかしそうなおばちゃんだぞ、と私はひそかに思った。

むこうでも同様にうさん臭く思ったらしい。大体、Yさんは清純な女性の教え子なら沢山あったが、うす汚ない男の学生なんかに接したことがなかった。いやでいやでたまらなかったが、いかんせん、大家のDさんの依頼なので、涙をのんで承知したというのが実状である。

あまつさえ、しょっぱなから私は彼女の機嫌を損ねた。私は父が、「下宿代などははじめにきちんと決めて、すべて外国流にやれ」と、くどいほど常々繰返していたから、ついそのとおりに言った。「外国流に」という言葉まで口にしてしまった。それが日本流に金のことなんかと思っているYさんにカチンときたらしい。のちに述懐したところによると、内心こう思ったそうだ。

「外国に行ったこともないくせに、なんて小癪《こしゃく》なことをぬかす小僧だろう」

私は私で、日と共に、Y先生のことを薄気味わるく感じだした。その家には、八畳と六畳の部屋が唐紙一枚でへだてられており、私が床の間つきの八畳に寝、Y先生は六畳に寝る。私がいつものように夜おそくまで起きていると、隣の間でY先生の寝言がはじまる。それは、「ああ、こわいこわい、こわい」という息もたえだえの声で、次にもぞもぞ身動きをする気配が伝わってくる。

彼女は悪夢に襲われているのだな、とはじめ私はなにげなく思ったが、次の晩になると、ふたたび「こわい、こわい」が始まる。これはよほどの妖怪《ようかい》や幽霊に悩まされているらしいな、と私は不気味にもなり、なおその夜ごとの声を聞いてゆくと、古びたその家全体が怨霊《おんりよう》につきまとわれているようにさえ感じられてくるのだった。

ところが、この事件ものちになってみると笑話とわかった。つまり、仙台弁で「こわい」というのは、単なる「だるい」とか「疲れた」という意味にすぎなかったのだ。たしかに人間関係というものは、ほんの些細《ささい》な言葉ひとつで、かくのごとく喰い違ってもゆく。

幸いなことに、この状態は長くはつづかなかった。ある夕刻の、どしゃ降りの雨がきっかけであった。

Y先生は毎朝登校して、夕刻に帰宅する。私が登校したり外出するときは、鍵《かぎ》を閉めて、鍵を裏木戸のところに隠しておくことになっていた。その日は早々とY先生は教え子を三名ほど連れて戻ってきて、狭い台所で笑いさざめきながら夕食の支度をはじめた。女生徒たちはよくこの家に遊びにきていたが、私はそのそばに近寄らなかったし、Y先生も近寄られてたまるかというような顔をしていた。私は食事はやはり医学部の食堂へ食べにゆくのが日常であった。

夕食の時間がきたが、さいぜんからの雨は急に激しくなった。Y先生たちの食事の支度は整ったようで、いささか羨《うらや》ましく、こんな雨の中をとぼとぼと飯を食べにゆくのはしんどいなあ、と私は胸のうちで思った。

そうした私の心理は、もともと心根やさしいY先生の胸に同じように湧《わ》いた。はじめから彼女は、私が単にそれまで交際のなかった男の学生だという理由で怖気《おじけ》をふるっていたのだが、この豪雨の中を飯を食べにゆかせるのはさすがに気の毒だと考えたらしく、

「あなたもこの雨じゃあ大変でしょうから、こっちで一緒にお食べなさい」

と言ってくれた。

私はみんなと一緒に食事をした。生徒たちがきたため奮発したのだろう、そのときのカレーだったかシチュウだったかは、私にはすばらしい御馳走《ごちそう》であった。御飯も食べ放題であった。

私はその食事を雨のための一回きりの恩赦だと思っていたが、次の日、Y先生は、

「一つ家でべつべつに食事するのも変だから、あなた、一緒に食べませんか。面倒だから、そうなさいよ」

と言ってくれた。まさしくキリストの御慈悲というべきである。

はじめのうちは、私はやはり米を入れたりして、気を使っていたように思う。ところがいつしかこの居候《いそうろう》はのさばりだし、遠慮会釈《えしゃく》なく御飯を先に食べてしまい、Y先生は残り物のおかずと冷え御飯ですましたり、私が鍵を閉め忘れたため、空巣狙《ねら》いに着物をごっそり盗《と》られたりする始末であった。私の持物は被害はなかった。盗るようなものは何もなかったからであろう。

そのうち、この家に私の友人たちが遊びにくるようになった。するとY先生はすっかり男の学生も気に入ってしまい、これらの学生にまで御馳走するようになった。

私は翌年にここを移ったが、私の友人がずっと下宿していたし、男の学生の集まるたまり場みたいにもなってしまった。彼らは傍若無人にふるまい、Y先生から金を借りて酒をのみにゆき、汽車の中で会った松高の陸上競技部の先輩などは、試験前夜には必ず酔っぱらって高校気質丸出しになり、そこらの店の看板を五、六枚もこの家にかつぎこんだりした。Y先生はさすがにこれを叱責し、次の日にはきちんと返してくるよう命ずるのだったが、どうも内心ではこの行為を嬉《うれ》しがっているとしか思えなかった。

女子の生徒も、もちろん遊びにきた。しかし彼女らは男性軍に威圧されて、どこか私の最初の立場にも似ていた。この家にとって、軒を貸して母屋《おもや》をとられるといった現象であったことは争えない。

この家ではよく女生徒と男の学生が一緒になったけれど、恋愛事件のようなものは一つも起りはしなかった。彼女らがやはり清純な乙女たちで、うす汚ない男の学生を敬遠したためかも知れないし、またY先生がやはりどこかおっかなく目を光らせていたためかも知れない。

私はこの下宿で、いよいよ腰をすえてもの書きの生活を開始した。

その前に、私はやはりずっと尊敬していた、そのころ岩手の僻村《へきそん》にひきこもっていた高村光太郎に、思いきって手紙を出したものだ。光太郎は戦後、ふたたび力強い雄渾《ゆうこん》な詩を書きだしており、たとえば「ブランデンブルグ」「飢餓」などの作品は、私が医学部へはいった年に発表された。その詩一篇を手元に置きたいためにのみ、私は一冊の雑誌を購《あがな》ったものだ。

渇望《かつぼう》は胸を衝《つ》く。
氷を嚙《か》んで暗夜の空に訴へる。
雪女出ろ。
この彫刻家をとつて食へ。

こういう詩を、私はほとんど涙を流さんばかりにして読んだ。それで、どうしても見知らぬこの詩人に自分の詩を見てもらいたいという一方的な欲望を抑えることができず、光太郎ふうの詩を幾篇か撰《よ》りだして清書し、礼儀知らずにも彼のもとへ郵送した。そしてひそかに、どうせ読んでくれぬであろうという諦《あきら》めと、ひょっとして万が一にも讃《ほ》めてくれはしまいかという小児的な心の動揺のうちに、半月、ひと月と過した。

もとより返事のこようはずもなかった。私はしょんぼりし、あの手紙には相当の紙片がはいっていたから、老詩人が山小屋の囲炉裏《いろり》で雑炊をつくるときの焚《た》きつけの一つにはなったろうと、わずかに自らをなぐさめた。

そのあと、私は詩は半ば諦念《ていねん》し、もっぱら日記に、前章に出したような文章を書きなぐって散文を練習しようと思っていたが、まとまったものは何ひとつ書けなかった。トーマス・マンへの偏愛は深まったものの、それを少しも自分の創作に利用することができずにいた。たとえば、マンは一語々々言葉を厳密に選びだす作業を午前中だけつづけ、いかに感興がのろうと、午《ひる》になればこれを打切ってしまう。それ以上つづけることは、すでに頭脳が疲れているから、自分に許さないのである。こうした「神聖な午前」と銘打たれた時間とは、およそかけ離れた堕落した時間ばかりを私は過していた。

当時、日本にはまだマンの動静はよく伝わってこなかった。少なくとも私には不案内であった。彼の翻訳された小説すら全部は手に入れていなかったし、『ヨゼフとその兄弟』がとうに完結し、『ファウスト博士』という本を書いたそうだ、という噂《うわさ》を聞くらいのものであった。原書はとても求められなかったから、私は松本へ行くたびに、松高の図書館からマンの小説を借り、そこここの好きな箇所を、自分の本の余白にびっしりと筆写した。マンの自伝である『人生略図』の載っている雑誌を望月先生から借り、夏休みの箱根滞在中に、苦労をして辞書をひきひき、毎日一、二ページずつ読んでいた。父は勉強以外の本を読むと怒るから、こっそり隠れて読んでいた。

父はなおも煙草を禁じ、そのため私は隠しもった煙草を、朝、駅まで新聞をとりにゆくときに一、二本喫《す》い、あとは、喫いたくなると近所の林にまでわざわざ出向かねばならなかった。雨の日は傘《かさ》をさして煙草を喫いに行った。なにせ父には動物的に敏感なところがあるから、庭で煙草を喫っても、その匂《にお》いを探知される怖れがあった。

どのくらい父が専横であったことか。たとえば父は、私が大学に合格したとき、たまたま遊びにきた高校の友人Tの前でも、「女に近寄ってはならぬ」という話をした。

むかし、石原純《あつし》が原阿佐緒《あさお》と恋をしたことがある。それは史上に残る大恋愛であったが、そんな恋愛は石原博士の才能を殺す懸念《けねん》があるとアララギの同輩である父たちは判定し、二人を引離そうとした。再三にわたって彼を説き伏せようとしたのだが、相手はがんとして応じようとせぬ。はじめ、さりげない世間話をしているうちは、石原博士はにこにこしてごく普通に応対しているのだが、いったん女のことにわずかでも触れると、とたんに黙りこくって一言も口をきかなくなってしまう。これにはさすがの父も往生したらしい。

「いいかね、黙あーってしまうんだぞ」

父は私たち年少の学生にむかって、昂奮《こうふん》した口調で言い、更に激昂して、

「それではわしも困るではないか！」

という、私たちが笑いをこらえるのに苦労した台詞《せりふ》を吐いた。その挙句の果ては、

「女というものはそれほど怖ろしいものだから、決して近寄ってはならぬ」

という教訓に発展する。自分ではちゃんと老年になってからも一人勝手に恋愛もしておきながら――当時は私はそんなことは露知らなかったが――いや、それだけになお一層、父の教訓は断定的な、絶対服従を強いる独断に満ちていた。

私がY先生の宅へ移ってしばらくして、ひそかに私を監視していたらしいDさんが、これも致し方のない親切心から父へ手紙を出した模様であった。

「どうも御子息は、少しも学校へ行かれぬようです」

私が講義に出ぬのは単にものを書こうと決意したためであったが、父はなんとこれを即座に女と結びつけ、いきなり次のようなハガキを寄こした。

「女というものはこわいものだから、絶対に近寄ってはならぬ！」

これには私もほとほとあきれ、こんな親を持ったのはなんの因果かと更《あらた》めて諦念もしたのである。

そういう父であったから、私の文学志望は絶対に秘しておかねばならなかった。そのため父と暮す箱根の離れ屋の生活中では、マンの本もこそこそ隠れて読まねばならなかった。

と、ある日、だしぬけに父が唐紙をあけ、先に述べた自伝の載っている雑誌を読んでいた私は、現場を見つけられてしまった。しかし、それがドイツ語で息子が勉強していると思ったのか、父は怒りもせず、しかしまずいことに雑誌を手にとって読みはじめた。ずいぶん長いこと、およそ二時間も無言で坐《すわ》ったまま読んでいて、とうとう終りまで読みきってしまった。

はらはらしながらそれを見守っていた私は、自分は一日に一ページしか読めぬのでいささかガッカリもし、またドイツ語を訳してみろなどと言われぬうちに逆手に出て、トーマス・マンという名を辛うじて知っているらしい父に、その神聖な午前の時間のことをこちらから話してやった。

父は珍しくおとなしく聞いていて、やがてぽつりと言った。

「毛唐の中には、なかなか偉い奴《やつ》がいる」

それで私は調子づき、今度はリルケの話をはじめた。茂吉とリルケとを結びつけた評論を読んだ記憶があったが、いったい彼はリルケをどれだけ知っているのかと、まえまえから興味を抱いていたのである。すると、果して父は鷗外訳の短篇くらいしか読んだことがないことがわかった。そこで、私は望月先生からの耳学問を図に乗って述べたてた。

「リルケは、どんな主観でも、それを表わす客体が必ずこの世界の中にあると言っています」

するとと父は、

「おまえは大したことを知っているな」

と、いったん感服した模様だったが、

「おまえは一体どこからそんなことを覚えてきた?」

と、たちまち険悪の気配を漂わした。私はすばやく退却し、石原純博士のごとき沈黙のなかへ逃げこんだ。その後も、私はごくときたま、このようなあるかなき文学の餌《えさ》をたらして、父の反応を試そうとした。しかし、たいてい餌に喰いついてくるのが尋常な魚ではなく、釣手を一口で食べてしまいそうな怪魚であったから、そのたびに泡を喰って退却した。

マンの名前ついでになおその話をつづけると、この名ほど本を集めるという感激を私に呼び起させたものはない。ほんの偶然に寄った小さな古本屋で、まだ所有していないその訳本を見つけたときなど、どんなにか発熱するほど私の心はおののいたことか。私はそれを恋愛にたとえたこともあるが、本に対するそれは、こちらの意向ひとつで惚《ほ》れつづけもでき、あっさりと捨て去ることもできるから、異性に対するそれよりも安全といえる。

あるときは、仙台の東一番丁の大通りを歩いていて、だしぬけにぎくりとして立止った。なぜ自分がぎくりとしたのか、瞬間わからなかったが、周囲を見まわしてみて、その理由が判明した。すぐ前の店に、こういう貼紙《はりがみ》か看板が出ていたのである——「トマトソース」

或《ある》いは、トーマス・マン著『薔薇《ばら》よ香りあらば』という本の新聞広告を見、それ、マンが新作を書いた、と本屋に駈《か》けつけると、それが旧著の『大公殿下』の別訳名でガッカリしたり、トーマス・マン著『重商主義』という広告を見ては、それ、またマンが変なものを書いた、と同じように書店に駈けつけてみると、これがまったく別人の英国の経済学者の本で、その経済学者自身はなんにもわるいことはないのだけれど、人騒がせな不埒《ふらち》な野郎だとフンガイしたりもした。

私がマンに心酔したのは、結局、自分のなかにないものに惹《ひ》かれたのであろう。それでも、ようやく私は、散文を書くにしても一語々々ゆっくりと書くべきだということを理解した。それで、それまで書きなぐりの小説みたいなものを書いたことはあったが、一年の夏休みを終えた秋から、Yさんの家の一室にいよいよ閉じこもり、自分としては最初の小説のつもりで、大学ノートにかなり慎重な文字を埋めはじめた。

ノートを使用したのは、これが相当の長篇になる予定であったから、そんな枚数の原稿用紙を買うのはもったいないと思ったからだ。また原稿用紙に書き慣れていないため、それを用いると間のびして見え、どこに句読点を打ってよいのやらわからなくなるのも一因であった。

当時、煙草《たばこ》は朝日を喫った。朝日は安かったし、吸口がついていて妙に古風だったし、作家というものはおそらくこんな煙草を喫うのであろうと漠然と考えたらしい。しかし、この古風な煙草はしばしば品切になるため、沢山買いだめして、大きな茶の空缶につめ、かたわらに置いておいた。

そして、いがらっぽい朝日を喫い、こつこつと私はこまかい文字をノートに書きつづけていった。心のどこかはやはり焦《あせ》っていて、途中から、おおよその構想のできている長篇のこれと思う山場々々を先に書いた。三カ月ほどで終章の山場を書き終え、さておもむろに考えてみると、山場ばかり先に書いてしまって、しかもそれが予定していたほどの効果をあげておらず、その間の裾野《すその》や平原を埋めることは、とても冗長で退屈で不可能であるという結論に達せざるを得なかった。目算では二千枚の大長篇になるはずであったのが、はじめからそんな大それたものを書こうとするのが間違いであるという結論にも容易に達することができた。

そこで私は、今度は初めから書いていって真中も抜かさず必ず終りまで達せられるよう、十枚ほどの掌篇を幾つか書いた。われながら極端から極端に走ったものである。しかし、短いものはたしかに完結しやすく、これらの掌篇は今も活字となって残っている。

その大それた長篇を書いている間、せめてこれに専心しておればよいのに、私の生来のオッチョコチョイ性がくだらぬ他のことをもやらせた。

果てのないように思われる仕事の行先は知れず、それにやはり自信がなかったのだろう、せめて原稿用紙代だけでも自力で稼げたらと考えたようだ。そこで本屋の店頭で、いろんな雑誌の懸賞や投稿規定が全部のっている小冊子を見つけたとき、さっそくこれを買い求めた。それから黄山木精という大衆小説用のペンネームをでっちあげ、ばかげたユーモア小説やコントを目にもとまらぬ早わざで書きあげると、二、三の雑誌の懸賞に応募した。

また同時に、「文学集団」という投稿誌を見つけ、村野四郎選の詩の欄にも投稿した。入選作には賞金が出るというのも、一つの理由であったようだ。不遜《ふそん》にも、その投稿誌が文学少年少女むきと思えたので、こんな雑誌におれの詩を載せるのは、などと考えたらしい。はじめはわざと、むかしのごく感傷的な詩から送った。すると、それは佳作にはいり、うしろのほうに小さく印刷されていた。それを見ると今度は私はすっかり嬉《うれ》しくなってしまい、もちろん夢中でその雑誌を買い求め、定期購読者に参加し、どうしても一席に入選しなくてはと、なるたけいい詩を送りだしたばかりか、またぞろ詩をこしらえはじめた。現金も甚しい。

三号ばかりあとになって、私はうまく一席に入選した。その後も、一席とまではいかずとも入選を重ねた。私はかなり得意で、かつ一席三百円、二席百五十円、三席百円という賞金もかなりたまったようだし、ついに原稿用紙代を稼げるようになったと安堵《あんど》した。だが、この賞金は一銭も送られてこなかった。出版社が左前で、ほどもなく私にとっていかにも懐《なつか》しいこの雑誌はつぶれてしまった。

「文学集団」がつぶれるまえから、私は「詩学」という雑誌の新人欄が、やはり村野四郎氏の選であることを知り、そこへも投稿をしはじめた。しかし「詩学」は権威のある雑誌で、その新人欄もレベルが高かった。私はやっとときたま載せてもらえるくらいで、なにより自分の詩に行きづまりを感じていた。私の詩にはいつまでも感傷性がつきまとい、それを殺そうとすると、たわいなくごく軽いものとなった。たとえば次のようなものである。

人　生

夢のやうな少女でした　と
君はたしかに言はなかつたか

夢にしては穢《きた》なすぎた　と
君はたしかに想《おも》はなかつたか
なにかに酔ふとみんなは夢を見て
覚めればおほきなくしやみをする
神様はみんなに夢を与へられ
おまけに夢を奪はれた
それが嬉しいから辛《つら》いから
それが甘いから塩《しよ》つぱいから
みんなの額に皺《しわ》が寄り
みんなの髪が白くなる

それに比べると、同じ新人でも、山本太郎氏の詩は、私が求めていた乾いてたくましい抒情《じよじよう》、知性に裏打ちされた野太い神経の光輝を放っていた。私は「文学集団」時代から、それでも二年ほども投稿をつづけていたが、自分の詩才の限界をつくづくと感じた。

ところで、「詩学」の編集をしている方にアララギの同人がいたらしく、私が詩を作っていることがいつしか父に伝わったようだ。私は詩には北宗夫という筆名を使っていたが、投稿者として本名も併記せねばならない。その本名を見る人が見れば、哀れな正体もばれるのである。一度、休暇に東京の家へ戻ってみると、どういうわけの訳柄か、「文学なんか絶対にやらせん！」とか父が怒鳴りながら、廊下をむこうへ足音荒く歩いていった情景の記憶がある。

私はそのとき、情けなく胸につぶやいた。

「いろんなところにいやがるな、茂吉のスパイめ」

もっとあとになって、私は生涯に一度、思いがけぬ父の手紙を貰《もら》ったことがある。日常生活のことをくどくどと注意した手紙の末尾に、まったく唐突に、こんな気弱な丁寧な文句が記されていた。

「宗吉は詩を書いているそうだが、一度父に見せて下さい」

その一行を読んだとき、私は、ああ茂吉も老いた、もう長くはない、と心に言いきかせた。その考えは、当らずといえども遠からぬ事実となった。もちろん、私は父に詩なんぞ見せはしなかったし、ふとそんなことを書いてしまった父にしろまだ勢いがあったから、万一にも哀れな詩を見せたりしようものなら、それこそたちまち数百の雷神が落下していたことであろう。

話を前に戻して、原稿用紙代稼ぎのことについて述べると、これまた惨澹《さんたん》たる結果に終った。黄山木精作のユーモア小説もコントも、信じられぬことにみんな枕《まくら》を並べて落選してしまった。

ただ一つ、某社から返信がきた。そんな名の出版社は聞いたことがなかったけれど、その原稿募集は長篇小説からコントまで広範囲にわたり、幾つも雑誌を出しているらしく、あまつさえ末尾には「優秀な新人は本社専属作家として待遇す」と明記されており、相当な出版社であることは確実であった。

私はそこへコントを送っていた。ハガキの返信は落選を知らせたものだったが、「あなたは惜しくも入選を逸したが、このまま捨て去るに忍びぬ出来栄《できば》えなので、○○先生の代作として採用する」という意味が謄写版《とうしゃばん》で刷られており、○○先生のところだけペンで、これまた聞いたこともない名前が書きこんであった。稿料は一枚三十円とのことで、いくら代作とはいえ、きびしいものだと思った。

それでも原稿用紙くらい買える金額であったから、私は勇んでそこへ二つ三つのコントを送ってみた。これがまた直ちに採用され、しかしやはり△△先生や××先生の代作なのであった。

しかし、その社からは本当に最初の稿料と雑誌を送ってきた。それはひどいカストリ雑誌であったが、そんなことは承知している私は十分に満足した。それだけでなく、やがてその社から来書があり、あなたが医学生ということを知って相談したいことがあるから一度御来社ありたし、と記されてあった。

その冬休みに帰京した際、私はかなりの期待を抱き、専属作家という名称まで脳裏に浮べながら、その社を訪れることにした。ところが、行けども行けどもそのような出版社はない。番地を尋ねながら歩いてゆくと、まさしく裏長屋のごとき木造家屋を教えられた。おやおや、意外に貧弱な社だなあ、と私は心の中でびっくりした。少なくとも鉄筋のビルで、大ぜいの社員が立ち働いているさまを想像していたからだ。送られてきたカストリ雑誌の編集後記によっても、「編集小僧」というのがいて、そっと編集長の机を覗《のぞ》いてみたら、□□先生の次号の原稿があり、ちょっと読みかけたらそのおもしろさ素晴しさに思わず終りまで読みふけってしまった、乞《こ》う次号を御期待、などと記してあったはずだ。

ところが、もっと驚愕《きょうがく》せねばならなかった。その古ぼけた二階屋がその社なのではなく、二階に間借りをしているということなのだ。貧相なおそらく下《した》っ端《ぱ》らしい男に案内され、私は煤《すす》けきった階段を登った。八畳の畳もすりきれた日本間で、長いこと待たされた。貧相な男がひっこむと、どこにも人かげはなかった。畳の上には、飯盒《はんごう》をはじめとする自炊用具がころがっていたし、絵具や筆が散乱し女の裸体が描きかけの画用紙がひろげられている和机には、完全にこわれた目覚し時計も倒れていた。なんともいえずうらぶれた出版社であるようだ。隣の間には粗末な本棚があって、児童心理学、数学の参考書、いくらかの小説本などが並んでいた。

と、さきほどの貧相な男がまた現われ、今度こそ心底から驚愕したことに、その下っ端と思った男が社長なのであった。しばらく話をするうち、ようやく私にも事情が判ぜられてきた。この男はたった一人で、社長から編集長から社員から編集小僧までをかね、あまつさえ〇〇先生から××先生から△△先生に至る数多《あまた》の作家もかね、表紙の絵から大半の挿絵を描く沢山の画家までもかね、さすがに手不足のところは投稿原稿を代作として安く買いとり、おそらくは同様に絵も買いとり、八面六臂《ろっぴ》に孤軍奮闘、毎月堂々と、ときには二種類のカストリ雑誌を発行しているのが真相なのであった。

男はかかえてきた一山の雑誌の中から、幾冊かの雑誌を抜きとって私にくれた。いずれも毒々しい裸婦の横たわる表紙である。新しい一冊には私のコントが載っていたが、作者は加藤武夫となっていた。

「どうもこのごろは駄目で……」

と、おびただしい才腕を有する社長は、さすがに疲れているのであろう、弱音を吐いた。それから私に、医学をやれとしきりにすすめた。ヴァン・デ・ヴェルデのようなものを書くのをお頼みする機会があるかも知れないから、という理由からであった。

ついで社長は、隣室からナントカ医学博士著「食餌療法《しょくじりょうほう》」という本を持ってきて、自明のことのようにこう言った。

「これもうちで出したのだが、全部わたしが書いたんです」

ああ、この男は医学博士にもなる才能を有していたのだ。

最後に男は、私に残った稿料の一部をくれた。三百三十円也《なり》を受けとり、領収書を書いて、私は心に幾何《いくばく》かの悲哀の念を抱きつつ、この出版社を去った。

といって、私は驚愕もし哀愁の情も味わったけれど、家に戻ったときにはけっこう満足もしていた。なにより、自分のコントが載っている商業雑誌が、本屋に積まれている有様を見たいと考えた。ところが、いくら捜してみても、その雑誌はついに店頭に見当らなかった。のちになって、上野駅の地下道の筵《むしろ》の上で売られているのを見つけたのが、最初でかつ最後の体験であった。

しかし、一、二年を経て、東京の大新聞の第一面の、下の広告欄ではなくその上の横隅に、その雑誌の広告が臆面《おくめん》もなく出ているのを発見したときには、またもや驚愕した。たしかにその出版社の名で、間違えようもなかった。さすがあの男、なかなかやっているな、と私は感服した。

とはいえ、いくら大新聞に広告が出たとしても、私はもうそこへ原稿を売りこみにはいかなかった。うっかり下手にこの多彩な才腕のある男と手をくんだりしていようものなら、私は今ごろ、いろんな名の医学博士となり、性学に関する本を何冊も書かされていたかも知れない。ひょっとするとノーベル賞級の物理学者にもなって、「水爆の簡単な作り方」なぞという著述をも著わしていたかも知れぬ。

私は黄山木精の名も捨て、またさまざまな博士となって名著を書くこともしなかった。それゆえに私の原稿用紙代稼ぎはまったく頓挫《とんざ》してしまい、その次に小説が売れるまで、たしかに丸十年は要したのである。

遊びと死について

これまでの話でもわかるように、私の生きた範囲はごく狭い個人の枠のなかに閉ざされている。

読書ひとつにしても、たとえば社会科学の領域が大きく欠損していることに、さすがに当時から気がついていた。しかし私は、いよいよ限られた読書のなかへはいってゆき、そのことをも等閑に付した。

思えば私の年代は、悲しい世代でもある。日本の敗戦という衝撃を、いちばん愚かに純情に味わった人間であったかも知れない。もっと子供であったなら、それは素通りもしていたことだろう。或いは、もう一年早く上級学校へはいっていたなら、批判的な精神も芽生えていたことだろう。戦争体験、敗戦体験というものはごく微妙で、一年の差でがらりと異なっているように思う。簡単に戦中派、戦後派とわけて区別できるものではない。

私は幼児そのままの皇国不敗の信念のなかで青春期の入口に達した。その日本は木《こ》っ端微塵《ぱみじん》に敗れた。すると、それまで聞いたこともないデモクラシーとかいうものがやってきた。一体、どこの国のどこの州の名前かと戸惑うほどである。デモクラシーでなければ一切がいけなく、日本が戦ったことは野蛮な軍国主義で、生命《いのち》を賭《か》けて戦った者はもとより、それに協力した者も一切がいけないとされた。父はもちろん戦犯候補者である。

その名も口にすることがはばかられた共産主義は脚光をあび、一時はそこに近寄ることはインテリの証拠ともされた。アメリカははじめ牢《ろう》に入れられていた主義者たちを釈放し、次には慌《あわ》ててこれを弾圧した。それでも彼らは戦争に反対したからえらいのであった。転向者は非難された。もとより節を屈しない者は立派である。しかし、ある立場を変えないということだけが、決して偉いことではない。小学校で算術を習っていた者が、中学で代数を習い、そちらのほうが便利だというのでツルカメ算に代数を使用して、どこがわるいだろう。同じく思想に変化が起って、転向したからといって、非難される筋合はない。人間はあくまでも石仏《いしぼとけ》ではないのである。

若者はなにより純粋であることを尊び、そのこと自体はすばらしいことだ。しかし、その若者が一つのイデオロギーを信じ、やがて、多くはちゃちな現実にぶつかって、逆の立場にごくたやすく移行するのを、どれほど私は数多く見てきたことか。それは非難されることではない。ただ、それまであまりにえらそうな口はばったいことを言いすぎてきたので、いささかみっともないだけの話である。私の憂行というかつての号が、どれほどみっともないことであったか。おまけに号になってもいないときている。

　私がひそかに考えるのに、この世にはたしかに偉大なイデオロギーもある。しかし、いかなるイデオロギーにせよ、いかに偉大な頭脳がそれを生んだにせよ、人間がつくったものである。そして人間はただ一種の生物であるが、個人個人千差万別なもので、一人のごく小さな人間、一人の白痴をとらえてきても、一つのイデオロギーのなかにはたして完全に埋没できるかどうかは疑問である。頭が埋もれれば尻《しり》が出る場合もあろうし、両方を突っこめばヘソが出る場合だってあろう。いや、一つのイデオロギー自体、それは刻々と変化する。同じ名称であっても、ある時代のある国のそれは、もはや別物と化けてしまっている。

　私は少年時代から一つの時流にまきこまれ、単純な一つの考えを持ち、敗戦と決ったわずか一日で、それが根底から崩壊してしまった。手ひどく裏切られたような、茫然《ぼうぜん》自失という体験を味わった。それゆえ、どんな些細《ささい》な考え方ひとつにせよ、一度自分の頭脳で濾過《ろか》したものでなければ、容易に信じる気になれない。相手が巨大で、もし自分にそれだけの頭脳がない場合は、そのときがくるまで自己を賭ける判断を下したくない。

おそらく私は、世界の大半の事象にゴマンの不明の謎《なぞ》を残したまま、見すぼらしい生涯を閉じることと思われる。

そういう立場と矛盾するようだが、私は独断はしょっちゅうやる。これはそのときどきの仮りの判断で、明日になれば捨て去るかも知れない。だが独断というものは、いかにあやまちに満ち満ちているようでも、そのときどきの個人の体臭だけはする。

また、強引な分類法を用いれば、人間には二つの進み方があるようだ。一つは社会的な広い視野から自己を形成してゆくタイプで、一つは自分一己の個人的立場から出発するタイプである。もし幸いに両者がある程度の賢明さをもち、相当の寿命を生きられるなら、この両者はいずれは合一することであろう。私は後者だ。そして孤独性狩猟蜂《しゅりょうばち》だ。これは文学的表現ではなく科学的用語である。この蜂は寿命も限られており、頭もわるいから、小さな狭い仕事を残して、のたれ死にをする運命にある。

しかし、どこの誰にせよ、運命は背おっていかねばならない。私のような種属は、これは辻邦生から示唆《しさ》されたたとえだが、それぞれ個人用のごく小さなシャボン玉にはいっている。はじめシャボン玉は曇っていて何も見えないが、やがて自己の内界や外界が映りだす。その人間が成長するにつれ、シャボン玉も大きくなり、次第に多くのことがより明確に映りだす。私には、この自分専用のシャボン玉を大切に育ててゆくより道がない。間違っても、このシャボン玉を出て、なにやかやとしないことだ。

このシャボン玉思想の極限を、もっと堂々と宣告した人間もいる。またもやトーマス・マンで、「個人一己を述べることが、そのまま世界を語ることにつながる者、それが詩人というものだ」という意をほざいた。ここでは詩人という語はもとより広い意味で用いられている。大シャボン玉に対する私の信仰は、かくして成就《じょうじゅ》した。

信仰といえば、宗教のことを一言だけ記す。私は先に酔っぱらいの話からキリストについてふざけた文章を書いたが、どうやらキリストという男は古今東西の人類の中でもっとも真摯《しんし》におのが道を歩いた一人であるらしい。しかし、これはまだ私のシャボン玉のとどく範囲ではない。宗教は過去、幾多の人間を救ってき、また人間に害をも及ぼしてきたが、私にはその本質はまだわからない。現在までのところ、私は宗教と無縁で、ただ自分が困ったときだけ、五百の神や仏に手助けを求める。それを助けてくれないような神さまなら、そいつは本物の神や仏ではないと固く信じているのである。

右のような考え方を、しかしまだもっと曖昧《あいまい》に抱きながら、私は自分なりの狭い生活を送った。

二年生になったとき、松高西寮にいた後輩が経済学部に合格し、私はその子分をつれて、仙台も町外れの北七番丁に下宿を移した。そのWさんという家の主人は中学の校長先生であったが、べつに教育的にうるさいことはなかったし、二階にちょうど二間あって、隠棲《いんせい》するには理想的な環境といえた。医学部からも遠く、うかうかと医学を勉強できぬことも利点と見えた。

ところが、その年に松高からかなりの同勢が仙台にやってきた。まず西寮の委員であった元八王子のアンちゃんが、一年浪人して東北大のどこかに合格した。彼は試験のとき、ドイツ語のウムラウトをEで代用することすら知らなかった。überがみんなueberになっているので、

「ウエバーという見たこともない単語がどっさり出てきたが、ありゃ一体なんのことだ」

とむくれていたが、おどろくべし、合格してしまった。

更に卓球部でインターハイのとき私とダブルスを組んだ後輩、ジョージと呼ばれる男が法科に入学した。野球部で投手をやっていた後輩も医学部に入学した。次の年にはもっと旧松高生がやってきた。こいつらめが、みんな私の近くに下宿したものだ。Wさんのお婆《ばあ》さんが親切で、近所にみんなの下宿を捜してくれたのが一因だが、そうなると私の部屋はたちまち彼らの集会場になってしまった。私は大悪人となってほとんどの人間関係を絶ってしまうはずであったのに、おめでたいことに、彼らの大将株におさまっていばっていた。

将棋ひとつにしてもそうである。元八王子のアンちゃんは仁義の切り方、碁将棋、独唱に至るまで得意であったが、将棋に関しては、二人で幾十回となく戦ってみると、私の勝率のほうがよかった。そこで私はついに名人位につき、彼はK八段と呼ばれること

になった。

名人である私は、ほかにチョコマカしている、やっと将棋がさせるくらいの松高の子分どもに、それぞれ鷹揚《おうよう》に、二段とか三段とかいう称号を与えてやった。大駒《おおごま》を落して私が負けると、即座に一段ずつあげてやった。すると、遥《はる》か遠くに住んでいた松高の同期生という男が、突如としてこの道場にあらわれ、K八段を破り、名人に挑戦するという事件も起った。

受けて立った私がおもむろに対局していると、さながら本物の名人戦のごとく、一手々々駒の動きようが唐紙一枚の隣室に伝えられる。そこではK八段が紙の将棋盤に駒を並べてヒヨッコどもに解説をしているのである。駒の動かし方しか知らぬジョージ二段が、たしかこう心配げに嘆声を洩《も》らした。

「名人が少し、わるいんじゃあないですか」

この名人戦の結果がどうなったか、私には記憶がない。覚えていないくらいだから、多分負けてしまったのであろう。

はっきり覚えていて、名人にとって屈辱であったのは、一年ほどのち将棋の「東北学生選手権大会」という場所に、私とK八段が出場したときのことである。念のため付言すれば、申込者はみんな出場することができた。

会場に着いてみて、私が本来の気の弱さをつい出したのは、大広間に幾十という将棋盤がずらりと並び、足のついた駒台がちゃんとつき、しかもそうした準備をしているほんの小さな少年たちがそれぞれ専門棋士であることがわかったからである。世話係の口から、「あれが例の田中君ですよ、今度初段になった」というような声が聞かれ、私はすっかり度胆《どぎも》を抜かれた。そのため何組かにわかれたはじめのリーグ戦の対局をもろくも負け、その当時にはデートする女の子もあって、仙台駅に何時に着くというので会場を抜けだして迎えにゆき、あとを約束して馳《は》せ戻ってくると、すでに私の残された対局はみんな不戦敗になっているのであった。私は北という筆名で出たのだが、K八段が伝えたところによると、主催者側が不埒《ふらち》にも、「この北さんという人はおりませんね。この人は弱いからどうせ負けるでしょう」と、赤インクの棒でせっかくの北杜夫の名をみんな消してしまったそうである。

ところがK八段のほうは調子よく準々決勝まで進出した。彼はもともとヤクザで勝負師だから、飛車先の歩《ふ》を突かれて同歩と取る一手しかないところを、わざと腕をくんでおもむろに長考したりする。相手は次第に気味がわるくなり、こいつは強そうだ、よほど先まで読んでいるようだと恐怖心まで起す。このでんで、彼は準々決勝までゆき、あとで松高のヒヨッコどもにむかって私を誹謗《ひぼう》さえした。

「名人は真剣勝負には弱い」

あまつさえ、ジョージ二段は――彼はいつまでも二段だったので――こんなことまで言った。

「名人にはずいぶんガール・フレンドがいるようだけど、どれもこれもカスばっかりですね」

私はその他にもくだらないことに情熱を傾けた。たとえばピンポンであり、草野球であり、職業的ともいえるパチンコ師にもなった。

卓球は高校時代からのなごりで、はじめ東北大学卓球部にも顔を出してみた。するとぜんぜんレベルが違い、完全に子供あつかいなので、しばらくしてからは医学部の中だけでやっていた。一人、山形高校の卓球部の出身で強い先輩がおり、私は医学部では二番目に強いことになっていたが、だいたい医学部へ入学してそうそうピンポンばかりやる男がいなかったせいであろう。

私は十時ころに起きると、下宿の階下へ降りていって、たいてい一人で勝手に食事をする。Wさんのお婆さんは用意だけ整えておき、あとはほったらかしで気ままにさせてくれるので私の好みにあった。それから弁当とピンポンのラケットとノート一冊くらいをカバンに入れ、長い道をゆるゆると歩いて、けっこうよく登校したものだ。だが、講義に出るわけではなく、ピンポンをやるのが目的であった。

私が医学部に着くのは、昼の休みになる直前である。誰もいない食堂で小説本を開き、私は朝食にひきつづいて弁当を食べる。食べ終ったころに、講義を終えた学生がぞろぞろとはいってくるが、そのころには私は卓球台の置いてある部屋へ行き、ネットをはり、玉を壁に打ちつけたりして待機している。やがて三、四人のピンポン愛好者、ピンポン気違いが現われて、ドタバタという音響がたちのぼる。とうにバットはラバーやぶ厚いスポンジの時代になっていて、私はそのひねくれたサーブを受けられず、ショートをやめて後方に陣どるカットに転向していたが、なにせフットワークがわるいため、かような音響もひびきわたるのである。

私の相棒は午後の講義をさぼってつきあってくれる。その相棒は幾人かいるから、誰かは残ってくれる。いよいよ相手がいないときは、私は講堂へはいっていって、講義はきかず階段教室のてっぺんで本を読んでいた。実習だけは出席をとったりするため、一応は顔を出していたが、卓球台占拠率はその何十倍かの時間に達した。そのため、ちょっとピンポンをやってみようという連中はなかなか卓球台にありつくことができず、彼らはまた講義の切れ目にやってきて、なお私たちが玉を打ちあっているのを見、あきれはてたように、いくらか憎らしそうに、

「まだやってらあ」

と言うのであった。

私の卓球の技倆《ぎりょう》はといえば、有体《ありてい》に述べて情けないものであった。私が松高卓球部の

主将であったのは、当時の高校の水準があまりに低く、なかんずく松高が低かったからである。それでも私は、仙台市の卓球大会があると、ビタミンBの注射など打って個人戦に出場し、たいてい二回戦で姿を消した。

一度、医学部の山形高校出の先輩と一緒に、ある中学の卓球部のコーチになったことがある。はじめは、さすがは元選手、私が本気になって相手の隙《すき》をつく残忍なサーブをくりだすと、彼らは十本に一、二回受けられるのが関の山であった。しかし、少年たちはみるみる上達をした。中学の大会があるまえ、試合度胸をつけさせるため、医学部のピンポン仲間を集め、コーチの私ら二人もこれに加わり、彼らと試合したことがある。すると、中学生の圧勝に終ったばかりか、私自身が必死になったのに、自分の試合に負けてしまった。ついてきた卓球部部長の先生が、急に私を信用しかねる目で眺めだしたのはこのときからである。

それでも宮城県における中学校の大会の日、私はコーチらしくいろいろと出しゃばり、今では自分より強いチビの選手たちを試合中に幾度も呼び戻しては、相手はフォアが弱いからフォアをつけとか、短いサーブをもっと出せとか、要らぬおせっかいをやいた。そして、彼らが見事優勝したときは、相当に得意満面でもあった。すると、見物席から一人の紳士がやってきて、私に「御苦労さま」と挨拶《あいさつ》したが、この人こそその中学の先輩で、かつて全日本卓球選手権で二位になった往年の名選手M氏であり、厚顔なる私も赤面した。

野球のことをいうならば、はじめクラスでチームを結成したとき、私はその場にいなかったため、二軍チームに編入され、その主戦投手となった。自分でも不可解に思うことに、中学時代は体力がなくてスポーツが不得手であった私が、高校時代に憂行などと称して頭角をあらわすと、寮とかクラス対抗の野球では臆面《おくめん》もなく投手を務めていた。カーブは投げられなかったが、私の球はシュートするかと思うと、浮いたり沈んだり、意識してそのような魔球を投げようとすると完全に真直だったり、まさしく変幻の極といえた。

思い返せばこの二軍時代に、どんなにか私は栄光に包まれたことであろう。今でもありありと覚えているある一日、二軍同士の試合が午後から行なわれることになっており、私は前日に風呂《ふろ》の中で手首を何百回となく振って準備おさおさ怠りなかった。目覚めておそい朝食をとっていると、応援団に属する一友人が自転車に乗って下宿にとんできた。その試合が急に午前中に行なわれることになり、致し方なく他の投手を立てて始めたら、フォアボール続出でどうにもならず、一刻も早くきてくれという話であった。

私は自転車のうしろに乗って出発した。だが、二人乗りではスピードが出ず、友人は、おれのことはかまわずにどうか一刻も早く先に行ってくれと懇願した。「戦友」という軍歌そのままであった。私は一人で自転車をとばし、高田の馬場の仇討《あだう》ちのごとき勇ましさでグラウンドに乗りつけた。

きてみると二回の裏で、すでに五、六点をリードされ、わが軍の二人目の投手が酸素の足りぬ金魚のような表情で投げていた。慌《あわ》てて出ても仕方がないので、私はベンチ前でウォーミングアップを始めた。この日の私はまさに絶好調というべきで、快速球が捕手のかまえるミットの位置にぴたりぴたりと決った。わが軍の応援団は、ほかに気勢をあげることがないため、私の一球ごとに歓声をあげた。敵方もびっくりしたらしく、「おや、本職みたいのがきたぞ」という声まで聞えてきた。

一死二、三塁に走者をおいて、やおら私はマウンドをひきついだ。敵はこちらが制球のよいことを知っているから、初球から狙《ねら》ってきた。結果は、一球でピッチャー・フライ、次の打者が同じく初球を打ってサード・ゴロ、わずか二球で完膚なきまで見事に火消し役を終り、悠揚迫らずマウンドをおりるその態度、グラウンドをどよもす歓声とため息、いやもうわが人生最良の日でなくて何であろうか。

私はこの試合で、その後も一安打、一四球しか許さなかった。しかも、「あいつは投げるだけだ」という敵の応援団の野次を尻目《しりめ》に、満塁で三塁打をかっとばしたり、鈍足のくせにホームスチールを敢行したりして、阿修羅《あしゅら》のごとき奮戦とはまさにこのことである。ところが、わが軍はそのように追撃していったのだが、私が許したわずか一安打のそれが、二塁上を抜くゴロで、これをセンターが後逸してしまい、ランニング・ホームランとなって一点を加えられ、その一点差に惜しくも敗れた。

しかし、これほどのピッチングをした私がほどもなく一軍に加わったのはもちろんである。そしてその第二投手となり、いつも先発をし、エースであるチームの主将が三回くらいから引きつぐ順立てになっていた。ところが、私は一回をもたずしてノックアウトされたり、三十打席に一安打という公式記録を残したり、かつての燦然《さんぜん》たる栄光もあらかた消しとんでしまった。勝負の世界はきびしい。この世では、何千万円で契約した選手が一軍では通用せず、そのまま消えてゆく現象がよく見られるが、私の体験からおして、あながち無理はないとよく考えるのである。

さて、次にパチンコについて述べれば——いや、もうここらでやめておこう。


このように私は怖るべき無為な時間をどっさりと費やしながら暮していたが、あとから考えてみて、これらの無駄事もやはり必要であったように思える。夜、一人になってノートに向うとき、私は神経ばかりの人間になってゆくような気がした。しかも、赤裸のむきだしの神経の……。馬鹿《ばか》げた無駄事と身体《からだ》の動かしようをしていなければ、とてもバランスが保てなかった。

私は精神的にもやはり動揺をくりかえし、読む書物にしても、しばしば変化した。トーマス・マンだけはずっと変らなかったが、いわば副読本が変動した。一年生の冬に、太宰治を読んだとき、ずるずるとそれに誘《ひ》きつけられていった。太宰は松本時代、『斜陽』などが発表され、高校生の間でなかなかの評判であったが、私はさして興味を抱きはしなかった。しかし、ものを書くようになってから読み返すと、ある種の抵抗を覚えながらも、いつの間にか文章がそっくりになってゆくのがふしぎなくらいであった。マンは私と異質の世界だが、太宰に似た弱さ、その甘えは私も十分に持ちあわせていた。そして、彼の文章はやはりすぐれたものといえるもので、なによりも知らず知らず青少年どもを自分がその唯一《ゆいいつ》の読者であると思いこませるところは、滅多にないけしからぬ術だと今でも思う。

当時、私が辻邦生に出した手紙を写してみる。その時代の手紙には、しばしば「藻門賀阿御殿主人」と記されてあり、またもや私は新しい名前を発明していたようだ。

「僕は決して頭が悪いというのではないのですが、決してそういう訳ではないのですが、まるでこのごろは白痴、というのも大げさなのですが、とにかくオミソ、どうも相手にされず、そのくせたまたま登校すれば、ピンポン好きの連中が、『これはこれは先生、お珍しい』などと言う始末で冷汗三斗、うろうろ寂しく、細菌と病理の実習だけは出ないわけにもいかず、といってプレパラートを覗《のぞ》いたとてわかる道理なく、ただ顕微鏡のまあるい視野にちらつくとりどりに染色された顆粒《かりゅう》にうっとり、それにも飽きてプレパラートを数枚、掌《てのひら》にじゃらつかせ、冷い硝子《ガラス》の触れあう音に聞き惚《ほ》れ、出席をとるが早いかすぐさま帰ろうとしましたら、隣に数冊の参考書をあなたこなた引っくりかえし血眼で顕微鏡のぞいていました秀才がふと顔をあげ、『君は気楽でいいね』。この言葉、決して皮肉や嘲笑《ちようしよう》でなく、それこそ天真ランマン、巧まずしておのずから胸中よりほとばしりでた感じですゆえ、思わずギクリ、なぜかいつものように笑えず、ましてささやかな自負など露ほどもなく、なんといっても俺は情けないなまけもの、おろおろわびしく、せめて細菌実習のときは大いに働いてやろうと涙ぐましいほど決心を固めていましたら、あたかもちょうど、いくつかのグループにわかれてそれぞれストレプトマイシン、ワッサアマン反応などの研究をすることになり、僕らのグループはドブロクを作ることになり、一隅にかたまって相談していましたから、僕も頭を突っこんでみたところ、なにせ今まで何ひとつせず、たまに手を出せば水をぶちまけたりびんをひっくり返したりするので、あいつは遊ばせておくのが一番、うっかり手を出させるとシャーレーの五、六十箇《こ》も割ってしまうからというわけで相手にされず、そのうち誰が米を炊《た》くかということで一悶着《ひともんちやく》、みんな遠慮してゆずりあっているので、よせばよいのに僕、『メシを炊くのなら引受けた。絶対自信がある。なにしろ二年間自炊してたんだからね』と大ボラを吹きましたら、みんな大喜びしてメシ炊きは僕の任務となりましたが、もちろんそんなことは一時の出来心ゆえ、次週の実習の時間にはきれいに忘れてしまい、例のとおり一時間も遅れて行きましたら、なんという無邪気な天使のような君子人ばかりなのでしょう、僕がくるのをわざわざ待っていまして、『なにしろ上手に炊かないといけないからね、遅くなったけど君のくるのを待ってたんだ』と言う始末で、僕も今更あとへはひけず、よしきたと返事はしたもののほとんど心は不安に閉ざされ、つけ加えるに大ガマに一升五合ほどの米ですのでますます自信なく、それでもボロを出すまいと必死、『いいかい、米の深さが手を突っこんでここまでだろ、だから水は指のこの関節がちょうどいいんだが、この釜《かま》は底が丸いからそれではうまくないんだ、これを計算するには大変むずかしい数学を使わにゃならんが、それはとにかくとして、結局ここいら辺でいいとしよう』などと訳のわからぬこと口走り、神に祈るとはああいう心理をいうのでしょうか、頼むからうまく炊けてくれと切なる願いもむなしく、飯はぐしゃぐしゃとなり、友はそれでも気の毒がって、殊《こと》にピンポンの弟子など気の毒がってくれて、『少し柔かいようだね』などと言うので、今にも発狂せんばかりに悶《もだ》え苦しんだ次第で、まったくオミソとして自重すればいいのですが変に出しゃばり、仲々にけなげな心ではあるのですが、決していけないことではさらさらないのですが、それがことごとくいけなくなり、三日ほど前も試験が迫ったので、その中でも生理（テトラコンで通ったのとは別のやつ）は問題がはじめから二十一題出されており、普通ならエイとにらめば立ちどころにヤマ数題をぴたりと見抜く眼力はあるのですけど、その教授少々ひねくれ者ゆえ、くじで問題出すというのでさような訳にもいかず、高校以来の友の下宿に、もうそろそろ問題の答を作製したころだろうと出かけたのですが、あいにくまだ半分もやっておらず、参考書やノートをひねくりまわし苦しんでいる様子に、できた答を写してゆくだけではあまり虫がよすぎると考え、では僕も手伝ってやろうと、ひとしきり本を調べて抜き書きを作り、五題ほどやってホッと一息、得意になって『これでどうだい』と差出そうとしましたら、かの友、数冊の本をめくりめくり、さまざまにシンギンしている様子に急にうろたえ、『これじゃ駄目だろうね、どうもいけないと思うんだがね、やっぱり駄目かね』と丸っきり自信を失い、恐る恐るノートを差出しましたら、かの友、ちらと目をそそいで、それから口辺に実に優しい微笑をたたえたのですが、それがまた天使の微笑、慈母の口元、せめて馬鹿にしてでもくれればよいのですが、こういたわられるようではとても堪《たま》らず、『どうも僕は役に立たない、ひと休みしよう、菓子でも買ってくるからお湯をわかしてくれ』と言い捨てて威勢よく立上ったのですが、あちらのポケット、こちらのポケット、仔細《しさい》に探ってもわずか十円しか出てこず、我ながらひどいと思うのですが、まったく恥ずかしいと思うのですが、金を出してくれと言いだす有様で、なんともはや、こんなことと書き綴《つづ》っていったらいっかな尽きそうにもありませんので、もうやめますが、とにかくこのような有様でして、それに少々太宰を読みましたらその影響か、かくのごとく文体トミに乱れ、まことにはや読みづらいでしょうが、なにとぞお許し願いたい次第であります……」

たしかに太宰は、私のその頃の文章にかなりの影響を与えた。日記の一行文にしろしばしば似てきたが、私はまもなく彼から離れ、彼が死んだ日の日記には、「太宰が死んで愉快だ」という意味を書いている。しかし、その悪《あ》しき心理的影響はもう少しあとまで残った。

いま言えることは、太宰の死に方を私は絶対に是認しないということ、またいつまでも彼の亜流である人間に、これといった人物が現われたのを見たことがないこと、等々である。こういうことを書くと、「太宰の苦悩がお前なんかにわかるものか」という声が聞えてくるようだが、その声にしろすでにまったく鼻もちならない。

もとより私は、自殺ということを否定するものではない。また、人間に於《お》いては、大半の自然死も、見方によっては一種の慢性的自殺にほかならない、とも言うことができる。一体、この世の若者で、死への誘惑を受けなかったものがどれほどいようか。よほどの強者か、相当に鈍感な者か、あるいは外界の危機が自己の内部を覗きこむことを妨げた場合を除いて。

普通、それは多分に感傷的な、甘美な形でやってくるように思われる。生れるまえ、我々は自然の一部であった。誕生と共に、自然からの脱離が始まる。精神的思春期に、我々はようやく宙に浮いた、脆《もろ》いうぶな外被しか有さぬ風船玉のような状態にある。ほんの針の一突きで、それは堕落し、元の大地へ帰ることもできる。しかし、年齢のつもること、多くはあくせくとした世渡りによる厚顔と無感覚により、この外被は針くらいでは破れぬこわばったものとなってゆく。或《ある》いは、断乎《だんこ》とした生への意志によって。

私の場合、はじめは戦争が、死へ近づこうとする思考を妨げてくれたように思われる。外界よりもたらされる危機は、逆に個人を安全にもするものだ。事実、戦争というものは、特殊な戦争ノイローゼを除き、ノイローゼ患者を減少させた。むしろ生ぬるい平和の中にあって、我々は自己を攻撃しだすものなのだ。

戦争が終ってからも、空腹がまた私を徒《いたず》らに食べようとする動物におしやった。あまり腹がへっていては、かえって人間は死のことをなかなか考えない。

本来なら、もっと早く体験してもよい死への誘惑は、ようやく世間が穏やかになって、食糧事情もある程度改善されてきた時代にようやく私を訪れてきた。本来なら高校で卒業してもよい青春のかなりの部分を、私は空腹の結果として、遅まきにだらだらと味わったのかも知れない。

それは一冊の本、当時発行されたショウペンハウエルの『自殺について』という訳書が触媒にもなった。

私はマンの『ブッデンブロオク家の人びと』から関聯《かんれん》して、『意志と表象としての世界』の古めかしい訳書を先に読みはじめたことがあったが、恐れいって途中で投げだしてしまっていた。だが、この『自殺について』は、そのペシミズムだけがいやに魅するように私を浸していった。

「生は夢なのであって、死はまた目覚めであるというふうに考えられる」

「人生とは一種の幻滅である、というのが人生に関する最適切な解釈であろう」

「私の世界観によれば、現存在それ自身は、ないほうがましなような何物かであり、一種の錯誤にほかならぬ」

そのような箇所のみが、私には極めて明瞭《めいりょう》に理解できるような気がした。実際はショウペンハウエルという御仁は、相当にしぶとく、かつ大変な自信家で、その虚無思想すらも油こく威張りかえっている。その母親からして傲慢《ごうまん》で、自分のことを天才だと信じこんでいた。するとゲーテがやってきて、「あなたの息子さんは天才ですね」と讃《ほ》めると、この母親はたいそう立腹し、「一つの家に二人も天才がいるはずがない」と言って、息子を階段から下へ突き落した。ショウペンハウエルが女性嫌悪《けんお》症となり女性を侮蔑《ぶべつ》したのは、こんな偉い母親を持ったことも無視するわけにいかない。

ともあれ、死への圧倒的な親近感は、大学二年の初夏のある夜半、だしぬけに強く私を襲った。そのころ、私は芥川龍之介の『歯車』とか『或る阿呆《あほう》の一生』などを繰返しよんでいて、息づまるような思いをしたし、自分の発狂への恐怖と憧憬《どうけい》とをこもごもに感じていた。芥川が私の生れた年に自殺していること、私の父に薬品を貰《もら》ったりしていたことも、なにかの因縁のような気がした。夜がふけまさって、神経が病的になり、じっと頭をかかえこんで坐《すわ》り机に向っていると、前の窓硝子に異様な狂人めいた顔貌《がんぼう》が映り、正直いって自分でこわかった。と、不意に私は単純の極みに感傷的になり、幾枚かの山の写真を取り出してまじまじと見つめ、ほとんど涙を浮べた。

その夜の日記には、

「僕は悪魔になんぞなりたくないのだ。天使になりたいのだ。それなら、なぜ素直にそう言えないのか？」

「今、アルペンの岩場の写真が目の前にある。自殺するなら此処《ここ》だ。此処で、まちがったこの生命を返上するのだ。

このことを、ここに書いておこう。ひょっとすると（本当にひょっとならいいが）これが予言になるかも知れないから。

でも僕はまたあらゆるものにかけて誓う。とにかく書くだけ書いてみたその上でのことだと。

此処まで来てしまったのだ。最後の恥をさらしてもかまうまい。（意識は今とてもはっきりしている。安らいとは、死以外にはないと思っている）」

「生れない前のように自然に帰ることだ」

「死が無かったら生も無い、というような考えは、断じて言葉の遊びではない」

というような文字が何ページも並び、

「たとえば、ここに書きつけたことが、明日にでも胸くそが悪くなるくらい馬鹿《ばか》らしく思えることがあるに決っている。しかし僕はそんなことは何とも思わぬ。どんな状態の僕にしろ、それが僕であることに変りがない」

と、乱暴な字で書きなぐってある。

そのような心理状態は夜ごと私を訪れつづけた。

この間の夜、ぼくはアドルムを飲んだ。
喉頭《こうとう》に、その苦い後味が残った。
眠りにひきずりこまれるまでに
ぼくは彩色された苦しい夢を見つづけた。
ぼくは目を瞠《みひら》いて、本当に色がついているかと
疲れた脳髄で確かめようとした。
眠りにさえも憩《いこ》いのないぼくに

この人生が何をしようというのか？

肉体を虐《しいた》げて、その嫌な後味の中で、僕は目をつぶる。わびしい古びた夢の中で、いつまでも湿っぽい梅雨が降る。僕は「狂人の手記」を、書きはじめようと決心した。

夜はまた雨だった。

ぼくは周囲にひろがる夜の中へ沈んでいった。

いつもの思考のめまいが来た。

人生よ、ぼくは君におさらばしていい？

僕は疲れた。プラーテンの詩のみが美しい。底の無い眠りを僕は欲する。

右にあげた「狂人の手記」と漠然と予定した小説が、のちに「狂詩」という作品になり、同人誌「文芸首都」の本欄にはじめて載ったものだが、これを書くことで私は死へのめりこもうとする意識からようやく脱出できた。

それでも半年間くらい、自殺に関する言葉は日記にちらほらしているが、

「死にたくって、うずうずしちゃうな」

などという太宰ふうの語句に至っては、完全におふざけである。

いま、この齢《とし》となって私が若い人に言えることは、自殺するならとにかく三十歳まで生きてみろ、ということだ。そこまで生きてからの思想上の死ならまだしも許せる。青年の観念的な死への傾斜は人生の始まりであるが、一面から見ればその大部分がマヤカシであり、さもなければ病気である。病気は治さねばならない。死というものを常々考えもしない人はまずヌキにして、「死への親近感」から始まった人々が、ついに「生への意志」に到達するのがあくまでも人間《ねーんげん》的な生き方というものである。

酒と試験について

スペインの諺《ことわざ》に、三十歳までは女が暖めてくれ、そのあとは一杯の酒が、またそのあとは暖炉が暖めてくれる、というのがある由《よし》だが、私の場合はちっとも女が暖めてくれなかったので、もっぱら酒を飲んだ。それも一杯でなく、それこそずいぶんと。高校時代はドブロクとひどい焼酎《しょうちゅう》しかなかったが、大学にはいった頃から、次第に酒の質も改善されていった。

それでもふり返ってみれば、初めはやはりひどい質のものであった。まだ酒の配給制が残っていて、Y先生の下宿にいたとき、桜ウイスキーというのが一本百七円かで配給になった。たまたま松高の同期生が仙台に遊びにきて、三人で二本このウイスキーを飲んだところ、その友人は完全に腰を抜かしてしまった。それを兄さんがいるという東北大学の寮へささえながら送ってゆく途中、元練兵場の広場があり、そこに水たまりがあり、その中に友人がはまってしまった。たかの知れた水たまりと見えたのだが、こいつが少年冒険小説に出てくるようなアフリカの底なし沼のごとく、どこまでもズブズブともぐり、そこに友人は完全に埋まってしまった。それを引上げるのが一騒動であった。手のやっととどくほど深くもぐってしまった下駄はついに救助できなかった。全身どろどろの友人を寮にかつぎこんで服を脱がせると、フンドシにまで泥がついていたから、いかに物凄《ものすご》い底なし水たまりであったかがわかるであろう。

宝焼酎というのが売りだされたときはさすがにうまいものだと思い、アイデアル・ウイスキーというのは私たちにとって高級酒といえた。

そうした酒を買ってきて下宿でコンパをしたが、やがて私たちは外で飲むことを覚えた。はじめ友人と二人でおそるおそる屋台に入り、へんなウイスキーを飲んだら、小さなグラス一杯四十円もするので驚いたことを覚えている。これで酔わなきゃ損だと、外へ出てとんだりはねたりした。

しかし、なんといっても酒についての教師は、汽車の中で会った松高陸上競技部の先輩Sさんであった。この人はいろんなところで飲むのを知っていたし、仙台に知人がいて、そのおごりでバーやキャバレーにも私たちを連れていってくれ、ついには飲屋の女性の部屋に泊りこむ術までを教えてくれた。とはいえ、泊りこんでも私たちはまだずっと童貞であった。

仙台というところは、東京にくらべてもとより娯楽は少ない。学生たちもやることがなく、遊びといえば、パチンコかダンスであった。私が二年生のころから、仙台ではダンス熱が極めて盛んとなり、進駐軍用のを含めてダンスホールが幾つもあったし、ダンス教習所が無闇《むやみ》とあった。

私もまたダンスなるものを覚えてやろうと出かけていった。ところが、これを習うのは地獄の苦しみといえた。

現代の単にリズムにあわせて身体《からだ》をゆするダンスとは違い、その頃のダンスはクラシックであるから、まずブルースを習う。最初はブルースしか踊れない。あまつさえ私はとびきりの音痴であるから、かかるレコードのどれがブルースであるかが理解できない。

そこで連れていった松高の後輩に、

「おい、今度の曲はなんだ?」

「あれはクィックです」

「おい、今度のはたしかタンゴではないか」

「いや、あれはワルツです」

「それならば、今度のはたしかにタンゴだ」

「いや、あれこそブルースです」

「なに、ブルース? それならば、おれは踊れるわけだ」

そこで相手の女性を求めて歩きだすと、教習所に習いにくる連中には男ばかりが多く女性が少ない。しかも男でうまい奴《やつ》は自信に溢《あふ》れてさっととびだしてゆくし、こちらはあまりうまい女性だとわるいようで近寄れないし、手ごろなのを物色しているうちにみんなとられてしまう。そこでまたすごすごと壁際《かべぎわ》に戻り、次のブルースがかかるのをじっと待つ。

「おい、あれはクィックだな」

「いや、ルンバです。そのくらいわかりませんか？」

「ああ、やっとようやくブルースだ。よし、今度こそ！」

「ちょっと待って下さい。あれがタンゴだともう何回も教えたじゃありませんか」

ブルースは滅多にかからず、壁の花というが、こちらは壁のごろた石として、じっと情けなく腹立たしく待ちつづけねばならない。

しかし、ふしぎにもやがて私はこれらの曲を区別するようになった。当時のすべてのダンスを覚えた。のみならず大学も後半となると、学生だけにダンスを自宅で趣味に教えている夫人があって、私の悩ましげな顔貌に魅せられたのであろう、特別に手をとって教えてくれた。私はタンゴなどはアルゼンチン・タンゴの出だしから数十種のむずかしいヴァリエーションを使いわけるに至った。

もっとも十数年後の今はすべてを忘れてしまい、それでも昔のなごりで、年に一遍くらい踊るとなると、猛烈な歩幅でクィックなどを踊ろうとするため、リズムダンスしか知らぬ相手の脛《すね》を蹴《け》とばすやら足を踏んづけるやらするため、もうダンスなんて一切やるまいと決意している。

それでも当時はおもしろくて堪らず、ごくたまにキャバレーへ行っても、踊るのが大半の目的であったから、女性の御面相より、ダンスの上手な相手を選んだ。うまい相手と踊ることは、ガタガタの古自動車でなく、高級スポーツ・カーに乗るような気分であったからだ。ガール・フレンドにしてもそうだったから、ジョージ二段から、「あなたの女友達はカスばっかりですね」などと言われたりする羽目になったわけである。

ダンスに関しては、もっと豪の者がいた。いつぞや私に将棋の名人戦を挑んだ男で、彼は教習所に入りびたり、ついにはダンス教師の資格をとった。あるとき大学生のダンス・パーティがあり、彼はパートナーであるプロの女性を連れてきて、合間にスローのデモンストレーションをやった。ところが辷《すべ》りのわるい講堂の床に硼酸《ほうさん》の粉末をまきすぎたため、見事なポーズで踊り始めようとしてつるりと辷り、あやうく転倒しかけたのは、少なからずみっともなかった。

とはいえ、私たちがキャバレーにも行くようになったのは卒業近くになってからで、はじめはもっぱら屋台で飲み、安バーともつかぬ飲屋で飲んだ。知りあった大人がときどき奢《おご》ってくれた。そうでなければ一、二本の銚子《ちょうし》をのみ、店が終ってから酒屋を叩《たた》き起して一升びんを買い、店の女の下宿へ行って飲み直した。金のない学生に、彼女らはよくつきあってくれたものだとしみじみ思う。

あるときは屋台ふうの店で飲んでいて、隣の見知らぬ店に私一人がとびこんだことがある。一人しかいぬ女に一本の銚子を頼み、ちびちびと飲んでいると、その店に呼び出し電話がかかり、彼女は出ていってしまった。私はこのときと思い、銚子を一息でラッパ飲みにし、カウンター越しに手をのばしてそこにあった一升びんをとり、銚子にどくどくとそそぎ、これまたラッパ飲みしようとしたら、むせかえって吐きだした。酒でなく醬油《しょうゆ》であったのである。酒と醬油を間違えるくらいだからよほど酔っていたのであろう。

それから、当時大きな酒屋が店に椅子《いす》テーブルを置いて、小売値で飲ましており、こういう店の常連であった。バーなどへ行くときは、はじめにそういう店で飲み、下地を作り、高い酒はビール一本しか飲まぬ算段をした。

Oというバーは、もっとも感謝すべき店であった。私たちはこの店でほとんど注文せず、隅っこの席に坐《すわ》っていると、二人のなかなか可憐《かれん》な若い女たちが、他の客の飲み残しのビールを持ってきてくれた。三分の一残っているびんもあれば、ときには蓋《ふた》をあけただけの手つかずのびんもあった。私たちはそれを飲み、女たちの手があいているとき、彼女らとジルバを踊って過した。まことに始末に困る客といえたが、マダムが親切で、私たちが帰るときマッチを二十箱もくれたりするため、マッチ代まで浮かすことができた。

しかし、いくら節約をしたとて、なにせ一時は毎夜のごとく飲みに出かけたもので、その酒代は相当のものであった。私が父にこれこれの医学の参考書を買うと手紙を出すと、父はそのころ歌集や随筆集を矢継早に出版して稼いでいたため、かなり鷹揚《おうよう》に送金してくれた。医書というものは高価であり、かつ息子が立派な医師となるには沢山に必要であると父はよく承知していた。ところが私は最小限の医書しか買わず、その大半を飲んでしまった。親不孝も極まれりというものである。一度、学費を滞納して家に通知が行ったことがあったが、当時の官立の医学部の学費は安く、年額二、三千円のものであったと思う。私はそれすらも飲んでしまい、母からきた叱責《しっせき》の手紙を読むと、末尾に、

「親孝行したきときには親は無し」

などと書かれている始末であった。

カバンを質に入れることを教えてくれたのもSさんであった。今夜飲もうということになってどうしても金がないと、彼は私らのカバン——私のそれには弁当箱とピンポンのラケットしかはいっていないのだが——を二つ三つ質屋に入れて飲代《のみしろ》を作った。質というものは一日入れても一カ月ぶんの利子をとられる。しかも他の友人のカバンにはノートや参考書がはいっているから、これを受けだささぬと講義に出られない。しかしSさんはどこからか金を工面してきてカバンを取り戻してくれた。

現在も売られているウイスキーが新しく発売になり、デパートで試飲会などあると、

わざわざ出むいていって何杯もロハ酒を飲んだ。知人の家へ行ってタダ酒を飲んだ。飲屋で知合いになった大人たちを目当てに、あちこちの店を捜しまわって同席しては奢ってもらった。まさしく浅ましい。

その代り、他の贅沢《ぜいたく》は一切しなかった。私は卒業間近まで、知人の家で御馳走《ごちそう》になるほかは、自分からはデパートの食堂でカレーライス以外の洋食を食べた記憶がない。下宿の菜以外に栄養をとろうというときは、当時盛んに売られていた実に歯ごたえのある鯨の油身のベーコンか、一つ五円のジャガイモばかりのコロッケ、奮発するときは三十円のトンカツを買ってきて下宿の部屋で食べた。もっとも食糧難もすでに去っており、Wさんの家ではおいしい牡蠣《かき》御飯がよく出たりして、殊《こと》さらに食物を求める必要もなかった。あるとき、やはりSさんの発案で、初ガツオの刺身を多量に買っていって、飲屋の女の下宿で酒盛りをしたが、食物に関して金を使ったのはこれが最大の豪華版といえた。その代り、飲屋の女性を二人乗りの輪タクに載せて家に送ってやるような余計な金は酔ったまぎれに使った。当時の仙台にはタクシーはほとんどなく、自転車でこぐ輪タクで、冬など足元に小さな火鉢が入れてあったりして、なかなかに情緒のあるものであった。その後、俗にバタバタと呼ぶオートバイの孫みたいなやつになったが、あれは情緒なき親玉といえた。

要するに、下宿代とわずかな本代を除き、ほとんどを飲んでしまったといってよい。

しかし、だらしなく酔って歩いているうち、私はこれまで知らなかったさまざまな人間模様をも見ることができた。しかし、風俗のことは覚えたが、酔っぱらいというものは有体にいってつまらぬもので、わずかに優秀な人間が酔っぱらってふだん話さぬことをしゃべるときだけが勉強になるものだ。

このような怠惰な学生生活を送りつつ、かつ講義にほとんど出なかったにもかかわらず、私が試験をぞんがい落されずに通っていったのは魔術に近いが、それなりにいろいろと術策を使用したのである。

試験に関して有難かったのは、Mという松高の友人の存在で、彼は飲み仲間ではあったが、講義にだけはきちんと真面目《まじめ》に出、しかもそのノートが実に綺麗《きれい》で読み易《やす》いことであった。

彼は私の後釜《あとがま》としてY先生の家に下宿していたが、私は試験の三、四日前から、彼の部屋に泊りこんで自分用の抜書きを作った。よい点を取ろうとしたなら、頭が混乱してしまって破滅してしまったことだろう。しかし私は厳密に試験を通ることのみを目標としたから、六十点を取れる範囲で抜粋を作った。その簡単な抜粋ならどうにか覚えることができた。

次に私はヤマをかけるのに特殊技能があった。上級生から前年、前々年の問題を聞き、教授の心理に同化してヤマをかけるので、神技のごとくこれが当った。当時の私のノートを見ると、ちょっと出そうな問題には小さな山の絵が、これは確実と睨《にら》んだ箇所にはでっかい峨々《がが》たるアルプスの絵が描いてあったりする。

次に私は、自分の答案が何点くらいとれたかを相当に正確に見極める能力があった。人はしばしば自分のこととなると盲目になるもので、これもたしかに一つの才能であったろう。それゆえヤマが当って七十点ぶん取れたとなれば、イの一番にさっさと試験場を出てしまったし、五十点しかないとわかれば、あとの見知らぬ問題に対し、文学的才能を総出動させ、一のものを十と見せかける文章をつづった。

この点をあまりくわしく書くと日本全国の教師が困惑するだろうから、ごく要点を述べれば、よく知っている問題は簡単明瞭《めいりょう》に、知らぬ問題は複雑怪奇に書くのである。また逆手に出たこともある。解剖学の試験で、三問のうち二問の答が、六十点ぎりぎりくらいに推定された。もう一つの二十五点問題が「男性尿道」というのであった。女性尿道というものは短くて簡単なものだが、男性尿道は長くておよそ三つの部分からなり、ペニスから奥が複雑なのである。しかし、その部分については私は何一つ知識がなかった。そこで私は、ペニスの絵をさっと描き、真中に棒を引き、矢印をつけて、「この中を通っている」とだけ記した。これは教授を激怒させるであろうが、教授が真面目であればそれだけ、この答に0点をつけるのを逡巡《しゅんじゅん》するのではないかと私は企《たくら》んだのだ。とにかくペニスの部分は幼稚園の知識だが、ぜんぜん間違いを書いているわけでもないからである。この絵に二、三点をくれれば合格点に達する自信があったし、そして事実、私はこの試験を通過してしまった。

しかし、生理のM教授のときはものの見事に失敗をした。「ウェーバー・ブレイ効果《エフエクト》」という問題が皆目わからず、しかも他の問題の答では合格点に到底足りぬ。ひとかけらの知識があればそれを潤色もできるのだが、あいにくそのひとかけらすらない。そこで私は高校時代の癖を出し、ついそこに次のごとき駄文を書いた。

或《あ》る国にウェーバー教授という、学識も豊かなれば教育にも熱心な偉い学者がいた。ところがその国の学生はみんな怠け者でちっとも勉強をせず、しかも妙な直感力があって試験のヤマをかけるのがうまく、勉強もしないくせにヤマをあてて試験をすいすいと通ってしまう。ウェーバー教授の試験でもそうであった。教授がこれを憂《うれ》えて、今度こそヤマを外そうと企んでも、学生たちは霊妙なカンでそれを当ててしまう。そこで教授は大いに立腹し、「無礼な！」とひとこえ叫んだ。直ちに研究室に閉じこもるや、寝食を忘れて三百六十五日の研鑽《けんさん》の末、ついに偉大なる効果を発明した。つまり、試験のヤマが絶対に当らぬ効果である。ウェーバー教授が「ブレイな！」と叫んで発明したため、世にこれを「ウェーバー・ブレイ効果」と呼ぶ。この効果の偉力たるや絶大、現にいまこの私も見事にヤマが外れ、問題を前に徒《いたず》らに吐息をついている次第である……。

ざっと右のような文章を書いた。ところがさすがの文学的才腕も大学では通用せず、私は見事に落第させられたばかりか、二次試験《ビーコン》、三次試験《トリコン》、四次試験《テトラコン》まで受けさせられたものだ。しかし、私はＭ教授を尊敬もしているし好きでもある。人徳の中にユーモアがあったし、教だけでなく育もされる先生であったからだ。

たしかに教授の癖を知ることは必要なことである。ある内科の教授はそのころ牛乳療法というのを研究しており、さまざまな病気に大量の牛乳を与え、しかもそれが利尿作用もあって有効なのであった。この教授は尿《ハルン》ともいわずオシッコとも言わず、お小水という丁寧な日本語を使用された。臨床講義で、「この患者《クランケ》に牛乳を一週間一リットルずつ、次の週に二リットルずつ飲ませますと、お小水がじゃあじゃあ出まして……」

私はその教授の試験に、関係もない病気の治療法にまで必ず牛乳のことをつけ加えた。

「毎日一斗ずつ牛乳を飲用せしむると、お小水が実に大量に出……」

おそらく教授はこの答案を読むとすっかり嬉《うれ》しくなってしまい、十点ほど余分の点をくれたのではあるまいか。

一度、ある学課の試験で、いかに悪魔のごとき智慧《ちえ》をしぼろうとも、二、三十点しかとれぬと目算したことがあったのに、予想に反しその試験は通ってしまった。これだけは未《いま》だに私の合点のゆかぬことで、あんがいその先生は階段の上から答案用紙を突き落し、とまった階段に応じて点数をつけていたか、或《ある》いはひどい宿酔《ふつかよい》で目が霞《かす》んで私の答案を読めなかったのではあるまいか。

また一度、凄《すご》いカンニングをしたことがある。それは法医学かなにかの試験で、講堂がいつものとは違っていた。みんなはすべての講義に出るからどこにどんな講堂があるかをむろん知っているのだが、私はほんの一つ二つの大講堂しか知らぬ。半分以上の講義は一度も出なかったから、試験のときにその教授の顔をはじめて見るということはざらであった。その日もはじめて聞く試験をやるという講堂の所在がわからず、あちこち捜しまわって多大の時間を要した。時計を見ると試験開始からすでに三十分を過ぎていたけれど、とにかく重い扉をあけてはいっていった。すると、私がいかなる学生であるかもうクラスじゅうの評判になっていたころで、その怠け者の男が突拍子もない時刻にうろうろとはいってきたのを見、階段教室を埋めて答案を書いている全員が、どっと笑声をあげた。

教壇で試験を監督していたのは、どうも教授ではなく、単なる小使いか事務員らしかった。その男はべつに私を追いだそうとせず、黙って答案用紙を一枚手渡してくれた。私はそれを持ち、ようやく笑いの静まった階段教室をのぼってゆき、空いた席に腰をおろした。それから二題の問題を眺めると、大胆にわずかなヤマしかやらなかった問題が完全に外れていて、二題が二つともまったく手がつけられぬことが一目でわかった。どうにも創作のしようもない。私はしばらくそれを眺めたのち、高校の流儀ですんでのところ、席を立ちかけた。しかし、三十分遅れてはいってきた私が三分間でまた出ていったら、クラスの連中は今度はもっと笑うであろう。そう思って私はしばらく逡巡した。すると、いきなり隣の学生が、自分の答案用紙をすっと私のほうに押してよこした。それは小柄なおとなしそうな男で、名前も知らなかった。もともと私が名前を知っているのは、野球か卓球をやる連中か、実習でグループになった仲間だけで、クラスの学生の大半の名前は卒業するころも知らなかったわけだ。その男は特別に優しい心の持主であり、私が問題を前にして鉛筆に手を触れようともしないのを見、自分はもう答を書きあげていたので、友人でもない私を助けてやろうと考えたのであろう。

幸い、他の試験のように、席の間を巡回する助手たちもいなかった。私はいくらなんでも破廉恥《はれんち》な行為とも思ったが、もう一度試験を受け直すのはもっと私の意志に反した。そこで有難く彼の答案を見ると、秀才なのにちがいなく、整然とした満点と思える答が記してあった。私はその要点を摑《つか》み、およそ六十点から七十点くらい取れる範囲で大急ぎでそれを写した。もちろん私流に変えて書いた。

それから隣に答案を押し戻すと、相手はもういいのかというふうに念を押し、私がうなずくと、そのころにはぼつぼつ席を立って答案を出しにゆく学生にまじって、彼も立上った。その態度も立派であれば、私に余計な勉強の時間を節約させてくれた一恩人といってよい。ひどいことに、この学生にあとで礼を言ったかどうかも私には記憶がない。

今となって鄭重《ていちょう》な礼を述べたいが、悲しいことに名前もわからない。

しかし、私がこのような手ひどきカンニングをしたのは、あくまで自分は作家になると決めており、医学の試験は単に父を落胆させせぬため、最小限の努力で通ろうと決意していたからだ。もしなんらかの学問を学ぼうと志望する場合、カンニングすることは自らその意志を放棄するに等しい。ましてよい点を取ろうとしてカンニングをするなんて下の下である。

とはいえ、私はやはりしばらく医者を業とすることになった。これは世間の人の生命《いのち》を危機に陥《おと》し入れることになりそうに見えるが、現在の医学は分化しており、私は自分に納得できる精神科医となった。

そして謙遜《けんそん》をせず本音を吐くと、私は精神医学の本は人並に勉強したし、かなり真剣に患者たちを診てきたし、なによりも私は家が脳病院で幼少期から狂人の間で育ち、あまつさえ私自身がけっこう精神病者に属している。精神医学を学んで患者を診るのと、そうした学問体系を知らずして患者と長年接しているのとではぜんぜん意味が異なる。しかも、後者の立場が意外と曇らぬ目で病者を眺められるものだ。

私は大学病院の医局助手になってからも、目に立つ研究はしないし論文ひとつ書かないし、ここでもまたミソッカスあつかいを受けたが、私の精神病者に対する認識の度合は、正面切って言わしてもらえば、そこらのヒヨッコ精神科医の比ではない。

しかしながら近ごろ、年一年と進歩する精神医学の新しい知識、主として新薬などの知識を吸収する時間がずっと減少したし、また日本にかなり良質の精神科医の数もふえてきて、まあ彼らにまかしておいてもよいと考えたので、私はきっぱりと医師としての診療をやめた。いくら出鱈目《でたらめ》で無責任のように見えようが、私の生き方はある程度の筋は通しているつもりである。

学問と愛について

東北大学医学生としての私の保証人は、河野与一先生という当時の哲学の教授に、父が頼んでくれた。私は先生という呼称は嫌いだが、この人物だけはほかの呼名が見当らない。

とはいえ、はじめは私はその名前も知らず、偉い学者と聞いたのでいよいよ怖《おそ》れをなし、それでも自分の保証人ではあるし、父から尋ねていけば奥さまが何か食べさしてくれるだろうと言われていたので、入学してまもなく、半分仕方なしに挨拶《あいさつ》に行った。

仙台駅裏のガードをくぐり、狭いうらぶれた土の道を歩いていって、とある家の古風な土蔵の中に、この先生が縹渺《ひょうびょう》と住んでいた。見ると、汚ない着物にチャンチャンコを着、一般地球人類とは様子が異なるお爺《じい》さんであった。頭蓋《ずがい》がでっかくて額がでっぱっていて、これはウエルズの火星人が化けているのではあるまいかと、ひそかに私は考えたものだ。

しかし、この老火星人が、意外と気さくでやさしい言葉をかけてくれるので、私はひとまず安堵《あんど》し、出された食物をみんな食べて引きあげた。

帰りは夜も更《ふ》けていて、その陰気な暗い通りは仙台の娼婦《しょうふ》街らしく、ところどころ明るい灯が見えて、そのまえに女が二、三人客を求めていた。父の教訓ばかりでなく、そういう箇所は私には怖ろしかったから、大急ぎで歩いた。

すると、また二人の女が立っていて、

「お兄さん、遊んでいきさい？」

と声をかけてきた。

もう一人が、

「あら、学生だわ」

「学生だっていいじゃない」

と二人が言いあっている隙《すき》に、私はすばやく通りすぎ、かなり離れてから少し悔しくなって、

「金がない」

とうしろにむかって言うと、

「あら、金がないだって」

と、二人の女は甲高く笑いあった。私は侮蔑《ぶべつ》を受け、悔しくって夢中で歩いた。

河野先生のところへ行くのは、このこわい道を通らねばならなかったが、そのたびに

なにか食べられるから私はときどき尋ねていった。すると先生は気さくに御馳走《ごちそう》をしてくれるのだが、やはり学者である奥さまが忙しいときは、先生が自分で手ずから料理をこしらえるのであった。保証人で教授らしいところは少しもなかった。

そこで私はすっかり安心してしまい、やがては安ウイスキーの小びんを持っていって、実は自分で飲み、出された御馳走をぱくぱく食べては引きあげた。

そうしていると、他の客がきて同席することがあった。そういう大人や青年たちは、先生に対して尊敬を露《あら》わにして、なにかむずかしい用語を使用して七面倒なことを聞きだすと、先生はべらべらとしゃべりだし、その博学なことは大変なもののようであった。また何十カ国語という言語をくわしく御存知のようであった。しかし、私はなにぶん空腹のためにきているので、そうした深遠な会話は馬耳東風で、ひたすらに食べ、食べるものがなくなると帰ってしまった。

いま考えてみて、私の態度はあきれはてたアッパレさだとも思うのである。先生を尋ねてくる人々はすべて広大な知識のおこぼれにあずかろうとしてやってくるのだ。のちに先生は東京に戻り、週に一ぺんI書店の一室でギリシャ語か何かの本の講読会をやっていて、その席には日本の代表的知性人がずらりと並んで拝聴している現場を私は見たこともある。そういう先生のところへかなりの回数出かけていって、何ひとつ教わろうとせず、食物ばかり狙《ねら》って帰ってきたのは、おそらく日本広しといえども私一人であろう。

私が河野先生からおこぼれを頂きたいと痛感しだしたのはようやく最近で、さすが劣悪な頭脳も齢《よわい》四十に達すると、先生のしゃべることがところどころわかるようになり、かつ先生は偉大な古典の訳業はあるものの、御自分の本を書くのが大嫌いだから、万一この途方もない頭脳が地上から消滅してしまったら実にもったいないと感じだしたからだ。といって、私ごときがその貴重なお時間をつぶすのは畏《おそ》れ多いので、うかうかと近寄ることもできぬ。あのころ、私がそれほど食いしん坊でなく、テープレコーダーでも持っていたらとつくづくと思う。

しかし、当時、先生があまりに気さくなので、私はうっかり自分の文学志望のことを話してしまったこともあった。すぐあと休みに帰省する際に気づいて大いに慌《あわ》て、また父に密告されてはたまらぬから、仙台駅の構内で、

「ぼくは酒も煙草《たばこ》もやらず、文学などはまったくやらないことになっていますから宜《よろ》しくお願いします」

というようなハガキを書いて投函《とうかん》した。

もちろん先生は、他の人のようにそんな余計な密告をする人物ではなかった。そればかりか、私が大学三年ころの夏、箱根で父と二人きりの気づまりな日を送っていると、だしぬけに小包を送ってきて、中には禁制品の煙草がはいっており、

「宗吉君ももうそろそろ煙草を吸ってよい年齢でしょう」

という意の手紙がついていたため、さすがの父も折れ、河野先生がそう言われるならということで、以来私は大っぴらに煙草を吸える身の上になった。

こういう先生を息子の保証人に頼んでしまったのは頑固一徹な父にとって失策といえようが、大いに感謝すべき失策であったことは間違いない。

大学というところは学問へのきっかけを作る場所である。少なくともその雰囲気に触れ、生半可な学問と真の学問との区別くらいを覚えるところである。せっかく大学へはいって、そのくらいのことを学ばない連中は、なにも大学生でいる必要はない。即座に退学し、別の人生を進んだほうがよほどよい。大体、今の世の中には、意味もない大学生が多すぎる。

私は医学生としては史上最大に勉強をしなかったものの、そのくらいの感覚だけは体得した。本で読んだ知識と実際の知識との差も理解した。

ごくわかり易《やす》い例として、自分の目で見るということをあげよう。たとえば皮膚科という領域がある。その参考書をひらくと、いろんな吹出物やら発疹《はっしん》やらが、実に多くの病名として並んでおり、その写真版もついている。しかし、そうした参考書をよみ、かつくわしい講義を聞いても、症状固定性蕁麻《じんま》疹《しん》も帯状疱疹《ほうしん》も痒疹《ようしん》もデューリンク疱疹状皮膚炎も、なにがなにやらさっぱり区別がつかぬ。ところが、その患者の実物を一目見れば、これはもう一生忘れることがない。

帯状疱疹という病気は、神経痛を伴い、かつ発疹が必ず身体《からだ》の片側の神経の枝に沿って現われるのが特徴である。まだ医学部二年生のころ、たまたま下宿のお婆《ばあ》さんが肋間《ろっかん》神経痛だと訴えた。吹出物も出現した。私は帯状疱疹のことをかすかに覚えており、参考書を繰ると、たしかにそのものずばりであった。生れてはじめて病気の診断がついてしまったので私は大いに得意になったが、さて治療となると対症療法くらいしかない。もっともこの病気は難病ではなく、ある日数が経《た》てば治ってしまうものだが、これが困った病気となると、診断はたしかにつくのだが、治療法がないときている。なかには診断をつけるまでが大変で、大学の専門の教授でないとなかなか病名が下せないものすらあるが、そうやって正確な診断を下したとて、患者はいじくられるばかりで、べつだん治るというわけでもない。しかし、そうやって医学は徐々に進歩してゆき、孫の孫の代くらいには治せるようにもなってゆくのである。

私は誤診もずいぶんやったと思うが、たいてい大げさな誤診をやらかすので、患者にとってはかえって安全であったろう。下宿の近くのおばさんが頭痛と吐気で悩んでおり、医学生の私がひっぱりだされた。行ってみるとたいそうな頭痛と嘔吐《おうと》で、たまたまそのころ私は脳膜炎の講義を聞いており、それもいつものように小説本を読んでいて、その他の症状は頭に入らず頭痛と吐気という文句ばかりがちらと耳にはいっていたらしい。そこで私は、「これは脳膜炎の疑いもあって重大だから、ぜひ大学病院へお行きなさい」と言った。おばさんはおったまげて、すぐさま大学病院へとんでいった。結果は——単なる更年期障害であった。

この大誤診のあと、私は更年期障害についても権威になり、二十代の女性が頭痛を訴えても、

「そりゃ更年期でしょう」

などと言うため、たいそう彼女らの機嫌を損ねた。

またごく易しい病気、たとえば感冒《コモン・コールド》とはいかなるものか。こういう一見単純なものが意外とむずかしい。現在では新聞の解説記事くらいの知識でなんとか答えることができるが、私の学生当時はヴィールス学がまだ幼稚で、この定義を要領よく述べることは容易ではなかった。卒業間近の内科の口頭試問で、私のグループの珍奇な病気はなんでも知っている一秀才が、「感冒とは？」と訊《き》かれ、しどろもどろになってしまったのを覚えている。また、世間の人の常識とは別に、感冒には今のところなんらの特効薬はない。対症療法としての薬があるばかりである。単なる風邪を克服するに、医学はまだまだ相当の進歩をとげねばならない。

学問には死んだ学問と生きた学問がある。一見、死んだ学問と見えても、その知識に

自己の血が通うことが学識というものである。知識の集積と学問とは別なものだ。しかも、どんな些細《ささい》なことであれ、人間に関する学問というものは実にまぎらわしい。人間自体がそれだけ複雑怪奇なものだからである。

よく人は未知な分野にテーマを選ぶことが立派なことだと錯覚しがちだが、すでによくわかっていてなんの問題もないと思われる分野に新しい照明を与えることのできる人のほうが偉大なこともある。わからないことを研究するのは誰にだってできるが、わかりきったようなことになお深い謎《なぞ》を見出《みいだ》せるのは選ばれた人たちだ。

一例をあげれば、梅毒からくる進行麻痺《まひ》という古くから記載されている病気は、瞳孔《どうこう》、言語に特徴もあり、血液、脊髄液《せきずいえき》を調べればすぐ診断がつき、また脳細胞にはっきりした病理学的変化が見られる唯一《ゆいいつ》の精神病である。どうにも誤診のしようもない。ああ進行麻痺か、というわけで、ヒヨッコ精神科医は問題にもしない。だが、そのように判明し尽していているようでいて、なにゆえそのある患者が痴呆《ちほう》を主とし、ある患者が誇大妄想を抱き、或いは抑鬱《よくうつ》に陥るものもあれば激越に興奮する者もあるのか、この質問に明瞭《めいりょう》に答えることのできる学者は、現在の全世界にただの一人もいない。

学問をやるには、あくどい信念と共に常に謙虚であらねばならぬ。この双方が新しい疑問をうむのだ。

私なんか学生実習《ポリクリ》の折、一人の肝臓がわるいという患者を前にして、その左の腹部を懸命に押して調べた。そもそも肝臓というものは右側についており、これが腫《は》れてくると右の肋骨の下部に触知することができる。その患者は以前から肝臓病で、肝臓が右側に触れることくらい承知しており、そんな私の態度に実にふしぎげな顔をした。しかし私は謙虚な学究であって、左側に肝臓がついている場合をも考えたのだ、と言いたいが、本当のところ、右と左とを間違えていたのである。若き人々よ、いかに学問というものがむずかしく、深遠なものであるかがおわかりであろう。

愛というものは、これまた複雑でまぎらわしいものである。

われわれは、はじめは「好き」という言葉から出発する。幼稚園、小学生時代は、ある友達が好きなのだ。

私も長いこと、愛という言葉をなかなか使用する気になれなかった。それがもっと重要で、かけがえのない真剣なものであるべきだと思われたからである。しかし、好きというのもやはり愛の一段階なことは確かだ。

ごくたわいもなく好きだった女性について述べれば、バー・Oの二人の若い女の子にしたってそうであった。一人は私の趣味にあったやせ型であったが、これには或《あ》る男性がついていたため、私はもう一人の小ぢんまりした子とよくチーク・ダンスを踊った。酒のほかに女性に関しても先輩のSさんが立腹し、そばについて眺めていて、

「あっ、ついた、こら、頬を離せ！」

などとわめいたりした。

このバーはのちに火事で焼けてしまい、彼女の行方もわからなくなったが、私が国家試験を通って仙台を離れるとき、偶然に道端で出会い、私は安物のクリーム一びんを買ってやった。

大学も終りに近いころ、はじめて知人に連れられていった東京は神田のキャバレーに、八千代という山形県出のなかなか可愛《かわい》い若い女がいた。私は彼女が好きになり、休暇で東京に帰るまえは、無理に二、三千円を捻出《ねんしゅつ》して別に隠しておいた。当時にしては大金であったが、キャバレーに勤める彼女に会うためには、どうしてもそのくらいの金が必要であり、その金で休暇中に二、三回ほど彼女のところへ通っていった。

当時、私は財布というものを持っておらず、定期入れに一枚か二枚の千円札を小さく折り畳んで入れているため、

「あなた、いつも定期入れにお金入れてるのね」

と言われたが、彼女はけっこう優しく、一、二本のビールしかとらぬ私のそばにずっとついていてくれたし、一度は昼間にデートに出てきてくれた。

そのときは私には不案内な東京の中央街で会った。奮発して某ホテルの軽食堂で食事をするためタクシーに乗ろうとしたが、そのころ私はタクシーに乗った経験がなく、タ

クシー恐怖症であった。仙台ではタクシーは特別に高級な存在であったし、大型車はきっと高かろうと考え、小型車がくるまで何台も何台も空車を見送った。それでも彼女は軽蔑した顔もせずおとなしく待っていて、ホテルの食堂では一番安い二百円のグラタン一つだけを食べてくれた。今なおそんな値段まで覚えているのは、もし金が足りなかったらどうしようと真剣に気に病んでいた証拠であろう。

また、一度だけ彼女から手紙を貰《もら》ったこともある。かなり長い文面であったが、これが世にも物凄《ものすご》い金釘《かなくぎ》流で、しかも、「あんまり酒は飲まないがいいね」と優しいながら乱暴な言葉が書かれており、今の私だったら喜んでたちまち結婚の申し込みをしたろうが、そのころ私は女性というものの価値をまだよく知らず、あれほど優雅な女性がどうしてこれほど優雅ならざる手紙を書くのか、いささかの当惑と幻滅を感じたものだ。

御面相の綺麗《きれい》な女といえば、当時の記憶の中では、仙台の一流キャバレーにいた銀星という子に指を屈してよい。これこそ美女といえたが、なにしろ二回しか行ったことがないため、悲しいかな、むこうは私のことなんか覚えていっこない。インターンも済むころ、やはり大人の知人に連れていってもらったキャバレーに、その若い子がいた。あまりの美しさに、私は仙台を去るまえ、一人でその店へはいり、彼女を指名した。そしておずおずと彼女と踊っていると、やはり贔屓《ひいき》客が沢山いるらしく、一つのテーブルにいた若者たちが嫌がらせにクリスマスに使うクラッカーを私の顔にむけて発射し、こちらは危うく目がつぶれるところであった。父の教訓ではないが、美女というものに近づくのはやはり危険なことではある。

今の世では、セックスなるものは大手をふってまかり通っている。しかし私はこうした本の中では、性はやはり暗がりか薄明の中にしまっておきたい。

すべて晩生《おくて》の私が異性を知ったのは、大学も卒業間近か、インターン生になったころのことである。それも有体にいって、愛ではなく好奇心からであった。附言すれば商売女ではなく、ずっと年上であった。

しかし、性愛というものを私は決して軽んじはせぬ。純真な若き女性はよく、精神的な愛をよりけだかいものとしがちだが、その心も性愛のまえに色褪《いろあ》せる場合もあろう。そもそも、プラトニック・ラブ（アモル・プラトニクス）という言葉が今の世で使われている意味を有するようになったのは、プロティノスやその学派のためで、それを強引に主張したのはマルシリヨ・フィチーノというイタリヤ人で、プラトンの使用したエロスという語はそうした意ではないと想像される。同時に、すべての衝動を性に還元して考えるフロイト学説もまた偏《かたよ》ったものといえる。

反面、セックスに憧《あこが》れる若者も多かろうが、これは個人差はあるものの一般には徐々にわかってくるもので、決してはじめ夢想していたほど革命的なものではない、と言ったほうが当っていよう。

初めて知るセックスをたとえるなら、評判のみ高い『遊仙窟《ゆうせんくつ》』という書物がふさわしい。これは日本に伝えられた最初の中国小説で、『竹取物語』より二百年も前に日本で読まれ、かつ現在では珍奇なエロ本くらいに思われている。

私は古代のエロ本という話を聞き、河野与一先生から元禄《げんろく》の木版本を借り、胸をときめかしてこれを開いた。いくら古くても漢文くらいになにほどのことやあらんと思ったのだが、怖るべき字画の多い漢字の羅列にまずギョッとした。苦心惨澹《さんたん》して理解し得た冒頭のあら筋は、一人の男が山奥ふかくはいってゆくと、そのまた奥に仙境がある。そこに一軒の屋敷があって、尋ねてゆくと、二人の美しい姉妹がいる。さあ、いよいよエロ本となってゆくのかと思っていると、この女性に会うまでがなかなか大変である。まず女中に詩をもたせてやり、女の詩が戻ってき、これがいつまでも蜿蜒《えんえん》と繰返される。しかもその文章たるや、私の知っている漢字のほうが少ないくらいだ。目がくらんで片側に刷られている註釈を見ると、これが当時の漢学者が自分のガクを誇示したいがためであろう、実にこまかい字でごたごたと書かれており、ますますチンプンカンプンという有様である。

ここいらは単にくどきの詩であると理解し、相当のページをとばし、もうそろそろエロになったであろうと苦労して読んでゆくと、まだ詩をやりとりしている。かくてはならじとまたページをとばしてみたが、男が琵琶《びわ》なんか弾いていて、いや、弾こうとする前に、またもや盛んに詩をこしらえている。今度こそはとごっそりページをとばし、いくらなんでももう寝たろうと読んでゆくと、まだのんびりと山のような御馳走《ごちそう》を前にして、またまた不可解千万な詩を歌っている。十娘という妹娘がお目あてなのだが、こう詩ばかりやりとりしていては、いつになったら二人が寝るのか見当もつかぬ。癇癪《かんしゃく》を起して末尾のほうを開いてみると、なんとまた詩ばかり並んでいて、どうやらそれがすでに別れを惜しむ詩であるらしい。一体、二人がいつ寝たのか、どこがエロだったのかぜんぜんわかりはせぬ。それにしても、どこかにはエロがあるはずだと、私は三日三晩奮戦したが、それでも皆目見つけることができぬ。

ついに私は疲れはててカブトを脱ぎ、今度は魚返善雄氏の訳を手に入れてきた。これはすばらしい名訳であり、すらすらと一息に読めた。ところで、肝腎《かんじん》な箇所は一体いかなるものであったか。まず原文をあげる。

「于時夜久更深、情急意密。魚燈四面照、蠟燭両辺明。十娘即喚桂心、并呼芍薬、与少府脱韡履、畳袍衣、閣幞頭、掛腰帯。然後自与十娘施綾被、解羅裙、脱紅衫、去緑襪。花容満眼、香風裂鼻。心去無人制、情来不自禁。挿手紅褌、交脚翠被、両唇対口、一臂支頭、拍搦奶房間、摩挲髀子上。一齧一快意、一勒一傷心、鼻裏痠痹、心中結繚。少時、眼花耳熱。脉脹筋舒、始知難逢難見、可貴可重、俄頃中間、数廻相接。」

うら若き皆さま、いかがでしょうか。昂奮《こうふん》されましたでしょうか。

ちょっと話を変えて、あるとき私は高校の文化祭とかに一行でも学生に与える言葉をと頼まれ、そのころ若い人たちがあまりに日本語を読めぬことに腹を立てていた折でもあり、

「あなた方は英語で知らぬ単語があれば辞書を引くでしょう。それなのに日本語の辞書はちっとも引かぬようだ。漱石、鷗外くらいは正しく読めるようになって下さい」

と書いた。ところがあまりに立腹しなぐり書きしたため、鷗外をうっかり欧外と書いてしまった。あんな手紙を展示されては、いくら私が莫迦《ばか》を売物にしているとはいえ、これは末代までの恥辱である。もう私はそのような依頼には一切応じぬ。

しかし、右の文章を諸君がわからぬにしてもこれは仕方がない。寄る年波の私自身がちっとも読めぬのだから。そこで魚返氏の訳を記すと、

「もう夜もふけきって、心がせいてきた。魚油の灯りのほか、蠟燭《ろうそく》がともっている。十娘は桂心をよび、また芍薬《しゃくやく》をよんで、わたしの靴をぬがせ、着物をたたみ、頭巾《ずきん》を置き、帯を掛けさせた。そのあとわたしは十娘に絹ぶとんをかけ、下ばかまを解き、じゅばんをぬがせ、くつ下をとった。まぶしいほどのからだ、鼻をつく香り。ねがいをはばむ人もなく、心はやたけにはやる。手を下ばきに入れ、夜着に足さしちがえ、口に口をあわせ、片手に頭をささえ、乳房をいじったり、股《もも》をなでさすったり。口すえばこころよく、

いだけぼうら悲しく、胸つまるここち。やがて目はかすみ耳はのぼせ、脈ふとく筋ゆるみ、なんとも言えない。もったいない気もちになり、しばしの間に、なんども触れ合った」

これだけの話である。天下にその名も高き『遊仙窟』で、性の場面はわずかこの数行だけなのである。

性《セックス》とは、ざっとまあ、このようなものでもある。

ついでに、私の若き日の日記から詩みたいなものを一つあげておこう。

惑　乱

愛なんて信じないくせに　にんげんなんて嫌ひなくせに　やつぱりぼくらはにんげんを抱く　やはらかな首すぢにくちびる押しあて　嘘《うそ》だ嘘だとさけんでゐるうちに　それでもぼくらはうつとりとする　それにしても夜風は匂《にほ》やかで　星屑《ほしくづ》だつてあんまり煌《きらめ》き　にんげんの肌は溶けさうに燃えるので　つい瞞《だま》されさうにもなるのに　うかうか眠りこけさうにもなるのに　ぼくらはやつぱり目を醒《さ》ます　うすら寒い気配にをののきながら　なぜ瞞さうなんてするのかと　いや　なぜ瞞しこんでくれないのかと　悔しくて悔しくて　生きものの悲しさ凝りかためて　憎いにんげんを根かぎり抱きしめる

しかしながら、やがて私は愛を信ずるようになった。この世に拡《ひろ》がる虚無にもまして、いや、それと織りなして信ずるようになった。人間とは、まして若者とは、見ようによっては哀れなはかない存在である。その中から、一つの智慧《ちえ》、一つの愛情を生もうとする意志だけが、私らを宇宙のみなし児《ご》から救ってくれるのかも知れぬ。

今の年齢となって、愛についてもうひとこと述べれば、われわれは成長するにつれ各種の愛の段階を知ってゆき、かつてのそれは愛ではなかったと言いがちだが、どんな幼稚な愛にしろ、その個人の一つの時期にとっては、それぞれに本物の愛であったことに変りはない。なにも狂熱的な恋愛のみが真の愛でもなければ、長年の夫妻の地道な愛のみが真の愛でもない。

そしてまた、一個人に対する愛は永続するものでもない。永遠の愛というものがあるように錯覚されるのは、われわれの寿命に限りがあるからである。とはいえ、人間にとってもっとも貴重なひとつの心の持ち方、それが愛であることは間違いなかろう。もう一つつけ加えれば、愛し愛されるということはたしかに素晴しいことではあるが、自己を高めてくれるものはあくまでも能動的な愛だけである。たとえ、それが完璧《かんぺき》な片思いであろうとも。

インターンが終りに近づき、医師国家試験を前にして相変らず恥多き怠惰な日を送っていたとき、とうに老衰していた父の死の報知を受けた。しかも手ひどい宿酔《ふつかよい》のなかで私は電報を受けとった。東京に電話をしたとき、すでに父はこときれていた。最後まで、私は親不孝者であった。父が死ぬとき、最後の注射の一本は私の手で打とうとひそかに念じてもいたのに。

東京へ戻る夜汽車の中で、私は大学にはいってから手にとることのなかった父の処女歌集『赤光』をあてもなく開いて過した。あれこれの懐《なつか》しい歌たちが、ふたたび私の胸を痛切に貫いた。こういう歌をつくった茂吉という男は、もうこの世にいないのだな、もうどこにもいないのだな、と幾遍も繰返し考えた。

目をあげると、外の闇《やみ》は雨となっており、こまかい水滴が車窓を伝わって流れた。私はそれを見つめ、自分が父に対して抱いていた感情は、また或《あ》る種の強い愛であったことを更《あらた》めて反芻《はんすう》した。その父が死ぬときになって、そのできのわるい息子がようやく性にも目ざめ、つたない草稿をかかえているのも、一つの凍えた宿命であり循環であるような気がした。

私はそのとき、カバンの中に、ほとんど完成しかけた自分の最初の長篇『幽霊』のかなりぶ厚い原稿を入れていた。

解説

俵　万智

どくとるマンボウに出会ったのは、十代のなかばだった。ちょっとませた文学少女だった私は、両親の本棚に『どくとるマンボウ航海記』を見つけて、読みはじめた。世の中には、こんなに愉快な本があるのかと、おなかをよじって笑ったものだ。うひゃうひゃ喜ぶ私を見て、母は満足そうに「ほんと、へんてこよねえ。お母さんも、この本、大好きよ」と微笑《ほほえ》んだ。が、父は「うむ、しかしこの北杜夫という人はだな、まったく別人のような作品も書いていて、それがまた実に素晴らしい。もう少し大人になったら、そちらも読むように」と、彼にしては珍しく力説した。後で知ったのだが、父は東北大学の院生時代に『幽霊』の初版を買ったというのが自慢で（残念ながら自費出版のほうではなく、一九六〇年に出版されたほう）、それ以来の北杜夫ファンなのだった。

しばらく私は『船乗りクプクプの冒険』や『奇病連盟』などを読みつづけ、おひょおひょ笑っていたが、高校三年生になって、『夜と霧の隅で』を手にしたときには、父の言葉の意味を理解した。なるほど、こういうものを書く人でもあるのだ。それにしても、同じ作者によるものとは思えないほど、がらりと雰囲気が違う。小説家とは、不思議なものだなあ……。

ところで、実際のところ、ご本人は、どんなかたなのかしら。「意外と、くらーい人だったりして。小説家って、だいたいそうなんじゃない？」と母は大ざっぱなことを言う。が、私の想像の世界では、やっぱりどくとるマンボウ氏が、ペンを握っている。

そんな呑気《のんき》な会話をしていたときには、まさか後年、ご本人にお会いできるとは思いもしなかった。一九八九年、教師を辞めた私は東京都内に引っ越しをした。そうしたらなんと、たまたま北さんのご近所だったのだ。距離にして数百メートル。走れば通りすぎてしまうような近さである。

きっかけは、何だったのか。ほどなく私は、北さんのお宅にお邪魔するようになった。よく言えば人なつっこく、正確に言えばずうずうしい性格が、幸いしたのだろう。近所のものすごくおいしいお寿司《すし》をとっていただいたり、そのうえワインまで飲ませてもらったり……。

初めてお邪魔したときには、マブゼ王国のお札というのをいただいた。一見すると外国のお札のようだが、真ん中に北さんの肖像が印刷されているのだ。

「わが国は、現在大変なインフレで、ほとんど価値のないように見えるものですが、なかなかどうして、後年、骨董《こっとう》的価値が出るやもしれませんぞ」

またあるときは、「今日は特別に、二階の部屋を見せてあげよう。将来あなたが、書くものに困ったら、この部屋をネタにされればよい。五枚ぐらいのエッセイには、なるでしょう」と、二階を案内していただいた。

美しい奥様は、とてもイヤそうにしてらしたのだけれど、遠慮よりも好奇心のほうが勝って（スミマセン）、私は階段を上ってしまった。それがどんな部屋だったのかということは、将来のためにとっておくとして、とにかく北さんは、終始ユニークで楽しくて、意表をつかれることの連続だった。

さて、前置きが長くなってしまったが、本書は、壮年になっても、老年になっても、このように愉快なマンボウ氏の、青春時代の記録である。

戦争の暗雲が、時代の空を覆《おお》ってはいるが、若者のエネルギーのすこやかさと滅茶苦《めちゃく》茶《ちゃ》さとが、痛快なまでに描かれている。四十になって筆をとったという作者自身も、そのパワーのすさまじさを、失笑しながらも眩《まぶ》しく見つめている。その近すぎず遠すぎずの距離感が、とてもほどよいのだ。それゆえ、ときには独りよがりな若者の言葉でさえ、生き生きと私たちに伝わってくる。

ストームなどをしかける先輩、複雑怪奇な教師たち、厳格な父親、そしてさまざまな友人……旧制高校時代の作者のまわりには、そのエネルギーの発散をうながし、また受けとめる環境があった。そしてまた、やみくもな読書が、どれほど内面の充実へとつながったか。

本書を読みすすめていくうちに、これこそが青春時代の、一つの正しいありかたなのだ、と思われてきた。大げさに聞こえるかもしれないが、いまの日本に一番欠けているものが、ここにはあるのではないか、と。

青春時代のエネルギーというのは、本人にも制しきれない、マグマのようなものだ。そのマグマが出所を失うと、あるとき一気に不自然な爆発を起こしてしまう。その典型が、昨今の少年犯罪ではないだろうか。青春とは、そもそも滅茶苦茶なものである——というおおらかな認識が、大人の側に欠けていることも、一つの要因だろう。滑稽《こっけい》にも見える若者たちの胎動を、がちがちの枠に押し込めるのではなく、ゆるやかに牽制《けんせい》しつつ、どこかで苦笑いしながら許してゆく——そんな余裕が、いまの大人たちには、あまりにも足りないような気がする。

もちろん、大人や社会のせいにだけしても、問題の解決にはならない。結局は、主人公である若者たちが、きちんと滅茶苦茶に時間を過ごさなくてはならないのだ。この、「きちんと」と「滅茶苦茶」との塩梅《あんばい》が、そのバランスが崩れていることが、大きな問題なのだろう。

話を普遍化しすぎたので、少し、作者の個人的なことに戻そう。この一冊は「作家・北杜夫」の誕生を知るうえでも、貴重なものである。

特に、後半に紹介されている怒濤《どとう》のような日記。恥ずかしさのあまり、燃やそうとしたが思いとどまり、「このすさまじき日記をありのまま書きつけると、こうしたうら若き、もちろん善良な少年少女が、青春時代とはどんなに羞《は》ずかしいものかとつくづくさとり、ギョッとして青春なんか真平ごめんと、青春期やら青年期までを一足とびにとびこえ、たちまち中年男やおばちゃんになってしまうことだろう」という目論見《もくろみ》のもと、公開されているものである。

いいなあ、この日記。この抜粋。

「他のすべてのことに無能力だとしても、残されたただ一つのことに才能があるとは限るまい」――なんという冷静な思考。

「やっぱり僕は普通の人よりは書くことが好きだから、文通の場合、損ばっかりしている」――さりげないユーモア。

「普通の親切は僕には仇《あだ》になる。それで親切をしてやったって顔をされてたまるものか」――若さの反抗心。

「良い作品は神か悪魔の手によってのみ成るのだろう。人間は神になれないとすれば、悪魔になるより仕方がない」――まるで、西洋の詩人の言葉のよう。

「イロニイとは一種のやぶにらみである。だが、やぶにらみにしか見えない事象がこの世にはある」――そのとおり。

「今日、また俺は一日を棒にふった。人生は棒にふれ。しかし一日はもっと大切にすべきだ」――箴言集《しんげんしゅう》に混ざっていても、おかしくない。

「もちろん熱があるにちがいないから、俺は測らない」――これは、映画の決めゼリフみたい。かっこいいなあ。

このように、書き写しているときりがない。作者の「少年少女老人化計画」という言葉は、一流のユーモアであり、照れ隠しなのだろう。大げさな言葉をエイヤッと振り回して、こんなふうにサマになる文章を書くことは、普通なかなかできない。

恋愛と性については、作者自身が「私はこうした本の中では、性はやはり暗がりか薄明の中にしまっておきたい」と書いているように、さほど多くのことは語られてはいない。が、本書が著されてから実に二十数年後に、『神々の消えた土地』という美しい小説が完成した。

その小説には『ダフニスとクロエー』が引用されているのだが、まさに北杜夫版ダフニスとクロエーとも言うべき、美しい物語だ。小説家はやはり、心の一番やわらかい部分は、小説という形で表現するのだなあと、つくづく思った。しかも、じっくりと時間をかけて。

その本の「あとがき」には、こうある。

「この小説は私が大学二年二十三歳のとき、創作ノートに半分書いておいたものである。『幽霊』を書きだす前のことであった。先頃読み返してみて、いかにも若書きではあるがそれほど捨てたものでないように思われたので、後半を書きついだ」

執筆が開始された時期としては、この『どくとるマンボウ青春記』とも重なるわけで、とても興味深い。(ちなみに『神々の消えた土地』も、すでに新潮文庫になっています)

『神々の消えた土地』が単行本として出版されたとき、「私は小説のなかで、初めて清らかな乙女を裸にしてしまいましたぞ」と、嬉《うれ》しそうに話されていたことを思い出す。

まだまだ、どくとるマンボウの青春は、終わっていないのかもしれない。

(平成十二年八月、歌人)

この作品は昭和四十三年三月中央公論社より刊行された。

北杜夫著
夜と霧の隅で
芥川賞受賞
ナチスの指令に抵抗して、患者を救うために苦悩する精神科医たちを描き、極限状況下の人間の不安を捉えた表題作など初期作品5編。

北杜夫著
どくとるマンボウ航海記
のどかな笑いをふりまきながら、青い空の下を小さな船に乗って海外旅行に出かけたどくとるマンボウ。独自の観察眼でつづる旅行記。

北杜夫著
どくとるマンボウ昆虫記
虫に関する思い出や伝説や空想を自然の観察を織りまぜて語り、美醜さまざまの虫と人間が同居する地球の豊かさを味わえるエッセイ。

北杜夫著
船乗りクプクプの冒険
執筆途中で姿をくらましたキタ・モリオ氏を追いかけて大海原へ乗り出す少年クプクプの前に、次々と現われるメチャクチャの世界！

北杜夫著
楡家の人びと
（第一部～第三部）
毎日出版文化賞受賞
楡脳病院の七つの塔の下に群がる三代の大家族と、彼らを取り巻く近代日本五十年の歴史の流れ……日本人の夢と郷愁を刻んだ大作。

北杜夫著
マンボウ遺言状
ハチャメチャ大王・マンボウ氏も、ついに気弱な老人に……なるわけがありません！御年77歳の本音炸裂。爆笑やけっぱちエッセイ。

北杜夫著
マンボウ恐妻記
淑やかだった妻を猛々しくしたのは私のせいなのだろう（反省）。修羅場続きだった結婚生活を振り返る、マンボウ流愛情エッセイ。

田辺聖子著
姥ときめき
年をとるほど人生は楽し、明るく胸をはって生きて行こう！ 老いてますます魅力的な77歳歌子サンの大活躍を描くシリーズ第2弾！

田辺聖子著
夢のように日は過ぎて
お肌の張りには自家製化粧水、心の張りにはアラヨッの掛け声。ベテランOL芦村タヨリさんの素敵に元気な独身生活を描く連作長編。

白洲正子著
日本のたくみ
歴史と伝統に培われ、真に美しいものを目指して打ち込む人々。扇、染織、陶器から現代彫刻まで、様々な日本のたくみを紹介する。

白洲正子著
西行
ねがはくは花の下にて春死なん……平安末期の動乱の世を生きた歌聖・西行。ゆかりの地を訪ねつつ、その謎に満ちた生涯の真実に迫る。

白洲正子著
夕顔
草木を慈しみ、愛する骨董を語り、生と死に思いを巡らせる。ホンモノを知る厳しいまなざしにとらえられた日常の感懐57篇を収録。

辻邦生著
安土往還記
戦国時代、宣教師に随行して渡来した外国船員を語り手に、乱世にあってなお純粋に世の道理を求める織田信長の心と行動をえがく。

辻邦生著
西行花伝
谷崎潤一郎賞受賞
高貴なる世界に吹き通う乱気流のさなか、現実とせめぎ合う〝美〟に身を置き続けた行動の歌人。流麗雄偉の生涯を唱いあげる交響絵巻。

阿川弘之著
井上成美
日本文学大賞受賞
帝国海軍きっての知性といわれた井上成美の戦中戦後の悲劇――。「山本五十六」「米内光政」に続く、海軍提督三部作完結編！

牧山桂子著
次郎と正子
―娘が語る素顔の白洲家―
幼い頃は、ものを書く母親より、おにぎりを作ってくれるお母さんが欲しいと思っていた――。風変わりな両親との懐かしい日々。

江藤淳著
決定版夏目漱石
処女作「夏目漱石」以来二十余年。著者の漱石論考のすべてを収めた本書は、その豊かな洞察力によって最良の漱石文学案内となろう。

小林秀雄著
本居宣長
日本文学大賞受賞(上・下)
古典作者との対話を通して宣長が究めた人生の意味、人間の道。「本居宣長補記」を併録する著者畢生の大業、待望の文庫版！

新潮文庫最新刊

谷川俊太郎著
トロムソコラージュ
鮎川信夫賞受賞

ノルウェーのトロムソで即興的に書かれた表題作、あの世への旅のユーモラスなルポ「臨死船」など、時空を超える長編物語詩6編。

安東みきえ著
頭のうちどころが悪かった熊の話

動物たちの世間話に生き物世界の不条理を知る。ユーモラスでスパイシーな寓話集。イラスト14点も収録。ベストセラー、待望の文庫化。

湯川豊著
須賀敦子を読む
読売文学賞受賞

イタリアを愛し、書物を愛し、人を愛し、惜しまれて逝った作家・須賀敦子。主著を精読し、その人生と魂の足跡に迫る本格的評伝。

平松洋子著
夜中にジャムを煮る

つくること食べることの幸福が満ちる場所。それが台所。笑顔あふれる台所から、食材と道具への尽きぬ愛情をつづったエッセイ集。

池谷裕二著
受験脳の作り方
―脳科学で考える効率的学習法―

脳は、記憶を忘れるようにできている。そのしくみを正しく理解して、受験に克とう！――気鋭の脳研究者が考える、最強学習法。

黒川伊保子著
運がいいと言われる人の脳科学

幸運を手にした人は、自らの役割を「責務」ではなく「好きだから」と答える――脳と感性の研究者が説く、運がいい人生の極意。

新潮文庫最新刊

渡辺康幸著
復活から常勝へ
―早稲田大学駅伝チームの〈自ら育つ力〉―
伝統校が「箱根」で2年連続シード落ち――青年監督は、いかにして低迷を脱し、強いワセダを取り戻したのか。再生と成長の物語。

星野道夫著
星野道夫ダイアリー
アラスカの原野を旅し、オーロラの光を追い求め、古老の話に耳を傾けた星野道夫。その写真と文章をちりばめた『書き込み日記帳』。

T・クランシー
G・ブラックウッド
田村源二訳
デッド・オア・アライヴ（1・2）
極秘部隊により9・11テロの黒幕を追え！軍事謀略小説の最高峰、ジャック・ライアン・シリーズが空前のスケールで堂々の復活。

J・フジーリ
村上春樹訳
ペット・サウンズ
恋愛への憧れと挫折、抑圧的な父親との確執……。ビーチ・ボーイズの最高傑作に隠された、天才ブライアン・ウィルソンの苦悩。

G・D・ロバーツ
田口俊樹訳
シャンタラム（上・中・下）
重警備刑務所を脱獄し、ボンベイに潜伏した男の数奇な体験。バックパッカーとセレブが崇めた現代の『千夜一夜物語』、遂に邦訳！

P・オースター
柴田元幸訳
幻影の書
妻と子を喪った男の元に届いた死者からの手紙。伝説の映画監督が生きている？ その探索行の果てとは――。著者の新たなる代表作。

どくとるマンボウ青春《せいしゅん》記《き》

新潮文庫　き－4－52

平成十二年十月一日発行
平成二十三年十一月三十日十一刷

著者　北《きた》杜《もり》夫《お》

発行者　佐藤隆信

発行所　株式会社 新潮社

郵便番号　一六二―八七一一
東京都新宿区矢来町七一
電話　編集部(〇三)三二六六―五四四〇
　　　読者係(〇三)三二六六―五一一一
http://www.shinchosha.co.jp

価格はカバーに表示してあります。

乱丁・落丁本は、ご面倒ですが小社読者係宛ご送付ください。送料小社負担にてお取替えいたします。

印刷・株式会社光邦　製本・憲専堂製本株式会社

ISBN978-4-10-113152-8 C0195